有一种力量，叫文学；

有一种美好，叫回忆；

有一种感动，叫青春；

有一种生命，在鲁院！

鲁迅文学院「百草园」书系

# 生活因旅游而精彩

李德合 ◎ 著

SHENGHUO YIN LVYOU
ER JINGCAI

江西高校出版社
JIANGXI UNIVERSITIES AND COLLEGES PRESS

在辽阔的国土上游历，就好像走进一座巨大的博物馆。祖国的锦绣山河，遍地的美景风光，悠久的历史文化，说不尽的神话传说故事，丰富多彩的民情风俗，吸不尽的新鲜空气，为人们的生活增添了新的乐趣。

**图书在版编目（CIP）数据**

生活因旅游而精彩 / 李德合著. —南昌：江西高校出版社, 2017.6

（鲁迅文学院"百草园"书系）

ISBN 978-7-5493-5455-9

Ⅰ.①生… Ⅱ.①李… Ⅲ.①散文集—中国—当代 Ⅳ.①I267

中国版本图书馆CIP数据核字(2017)第111476号

| | |
|---|---|
| 出 版 发 行 | 江西高校出版社 |
| 社　　　址 | 江西省南昌市洪都北大道 96 号 |
| 总编室电话 | （0791）88504319 |
| 销 售 电 话 | （0791）88595089 |
| 网　　　址 | www.juacp.com |
| 印　　　刷 | 北京一鑫印务有限责任公司 |
| 经　　　销 | 全国新华书店 |
| 开　　　本 | 700mm×1000mm　1/16 |
| 印　　　张 | 17 |
| 字　　　数 | 210 千字 |
| 版　　　次 | 2017 年 6 月第 1 版<br>2020 年 7 月第 2 次印刷 |
| 书　　　号 | ISBN 978-7-5493-5455-9 |
| 定　　　价 | 46.00元 |

赣版权登字-07-2017-477

# C目录
## ontents

生活因旅游而精彩 …………………………………… 1

日寇的屠戮 ………………………………………… 2

与儿时朋友相约瞻淮塔 …………………………… 6

畅游徐州山水 ……………………………………… 9

假日"品"扬州园林 ……………………………… 12

我们徜徉在瘦西湖畔 ……………………………… 15

在水利风景区的日日夜夜 ………………………… 19

我与父亲逛宜兴"三洞" ………………………… 23

送稿途中访"泉城" ……………………………… 27

在开封 ……………………………………………… 30

与七十六名学子赏"花都" ……………………… 35

拍片间隙观名居 …………………………………… 40

探访盐城新四军纪念馆 …………………………… 44

"上山入地"一周纪行 …………………………… 49

拜谒毛泽东纪念堂 ………………………………… 54

西安,让人触摸的盛唐文化 ……………………… 60

无锡湖光山色惹人醉 ……………………………… 66

在钟山脚下的守望岁月 …………………………… 69

与美女记者约会苏州 ……………………………… 76

北京之旅 …………………………………………… 82

江南小景亦精彩 …………………………………… 95

瞧天津名人故居 ………………………… 101

参观周恩来纪念馆和故居 ……………… 108

上海，好一座迷人的大都市 …………… 112

南通，让我站在了新世纪的门槛内 …… 120

镇江"三山"任尔行 …………………… 128

人说山西好风光 ………………………… 134

走遍金陵不商量 ………………………… 143

心驰神往走浙江 ………………………… 154

回家的感觉真好 ………………………… 162

零距离触摸名山与古迹 ………………… 166

心中抹不去的胜景 ……………………… 170

三亚，彰显迷人的魅力 ………………… 177

湖南潇湘行 ……………………………… 184

琅琊山 …………………………………… 191

又一次愉快的中州之行 ………………… 194

走进女儿的婚姻殿堂 …………………… 202

参观渡江胜利纪念馆暨悼念母亲 ……… 212

战友聚会扬州 …………………………… 219

李德合报告文学创作述评 ……………… 226

十月，我与鲁二三 ……………………… 234

我和战友邀游在江苏 …………………… 243

我与陆令寿的二三事 …………………… 251

父爱如山 ………………………………… 257

为南京警察的拼搏精神喝彩 …………… 261

生活因旅游而精彩

# 生活因旅游而精彩

在辽阔的国土上游历，就好像走进一座巨大的博物馆。祖国的锦绣山河，遍地的美景风光，悠久的历史文化，说不尽的神话传说，丰富多彩的民情风俗，品不尽的地方风味小吃，吸不尽的新鲜空气，为人们的生活增添新的乐趣。旅游可以了解各地各民族的历史、风土人情、文化艺术、饮食习惯等，还可以欣赏古代建筑艺术、名家碑碣等，正如荀子所说："不登高山，不知天之高也；不临深溪，不知地之厚也。"大自然不仅慷慨地赐予人类所必需的空气、阳光和水，而且还以其美丽的姿态吸引、愉悦着人们，助人们祛除病痛，健康长寿。因此，在大自然中畅游，是一项非常有意义的活动。中国古人有"读万卷书，行万里路"的传统，旅游是一门艺术，她提供了整个社会和自然的信息，选择性强，自由度大，属于综合教育。每一次旅游都是能让人回味无穷的经历，走过千山万水，便如同阅尽了人间沧桑。

在我看来，旅游，能让人思维敏捷，视野开阔，情操高尚，见识广博，也可以缓解工作、学习的压力，使精神彻底放松；旅游，能让人忘却烦恼和忧愁，使人心情愉快，笑口常开，给人带来无穷的快乐和幸福；旅游，能让人开阔眼界，增长知识和见闻，为今后的工作打下坚实的基础；旅游，能锻炼一个人的体格和品质。

旅游的魅力不在于注视，而在于遐想；不在于抵达，而在于奔走。朋友，有时间多旅游吧，世界无限美好，我们怎能辜负生活呢？而我的游历生涯，从15岁上初二那年便开始啦……

# 日寇的屠戮

　　1977 年 1 月，正上初二的我，趁放假到二姑家玩，前几天，二姑把 70 多岁的爷爷奶奶接过去过年。第二天，二姑和二姑父让我到附近阎窝村接受教育，奶奶姚继英、爷爷李荣华听说后要陪孙子一起去看看，我们一行五人，早饭后匆匆向几里外的阎窝村赶去。

　　明朝年间，阎姓人家在此山窝落户，故名阎窝。阎窝背靠阎山，前临黄河故道，白马泉绕村而过。多年淤塞的黄河故道里，生长着千亩芦苇荡，这是个比较偏僻的地方。阎窝人民日出而作，日落而息，世世代代在这片土地上耕作，过着自给自足的农耕生活，虽生活清贫，但独享一份平和、安静。

　　路上，二姑说："那是 1938 年的初夏，侵华日军占领军事要地徐州城以后，为了能够长期占领徐州，他们一方面派兵占领徐州周围的交通要道，一方面又派出一股股军队窜入城乡，对铜山区农村进行大肆屠杀和掳掠。由于日军推行烧光、杀光、抢光的'三光政策'，逼得城内及东郊的一部分群众扶老携幼，来到阎窝村一带避难。当时，逃难的群众有的露宿在山坡上，有的躲进了芦苇荡里，饱经风霜，备受苦难。5 月 20 日一早，阎山一片寂静。千余名日军在飞机的掩护下，拿着寒光闪闪的刺刀，瞪着血红的眼睛，恶狼一般，从徐州、大湖等地闯进阎窝、王山等村。一时血雨腥风笼罩着整个山村，成百上千名手无寸铁的无辜村民和逃难者惨遭杀害。"

　　不知不觉我们来到了阎窝村，爷爷奶奶虽已七十出头，可身板硬朗，精神很好，一点也没有落后。二姑带我们径直朝"人头墓"走去。这时又来了20余人参观，村里干部介绍了惨案发生的经过。

1938年5月20日清晨，日军在村口碰到耳聋腿跛的蒋老憨，他们咕噜了几句，看蒋老憨听不懂日本话，就把蒋老憨踢倒在地，将刺刀穿进了他的胸膛，挑开了他的肚子，蒋老憨的肠子流了一地。刚满十岁的小石头被日军抓住，日军从他身上搜出一把玩具刀，便以为这个孩子要反抗，七手八脚地把小石头的衣服扒光，用那把小刀子一刀一刀猛穿小石头的肚皮。穿一刀，小石头惨叫一声。那尖声叫喊，撕扯着人们的心肺，站在一旁的日军竟捧腹大笑。徐州的杨学义是前一天夜里来这里躲难的，日军见他穿着长袍、戴着礼帽，说他"坏了坏了的"，便将他按倒在场边的开水锅里，活活煮死。两个日本兵饿狼扑食般抓到一名妇女，调戏着，嬉笑着，那妇女抱着吃奶的孩子，拼命挣扎。孩子抱住妈妈的脖子，哇哇直叫，一个日本兵竟扯住孩子的两腿，猛地向两边一拽，孩子的腿被撕裂了，血淋淋地扔到河沟里。孩子的母亲因疼爱自己的骨肉，顿时昏了过去。一位老大娘上前扶那位妇女，结果被日军一刀刺死。大庙镇西贺村北山庄的新婚妇女逃难过来被日军抓到后，先实施强奸，后剥光她们的衣服，逼她们围着村子跑三圈。他们见人就杀，见东西就抢，不到一个小时，这个平和的山村里就有200多名村民惨死在日寇的屠刀之下。

残暴的日军在屠杀村内老弱病残幼以后，他们的兽欲并没有得到满足。他们又以发良民证为由，从山坡下、苇荡里把村民威逼哄骗出来，集中在坝子口的一块空地上，又把青壮年一个个拉出来，站在另一边。他们用刺刀、枪托把670多名青壮年逼近苇荡边一家滕姓的四合院。这四合院全是草房，有三间堂屋、两间东屋、一个小门楼子，四周是用石头垒起来的围墙，有一人多高。日军把青壮年逼进堂屋和东屋里。屋里人挨人、人挤人，连身也转不动。20多岁的徐殿杰，一看这阵势，意识到日军要进行集体大屠杀，他满腔怒火，圆睁着两眼，伺机搏斗。当他看到一个日本兵来关门时，他立即伸出胳膊，把那个日本兵拉到屋里，而后，他那铁钳似的大手卡住那个日本兵的脖子。那个日本兵发出"哦"的一声后再也叫不出声来了。徐殿杰把那日本兵按倒在地，就势踏上一只脚，霎时，你一脚，我一脚，把那个日本兵踏成了肉泥。

大屠杀开始了。日军在门前架起机枪，在院子周围堆了芦苇，又抬来十几桶汽油，浇到屋顶和芦苇上，然后，点着了火。霎时，火焰四起，浓烟弥漫。浓烟、烈火很快吞噬了整个院子。屋里的群众睁不开眼，透不出气，衣服烧着了，皮肤烧焦了。大家拼命往外冲，架在门前的三挺机枪疯狂地扫射起来，子弹穿过密集的人群，人们一个一个倒下了。转眼间，门洞里垒的尸体便有半人高。小小的窗洞，也被日军用机枪封锁住。从门洞、窗洞里逃出来的，没有一人幸免于难。屋内同胞哭喊着、互相顶托着，踏上肩头、爬上房梁、掀开屋顶，纵身往下跳，但是也都遭到日军机枪的扫射。20多岁的刘志德从屋顶跳下来，双脚刚一沾地，右肋就中了一弹，他飞奔着逃进芦苇荡里藏了起来。马孟太从屋顶跳下，耳朵被打掉，后背严重烧伤。刘志德的四弟拖着烧烂的双腿，钻出屋顶，还没来得及往下跳，就被子弹打穿胸部而亡。四合院内的670余人只有刘志德等五个人从屋顶冲了出来，跳下去跑到芦苇荡里才幸免一死，这些人身上都留有枪伤，这些枪伤使他们终身残疾。

仅在这个小小的四合院里，日军就烧死、枪杀670多名无辜的村民。同时惨遭日军杀害洗劫的，还有阎窝村邻近的杏坡、王山、马庄等村。日军洗劫过的地方，满目焦土，一片废墟。山坡上，苇荡里，村里村外，尸骨成堆，血流成河，连日月都昏暗无光了。直到当年11月，乡亲们才在烧杀场里收殓了670多个头颅和成堆的尸骨，掩埋在阎窝山脚下、白马泉边，筑成"人头墓"。

村里干部含泪说："日军在阎窝一天一夜，共烧房屋数十间，屠杀我同胞近千人。阎窝惨案给村民精神带来巨大的摧残，全村三分之一的村民惨遭屠杀，经历过惨案的居民对惨案场景挥之不去，永远生活在惨案的阴影中。惨案幸存者也残疾了，一直生活在伤残痛苦之中，其家人为照顾伤残者，需要付出大量的精力和财力。惨案给当地农业生产和经济发展带来严重的影响，阎窝村18户被杀绝，大部分是青壮劳力，当地农业劳动力因此短缺，影响到农业生产。几年间，

生活因旅游而精彩

当地农业生产和经济发展萧条和萎缩。"

回来的路上，奶奶说："日本鬼子打到咱徐州时是1938年，咱家同样逃难过几个月。那时，你父亲还没有出生，你爷爷和我带着你大姑、二姑、三姑，抱着才几岁的四姑、五姑到处流浪。有一次在芦苇荡，遇见清乡的十几个日本兵，问了一句半生不熟的中国话：'良民证的有?'我和你几个姑姑吓得说不出话来，你爷爷识文断字，告诉日本人：'良民证在家里，没有带。'日本军官拿起东洋刀就向你爷爷头上劈去，好在你爷爷机灵，头一偏才没有被劈着，可肩上被劈得血流如注。这时，一声枪响，日本鬼子循声而去了，咱家才躲过了这一劫难。"

听着听着，我的眼眶布满了泪花，为阎窝惨案死亡的近千名群众，也为我有幸能来到世间。15岁的我着实受到了一次爱国主义教育。

# 与儿时朋友相约瞻淮塔

　　16 岁，恐怕是交朋友的年纪，我与郭开胜、王化柱、王公贤、王松、任辉自小学、初中到高中都是同学，有时也同桌。我们几个平时形影不离，堪称哥们儿。一个春暖花开、麦苗青青、油菜花黄的星期日，郭开胜召集我们几个人，瞻仰了淮海战役烈士纪念塔。

　　淮海战役烈士纪念塔坐落在徐州市南郊凤凰山东麓，高 38.15 米，朝阳，巍然耸立。纪念塔是 1959 年建造的，很高大，我们拾级而上，毛主席亲笔书法的"淮海战役烈士纪念塔"几个大字便映入眼帘。此时，有几百人依次排队参观，下面还有几百人在等候。抬头仰望，淮海战役烈士纪念塔高耸入云。正面的塔基座上是碑文，记录了淮海战役的情况。塔基的左面镶嵌着一组反映战争场面的浮雕和 3 万多名烈士的名字，记录了人民解放军冒风雪、战严寒、闯火阵、涉冰河、勇架"十人桥"的英勇场面；塔基的右面镶嵌着一组浮雕，表现了支前民工推着独轮车、牵着毛驴、背着弹药、驮着粮食，奋勇支援前线的场景。塔的后面是国务院建设淮海战役烈士纪念塔的纪录，说明何时开始建设，何时竣工。看着一个个烈士的名字，想起他们在战争中付出的生命，不由感叹我们要珍惜先烈们用生命换来的人民的安居乐业，在做每一件事的时候，要对得起他们，多为社会奉献自己，来安慰烈士们的在天之灵。

　　站在塔前，我们按捺住激动的心情，排着整齐的队伍向那些英勇献身的烈士们三鞠躬。那一刻，我想，任何一种语言，都无法描述那

生活因旅游而精彩

一段惨烈的历史，都无法表达后人对先辈的感激与怀念。绕着纪念碑，我看到后面是一面环形的墙，墙上那密密麻麻的名字让人透不过气来。为了今天的幸福生活，先辈们付出的是生命。他们的一生，就浓缩为墙上冷冰冰的一点字迹；他们的故事，都隐藏在无语的岩石上。让我们用一生去读懂他们吧。

资料介绍：淮海战役可以说是一举而定乾坤的历史性决战，为纪念在此次战役中牺牲的无数先烈，一九五九年四月四日在陈毅元帅的倡导下，淮海战役烈士纪念塔由国务院决定在江苏省徐州市兴建，一九六〇年四月五日奠基，一九六五年十月一日建成开放。淮海战役国共双方参战兵力总计一百五十余万，最后以全歼国民党徐州"剿总"杜聿明集团五十余万人、活抓杜聿明、基本解放整个长江以北地区而告终。

扫墓后走下台阶，任辉对我说："今天我受到深刻的教育，懂得今天的幸福生活是无数革命先烈用鲜血和生命换来的，幸福来之不易，我要加倍珍惜，努力学习科学文化知识，将来更好地建设我们的祖国，如果考不上大学，我们当兵吧！"我说："好，一言为定，让我们在军队为人民服务，来报答革命先烈。"

随后我们来到淮海战役纪念馆，它与淮海战役烈士纪念塔同时兴建，陈毅元帅题写馆标。馆内面积2800平方米，陈列分正厅、序言、战役实施、人民支前、缅怀先烈五个部分，共展出珍贵的革命文物、历史照片2000余件。这里珍藏着淮海战役中的各种资料和实物，摆放着许多战役中使用过或收缴来的重、大型武器，各类机关枪、大炮、坦克、装甲车和战斗机。其中有淮海战役总前委用的电台、随军民工支前使用的小竹竿、烈士生前的笔记本等。馆内另设放映厅，放映有关淮海战役的历史影片。缅怀先烈厅陈列了几十位烈士的生平事迹、遗像和遗物，陈列了党和国家领导人参观纪念馆、缅怀先烈的珍贵图片。战役中，30000多名中华民族的优秀儿女献出了宝贵的生命，他们当中，有身经百战、屡建战功的军事指挥员；有以身作则、密切联系群众的政治工作者；有视死如归、冲锋陷阵的战斗员；有不畏艰险、保证供给的后勤人员，他们为中国人民的解放事业英勇献身，建立了不朽功勋。这史诗级画卷，我们难去复述，那一个个细节、一件件展品，让我心潮起伏。谁都知道当年解放军的装备非常差，但在现场看了之后，我们才明白军民的智慧已经将这种差距缩小到了极限。那汽油桶中的炸药包，被国民党军队称为"原子炮"，令人胆寒。而那单薄、破旧的军装，虽然一点也不出人意料，但是当它活生生地摆在面前时，总难以相信。最后一个展厅展出的是烈士的遗物。淮海战役中，能够核对姓名的烈士约32000余位。放在那一张张年轻的、模糊的照片下的，往往都是一张张鲜红的立功证书。有些烈士连照片都没有，只有后人凭着记忆，用淡淡的铅笔，勾画出那同样年轻的、威武的脸庞。

淮海战役的胜利，是毛泽东同志伟大军事思想的光辉体现，是人民解放军和广大人民艰苦奋斗、英勇善战的结果。淮海战役中，在伟大领袖毛主席的领导下，华东、中原两大野战军共六十万人，会师淮海，决战中原，为祖国的解放奠定了决定性的基础。许多中国人民的优秀儿女为人民解放事业献出了宝贵的生命，立下了不朽的功勋。纪念馆还真实地记录着他们的每一次战斗，让现在的人们能够了解历史，记住每一次胜利，知道新生活来之不易。我在心里想，我们在祖国的怀抱里，在党的沐浴下幸福茁壮地成长，都是这些先烈用无数的生命换来的。我一定要努力学习，报效祖国！

回家的路上，我们的心情久久不能平静，心里似乎都有了自己的目标，都在设计着自己的未来。

# 畅游徐州山水

徐州地处苏、鲁、豫、皖四省交界，是钟灵毓秀、藏龙卧虎之地，为北国锁钥、南国门户，地理位置十分重要，自古便为兵家必争之地。6月的一天上午，我与要好的同学世银、童心、公社、如辰、小宝、军喜、福军、大亮、杨玲等一道，畅游了徐州的一些山水。

记得苏轼在《送蜀人张师厚赴殿试》一诗中写道："云龙山下试春衣，放鹤亭前送落晖。一色杏花三十里，新郎君去马如飞。"我们的游玩就从云龙山开始了。

云龙山是苏北一带的名山，是徐州自然风景区中重要的风景山林之一。她由九节山头组成，南北走向，蜿蜒如龙，因山上常有云雾缭绕而得名。云龙山长3公里，北头毗连市区，海拔142米，易于登览。山上巨石嶙峋，林壑幽美。苏东坡在徐州为太守时，常登山览胜，醉卧山石。他的《放鹤亭记》碑文现仍存山中。山上满布松柏，四季常青，山顶建有亭廊，供人休息。山上主要景点有放鹤亭、招鹤亭、饮鹤泉、碑廊。东麓兴化寺内有大石佛，西麓大士岩有石造观音像，云龙书院内有东坡石床，黄茅岗有摩崖石刻。

我们站在山顶的放鹤亭，看着山下忙碌的城市，如当年的苏公一样，产生暂时远离了世事繁杂的感觉，顿时平心静气，物我两忘。我们站在落日的山顶，朗诵苏东坡在山石上所刻的《放鹤亭记》，感受着古人的放达与怡然。苏公走了，张山人也走了，而鹤行于长天，只留下这处放鹤亭，留下一篇千古文章，供后人朗诵、沉吟、幽思，参悟人生。鹤，在中国的传统文化意识里，代表着清新俊美、飘逸脱俗的形象，代表着云游世外的精神与情趣，代表着清闲洒脱、自由自在的隐士风采。苏东坡借鹤言志，追求通透的人生境界，政治失落了，那么就远离政治；环境改变了，那么就随遇而安。可惜往事越千年，不知鹤何去？亭中无故人。

亭之东是兴化寺，在山极陡处。据说北魏孝武帝南侵，攻徐州数月不下，三十万大军驻于此处，其无聊之兵在此山石上刻大佛头像。到了明朝洪武年间，人们又依其山势修了大雄宝殿。到了清朝才刻佛身，建成兴化寺。如此佛门圣地竟是在无聊之兵的手中落成，如果有神灵，恐怕也要笑世事无常了。再向东南行，有一条较长的石坡道，虽无名胜，游人却一定会去，石坡道被踩得光滑如镜。最后到了"跨云阁"，便是云龙山第一节主峰，海拔 140 多米，整个徐州尽收眼底，西南望云龙湖接天而去，让人觉得再跨一步就到了云天。

下山后，我们来到云龙山下的云龙湖。这里原为洼地，其形如簸，故名"簸箕洼"。夏盈秋枯，冬季沦为一片沼泽。苏轼知徐州时，面对此洼突发奇想，以为"若引上游丁塘之水以注，则此湖俨若西湖，徐州也俨若杭州"。杭州素称天堂，西湖烟柳画桥，泉林优美，故有"西子"之誉。苏轼知徐州前曾通判杭州，知余杭与西湖之美，故有此喻。元丰二年苏公转知湖州，悠悠千载，此洼依旧。为了实现苏公当年的设想，1958 年徐州人民开展了义务治湖劳动，清底疏源，筑堤建闸，拓宽湖面，并正式命名为"云龙湖"。

云龙湖真山真水，山清水秀，山水争辉。刘备泉位于云龙湖东北入口东侧，泉上方有三让亭，意指陶谦三让徐州，刘备接任徐州牧，此泉因此而得名。古诗云："苔遥踏新绿，缓步龙山曲。清泉石罅中，潺潺流碧玉。酌之深我心，冷澈沁肌骨。微雨济阳春，含声尽可欲。藉草泉之侧，悠然散遐瞩。"故此泉又名"流碧泉"。因为泉水涌出的地方有一巨大的石壁，民间又称之为"流壁泉"。然而，苏轼空有此愿，遗恨千年，到了改革开放的今天，愿望才变成现实。正是西湖娇滴，云龙湖秀丽；西湖温和，云龙湖庄重；西湖浓妆，云龙湖淡抹；西湖幽深，云龙湖坦荡。

下午，我们来到戏马台。

戏马台位于徐州城南，历史上，徐州戏马台、苏州园林、南京六朝石刻并称"江苏三宝"。据史料记载，公元前206年，盖世英雄项羽灭秦后自立为西楚霸王，定都彭城，于城南的南山上构筑丛台以观戏马、演武和阅兵，故得名。戏马台布局依山岗地形，逐步上递，错落有致。经山门，照壁上有"拔山盖世"四个篆刻大字。东侧高台基上，置有铜铸巨鼎一座，上镌"霸业雄风"。因为我们年少，我们一天玩了三个景点，都没有累的感觉。

高中毕业前夕，班主任程凤军组织我们游玩了徐州东郊的一座无名山，开云、新军、新华、化震、兴英、乔斌、兰宝、淑萍、厚平等30余人加入了这次游玩的队伍。

山是南北走向，满布松柏，四季常青，蜿蜒如龙，云雾缭绕。上山的路有台阶，有参差不齐的石块，也有泥土路，但总体来说，还是比较好走的。爬山的人不是很多，花了1小时20分钟，我们到了一个平台上。振乾、传金、凤娥、玉书、义武、美玲、继良、广武等同学走得稍慢一些，他们在采摘花花草草，十分开心。这真可谓"山不在高，有仙则名；水不在深，有龙则灵"！这使我想起法国艺术大师罗丹的名言："生活中不是缺少美，而是缺少发现美的眼睛。"看来，善于发现美，有一双寻找、发现美的眼睛很重要。我们因为有寻幽的兴趣和心境，所以能在别人认为平淡的景物中发现美。登山游玩，心情有了一种很放松的感觉，我脑海里不由得浮现出了陶渊明的诗句"久在樊笼里，复得返自然"。是啊，在布满钢筋水泥建筑的城市住久了，出门旅游确实是一种放松心情的好方式。

这时，走在前面的李霞、广雨、胜堂、文良、公前、维芝、文兰、开侠等同学围坐在一起，谈笑风生。开云说："马上就高中毕业了，今天是高中几年最开心的一天。德合，高考如果落榜，你有何打算？""当兵去。"公强、祥六、庆金纷纷表示赞同。我们一边喝水，一边聊天；一边吃零食，一边看着美景，不知不觉一天时间很快就过去了。夕阳西下，我们愉快地踏上了回家的征程。

# 假日"品"扬州园林

扬州园林中院落的组合处理、建筑的设计理念、水景的独特处理、山石的细致安排等既具有皇家园林金碧辉煌、高大壮丽的特色，又有大量江南园林中的建筑小品特点。扬州园林不仅历史悠久，而且以其独特的风格在中国园林中占有重要地位。著名作家朱千华先生曾在扬州生活五年，他说："扬州园林地处江淮，北有大气磅礴的皇家园林，南有苏州、杭州的江南私家园林，再加上大运河、长江在此交汇，阴柔阳刚结合，从而使得扬州园林具有南秀北雄相互融合的特点。"

1980 年底，徐州、连云港籍的 100 余名新兵刚刚踏入军营两个月，就对扬州园林异常神往。于是，吃过早饭，我与同班的霍永发、马卫疆等 5 人请了假，想去欣赏一下久负盛名的扬州园林，逛逛扬州的大街小巷。

上午 8 时 25 分，我们来到离新兵集训地长征路 15 号不远的个园。个园同北京颐和园、承德避暑山庄、苏州拙政园并称为中国四大名园，深得人们喜爱。古人云："可使食无肉，不可居无竹。无肉令人瘦，无竹令人俗。"因此园林中种植了很多竹子，因竹子每支分叉上都是长三片狭长的竹叶，看起来像是"个"字，园林由此得名"个园"。我们在园中漫步，只见园内广植青竹，竹林郁郁葱葱，挺拔向上。微风袭来，只见风吹竹动，婆娑婀娜，甚为壮观。个园不仅在竹子上力拔头筹，而且将翠竹、奇石合理地结合了起来，形成了独特奇妙的园内山林特色。深入园内，看到假山林立，各具特色，两排银桂树建在一个天井里，把天空都完全遮住，香气不易外泄。四季假山表现出"春山艳冶而如笑，夏山苍翠而如滴，秋山明净而如妆，冬山惨淡而如睡"和"春山宜游，夏山宜看，秋山宜登，冬山宜居"的诗情画意。

个园设计新颖，结构严密，是中国园林的孤例，也是扬州最负盛名的园景之一，虽无真正山川之磅礴气势，却有小家碧玉式的精致美感，给人以"假山真味"的印象。园林房舍间的过道，有1米多宽，50多米长，两边都是高高的石墙，脚下是石板路，头顶是狭长的天空，辗转腾挪于咫尺之间，且石眼、石室、石梁不一而足，感觉很像大观园内的小路。园中群峦叠嶂，春夏秋冬四季景色，无不令人叹为观止。

走出个园不过10时08分。"时间还早，我们再去何园一游吧！"霍永发提出，我们首肯。

何园，原名"寄啸山庄"，坐落于扬州市的徐凝门街，是清乾隆年间双槐园的旧址，被誉为"晚清第一园"。导游说："清同治年间，道台何藏舫在双槐园的旧址上改建成寄啸山庄，山庄占地14000余平方米，辟为何宅的后花园，故而又称'何园'。园内有大槐树两株，传为双槐园故物，今仍有一株。光绪九年（1883），园主归隐扬州后，购得吴氏片石山房旧址，将西方建筑特色带回了文明古国，并吸收中国皇家园林和江南诸家私宅庭园之长，又广泛使用新材料，使该园吸取众家园林之经验而有所出新。全园可分为东西两个部分，通过两层串楼和复廊与前面的住宅连成一体。"

在东园，我们看到，这里的主要建筑是四面厅，为一船厅，单檐歇山式，带回廊，面阔15.65米，进深9.50米。厅似船形，四周以鹅卵石、瓦片铺地，花纹作水波状，给人以水居的意境。厅北有假山贴墙而筑，东有一六角小亭，西有石阶婉转通往楼廊，南边建有五间厅堂，三面有廊。复道廊上的花窗被称为"天下第一窗"，造型阔大，气宇轩昂，绕廊赏景，步移景异。

在西园，我们看到，中央有一个大水池，建有水心亭。它是中国仅有的一座水上戏台，在上面轻歌曼舞，可以巧妙地借助水面与走廊的回声，起到增强音响的共鸣效果，被誉为"天下第一亭"。楼厅廊房环池而建，池的北楼宽七楹，屋顶高低错落，中楼的三间称"蝴蝶厅"。楼旁与复道廊相连，并与假山贯穿分隔。池东有石桥，与水心亭贯通，亭南曲桥与平台相连，是纳凉之所。池西的复廊南有一幢三开间的两层小楼，独占小院的一角。后有挂花厅三楹，有黄石假山夹道，古木掩映，野趣横生。由此再往南便为住宅区了。

游完何园，天已近午，我们赶到福满楼觅食。在服务员的推荐下，点了一道炒软兜，一道芦蒿炒腊肉，一道狮子头和几个小菜。炒软兜是"长鱼"脊背的肉酱爆而成，芦蒿炒腊肉鲜美可口，狮子头肥瘦兼有，几个小菜亦颇有特色。2斤白酒不知不觉快喝完了，霍永发突然站了起来："今天我请客，玩得舒心，吃得有味，喝咱就不要尽兴了。新兵集训马上结束了，喝酒要尽兴，下连队后我再请大家。"大家纷纷表示赞同。于是他点了用白米饭、火腿沫、鸡蛋沫、青豆沫做成的几盘扬州炒饭，让我们酒不足但饭饱啦。

吃喝至此，饮一点绿茶，聚会于一室之中，尽兴畅谈上午游园观感。又见福满楼的山石池水，瞩目水阁，极尽通达之能事，只可惜腿力不济，便返回军营销假了。

# 我们徜徉在瘦西湖畔

儿行千里母担忧。当兵仅仅7个月，母亲彭爱霞就与几位同乡战友的亲人探望儿女来了，有王公义的父亲王化美、王公兴的大爷王化建、我的小弟李宝青等6人。我们分别在扬州军分区独立营的三个连队，约好第四天陪亲人到扬州的主要景点瘦西湖、大明寺玩。其间，同乡战友权学玲、王忠、于新利忙前忙后照顾家人，端水送饭，令我深为感动。

"故人西辞黄鹤去，烟花三月下扬州。"第四天一早，我与母亲、弟弟一道来到瘦西湖南门，其他人已在门口等候。

瘦西湖地处扬州城西郊，是隋唐时期由蜀冈诸山之水、汇合大别山东来的河水流入运河的一段水道，原是扬州城的一条护城河，名为保障河，亦称炮山河。现在的瘦西湖，面积50多公顷，水面长约6公里，宽约百米，具有南秀北雄之特色。瘦西湖景区现有御码头、五亭桥、西园、冶春园、绿杨村、卷石洞天、西园曲水、四桥烟雨、虹桥、长堤春柳、叶园、徐园、长春岭、琴室、木樨书屋、棋室、月观、梅岭春深、湖上草堂、绿荫馆、吹台、水云胜概、莲性寺、凫庄、白塔晴云等景点。

导游周小姐引领着我们进入瘦西湖，那美丽幽香的景色让我们赞叹不绝，只见一条小径通向远方，竹林中的竹叶翠绿嫩美，竹枝节节高升，风儿吹过，竹叶便悠悠地唱起了歌。人工湖上，小船轻轻飘荡着，水面荡起了漾漾水波，在太阳的映衬下，波光粼粼。这时虽然桃花未开，可是有白玉兰、紫玉兰、迎春花的怒放，柳树已经发出了嫩绿的新芽，此时白、紫、黄、绿也把瘦西湖点缀得分外美丽，让人赏心悦目。

600米长堤的尽头是徐园，细细一看，匾额上的"园"里竟是一个"虎"字。原来这里是大革命时期军阀徐宝山的祠堂，徐宝山生前俗称"徐老虎"，人们为了纪念他才故意将"园"里的"元"改为"虎"。祠堂前有两个大瓷缸，传说是"镇水之宝"。徐园里景色优美，结构布局合理，庭院错落有致，春池假山点缀其间，恰到好处，体现了园林的精致优雅。

游过徐园，跨过小虹桥，来到小金山。小金山是瘦西湖中最大的岛屿，景点风亭、吹台、琴室、书屋、棋室、月观都集中在这里。不知不觉我们来到了钓鱼台，向远处眺望，看见了一座有五个亭子的桥。导游说："这叫五亭桥，也叫莲花桥，它不但是瘦西湖的标志，也是扬州城的象征。"五亭桥建于清乾隆二十二年（1757），至今已有200多年的历史。五亭桥上建有极富南方特色的五座风亭，风亭挺拔秀丽，就像五朵冉冉出水的莲花。亭上有宝顶，亭内绘有天花，亭外挂着风铃。这正如清人黄惺庵赞道："扬州好，高跨五亭桥，面面清波涵月镜，头头空洞过云桡，夜听玉人箫。"

如果把瘦西湖比作一个婀娜多姿的少女，那么五亭桥就是少女身上那条华美的腰带，我不由想起杜牧那首脍炙人口的名诗："青山隐隐水迢迢，秋尽江南草未凋。二十四桥明月夜，玉人何处教吹箫。"我们站在五亭桥上向东看，远处的湖光水色就是一幅典型的江南山水图景，而桥东面这座四面环水的建筑，叫作凫庄。导游说凫庄建于1921年，因为形状类似浮于水面的野鸭而得名。凫庄有效地烘托了五亭桥和白塔，是瘦西湖上不可缺少的一处点缀。

到瘦西湖不能不看一看白塔。相传在1784年，乾隆皇帝第六次坐船游览扬州瘦西湖，从水上看到五亭桥一带的景色，不由遗憾地说："只可惜少了一座白塔，不然这儿看起来和北海的琼岛春阴像极了。"说者无心，听者有意，财大气粗的扬州盐商当即花了十万两银子向太监买来了北海白塔的图样，连夜用白色的盐包堆成了一座白塔，这就是在扬州流传至今的"一夜造塔"的故事。只见白塔高27.5米，下面是束腰须弥塔座，八面四角，每面三龛，龛内雕刻着十二生肖像。与北海白塔的厚重稳健不同，白塔比例匀称，亭亭玉立，和她身边的五亭桥相映成趣。

瘦西湖之美，可见于她精美的建筑。沿途所见，亭台楼阁，桥梁水榭，假山塔寺，均依景而造，毫无牵强。极目望去，自然景物与人工建筑错落有致，远近相宜，完美地融合在一起。所有建筑虽非一代一人建造，却未见立意冲突。那些灵动的翘角飞檐，精致的雕梁画栋，独特的三星拱照构思，神奇的五亭观月意境，无不显现出建筑者们非凡的智慧和独到的美学造诣，令人叹为观止。

瘦西湖之美，在她的山水花草之间。如今，虽历经风雨，瘦西湖畔依然保留着良好的生态环境，两岸动植物品种繁多。走在湖边，眼前或柳条长垂，或古木参天，或春桃青涩，或草绿花红；湖边野鸭戏水，湖心岛上白鹭筑巢，更有无数不知名的飞鸟在枝头跳跃鸣叫，全然不为熙熙攘攘的游人惊扰。园林中，池水与假山相映成趣，参天大树与青葱灌木高低参差，人在其中，恍惚如在画中走，诗中游。

扬州的确是人文荟萃之地，历代政治家、文学家、画家、艺术家云集，在扬州留下了无数典籍诗文、书画、音乐，也留下了许多优美的传说故事。历史上李白、刘禹锡、白居易、杜牧、欧阳修、苏轼、王士禛、蒲松龄、孔尚任、吴敬梓、郁达夫、朱自清等文化名人都在这一带留下或深或浅的足迹和众多脍炙人口的篇章。"烟花三月下扬州""珠帘十里卷春风""绿杨城郭是扬州"等数不清的名言佳句，流传千古。这一切，充斥着浓郁的文化氛围，让游人着迷，让文人倾倒。"来瘦西湖一游，不虚此行。"生于书香世家的母亲感慨道。

不知不觉中，我们走完了瘦西湖畔，也走完了一部瘦西湖的历史。我们在慨叹时光流转、物是人非的同时，依然陶醉于美妙胜景之中。不知不觉间到了中午，为了赶下午的游程，我们便依依不舍地离开了瘦西湖。说实在的，一个上午游瘦西湖，也只能是走马观花，像瘦西湖中的风亭、迎春楼、静香书屋等众多景点，无法一一游览，正如导游所说："留点遗憾，下次再来。"瘦西湖的水静静地流淌着，如一位阅历丰富的老人，神态安详，语调沉稳，向后人讲述她厚重的故事；又如一位温柔细腻的少女，眼波流转，巧笑轻盈，向今人展示她迷人的风姿。

# 在水利风景区的日日夜夜

　　一个人最快乐的事莫过于在风光旖旎的地方生活，一个人最幸福的事莫过于能为人民服务。走上军旅之路后，我就开始了守护江都水利枢纽工程的一个个不眠之夜。在这里，我当上了班长，被提拔为干部，立过功，受过奖。这里成了我人生的一个转折点。

　　江都水利枢纽工程位于长江中下游北岸、江都老城区南端。由枢纽工程向北望，广袤的苏北平原河网密布，稻菽千重，有"鱼米之乡"的美称。但在历史上，这里又是个易旱易涝的地方。新中国成立后，毛泽东主席发出"一定要把淮河修好"的号召，在周恩来总理的直接关怀下，举世瞩目的水利工程——江都水利枢纽工程——终于在1961年12月铲下了第一锹土。该工程由4座大型电力抽水站、5座大型水闸、7座中型水闸、3座船闸、2个涵洞、2条鱼道以及输变电工程、引排河道组成，是一个具有灌溉、排涝、泄洪、通航、发电、改善生态环境等综合功能的大型水利枢纽工程其中4座抽水站共装有大型立式轴流泵机组33台套，装机容量53000千瓦，最大抽水能力为508立方米每秒，是目前我国乃至远东地区规模最大的电力排灌工程。它既是江苏省江水北调的龙头，也是国家南水北调东线工程的源头。几十年来，江都水利枢纽工程共抽引江水北送100亿立方米，抽排涝水300亿立方米，自流引江水东送1000亿立方米，泄洪9000亿立方米，为苏北地区国民经济和社会事业的发展，为保障人民生命财产的安全做出了巨大贡献。

能在举世闻名的水利工程执勤放哨，我时时引以为豪。在这里，我们爱站胜似家园，守站坚如磐石，处理了一次又一次急难险重的警情，使这里连续几十年安全无事故，维护了辖区的稳定；在这里，我接待了一批又一批战友，学会了如何当一名导游。

开春后不久的一天上午，永发、传书、德臣、继存、克书、玲学、利平、雪华、书华、宗群等战友如约而至，我早早等候在门口。

我们一行由北大门进入，走进大门，便是一条笔直的大道，通往工作区。沿路南行，路旁桃红柳绿，树木葳蕤，有高大的龙柏、苍劲的雪松、笔直的棕榈、茂盛的银杏，还有盛开的玉兰花，阵阵香气扑鼻而来，让人感到心旷神怡。凭栏东眺，亭榭楼台，水面波光粼粼，水鸟盘旋。南面四座大型抽水站就如四颗翡翠镶嵌在滔滔江水中，景色蔚为壮观。

继续南行，便到了一站。一站兴建于1961年，1963年运行。步入大门，前行不远便到了中央控制室，首先映入眼帘的是干净简洁的可视化操作平台。出了一站走10分钟便到达二站，二站设备设施的结构布局和一站基本相同。

走出二站，沿途欣赏着美景，闻着花香，我们来到三站，三站正在进行工程改造。三站装有10台可逆式机组，正转抽水，反转时即可进行水力发电。进入一楼厂房，三站的职工们正在进行机组改造安装，他们全然不顾自己满身油污，挥汗如雨，在机组之间来回穿梭。

四站是我们一行的最后一站，该站原先是江苏水利现代化建设的标志工程，最早具有机组监控关键技术、实现微机自动控制和在线优化运行，有远程视频监控系统。大家对我的专业化的讲解给予了较高评价。

又一天上午，战友继亮、公文、公成、明刚、同生、敬卫、传勇、继宇、贵州等又一同赶来游玩，我又欣然当起了导游。

江都水利枢纽工程规划设计合理，施工质量优良，管理规范科学。其泵站一年之中有一半以上的时间处于通水运行状态，最长运行时间达到1年余270多天。他们用精湛的专业技术和超前的综合经营头脑起步发展，形成了以机电安装为主，以自动化控制运用和水下检修为辅，以船闸通航、机械修配和水力发电为补充的"一主两翼三补充"经营格局。遇旱时，它能把长江水抽引到大运河的自流灌区，灌溉江都、高邮、宝应、兴化、淮安五个县的300多万亩农田；受涝时，它可以把里下河地区的渍水排入长江，大大减轻这个地区的内涝灾害。1970年秋天水稻成熟前，这里连续降雨40多天，抽水机站抽排渍水9亿700万立方米，及时解除了里下河地区300多万亩稻田的内涝。其中受涝比较严重的江都、高邮、兴化、泰县（现姜堰区）、泰州市，粮食总产量比上一年增长14%以上。1971年夏天，这里连续50多天没有降雨，出现严重的旱情，旱情影响了大面积的水稻栽插。抽水机站及时抽引江水6亿2300万立方米，通过大运河送到里下河地区，保证了水稻的适时栽插。为此江都水利枢纽工程先后被评为"全国优质工程"，获国家金质奖，被评为"全国绿化先进单位"，被水利部确定为"文明服务示范窗口单位"，成为"国家水利风景区"。陈云、李先念、杨尚昆、乔石、王震、田纪云、邹家华等党和国家领导人曾先后来此视察，并给予了很高的评价。这里还先后接待了140多个国家和地区的客人，其中有朝鲜、肯尼亚、冈比亚、巴基斯坦等国家的元首、政府首脑，也有英国、美国、日本、加拿大等国家的友人。一位外国总统参观后说："一个国家的经济发达，起步首先在于农业发展，农业又离不开水利。中国在这方面做得太好了。"我的导游词让战友们游兴大增。

我们边走边聊，只见大道的两旁长着一排高耸的银杏树，像一位位战士在保卫着引江。树下的一些花草笑眯眯的，好像在迎接着战友们的到来。在大道东侧有一条碧波荡漾的大河，在阳光的照耀下，河面上泛着粼粼的波光，像撒了一把把金色的小星星，漂亮极了。

走进江都水利枢纽工程，仿佛来到了世外桃源。也许是季节的原因，在明媚的春光里，抽水站里绿树如茵，成排的垂柳犹如爱美的少女，在河边梳理着长长的青丝。花丛中彩蝶飞舞，草坪上小鸟漫步，就连空气里也透着一股股清香。每逢周末，我时常与平生、加银、黄东、一鸣、邦强、张浩、学富、尚敏、云圣、京奇、传好、福领、一真等同志一起散步，我们无不被怡人的景色所倾倒。路旁高大的雪松，盘旋曲折的虬枝，厚厚实实的针叶，庄重雍容。沿着大道往前走不远，就可以看到河边有一座两层的凉亭，沿着旋转的铁梯，走上凉亭，看见亭顶上面有两个圆形的东西，宛如一个葫芦镶嵌在亭顶上。逢年过节，支华、维吟、希素、建平、卫东、敬学、修金、永新、效良等一些上级领导和报社编辑记者也前来游玩，我们坐在亭子里面的椅子上，呼吸大自然的清新的气息。亭榭、假山、滴泉、花卉，给你一片绿色和芬芳，周围的草地上，花木扶疏。整个绿化占地400余亩，像一块巨大的翡翠点缀在江都区南端，真有"沾衣欲湿杏花雨，吹面不寒杨柳风"的美感。

江都水利枢纽工程是江淮大地的骄傲，是中国人民的瑰宝。站在这里执勤，目睹泵站出水口巨浪翻滚的情景，脑海里想象着水利枢纽工程工作时的壮观，作为一个兵，我为能日夜守护国家水利风景区而骄傲，为能日夜守护让人们鱼肥蟹壮、鱼米飘香的江都水利枢纽工程而自豪。

# 我与父亲逛宜兴"三洞"

　　时光飞逝,日月如梭,转瞬间到了1983年岁末。因为宜兴人手不够,上级司令部门便安排我到那里带新兵,我的心情异常兴奋,第二天,便马不停蹄向宜兴赶去。

　　宜兴,地处长江三角洲太湖流域,隶属无锡市,距太湖西64公里,与浙江、安徽两省接壤,是江苏省最南边的一个县。古称阳羡,是一个古老而神奇的文化名城,拥有2100余年城建史和7000多年制陶史,是中国陶瓷的发源地,宜兴紫砂誉为"中华一绝"。宜兴竹海风景区位于苏、浙、皖三省边界,竹海绵延苏、浙、皖三省,纵横800余里,形成了一片翡翠的海洋,万亩翠竹随山势起伏,好似波涛翻腾,绵延不绝,有"华东第一竹海"之称。宜兴素有中国"著名陶都""环保之乡""教授之乡"的美誉,是一个陶文化、茶文化、竹文化、洞穴文化兼具的独特的旅游胜地。

　　入住宜兴人武部招待所后,我马上与扬州武警支队带兵负责人蒋宏喜联系。他是宝应中队队长,听说我已经赶到时,非常高兴,让我后天开始与和桥、丁蜀、南潮、南新、周铁等几个乡镇带兵人一起,走访最后26个应征青年。

　　第二天我没有事,7时15分起床后便来到大街闲逛,竟偶然遇见了父亲李继叶,3年不见,他乡偶遇,颇感意外。父亲这时已经当上徐州郊区第三副食品厂厂长,到苏锡常一带出差,今天准备去苏州,遇见儿子当然什么事都不重要啦。他问我到宜兴干啥,今天有没有事。我一五一十做了汇报，父亲说："那我带你去宜兴'三洞'看看吧。"

我怀着激动的心情与父亲一道，乘车向张公洞出发了。

张公洞又名庚桑洞，是一个古老的石灰岩溶洞。传说汉朝的张道陵在此修道，唐代八仙中的张果老曾在此隐居，故而取名"张公洞"。去年游玩过的父亲介绍：张公洞有72洞，总面积达3000多平方米，游程达1000米。它洞中有洞，大洞套小洞，一洞复一洞，洞洞相通，洞洞不同，各洞的气温也不相同。

我们进入洞中，仿佛进入了一个"世外仙洞"，到处流光溢彩，华灯齐放，一股凉气袭来，使人感觉阴森森的，恐惧万分。在洞中站了一会，我们才适应它的幽暗。来到宽广豁达的"海王厅"，只见龙王张着嘴，两颗尖尖的龙牙显露出来，龙舌则是个平台，四周怪石嶙峋、奇岩怪石，石柱、石花琳琅满目，真不愧是大自然的鬼斧神工之作啊！此时正在表演京剧《智取威虎山》中的片段，那里伫立着许多游客在欣赏呢！

继续走进去那就是盘肠洞了，呵呵，真像迷宫了，才转个弯，另一个洞的轮廓又展现在眼前。经过七拐八弯，终于看到了一线曙光。仰望上方，原来上面就是出口了，这就是所谓的朝天洞，那光便是从那里透下来的。此时我的脚好像灌了铅似的，沉重极了，登着石阶爬到一个平台，歇息了片刻就攀出了朝天洞，到达了孟夫山顶。经过望湖亭，俯视下面，周围的全景尽收眼底。音乐喷水池里正以各种形式喷着水花，山上树木葱茏，有一条石阶一直通往山下，我情不自禁地赞道："张公洞不愧是'江南第一古迹'啊！"

不知不觉车子已停在了善卷洞门口，久闻城市喧哗和尘土之味，大自然的清新顿时让我们觉得心情舒畅。

沿着青石小路进入了善卷洞之内，洞外是桃红柳绿，洞内却另有一番天地。大自然造就了千姿百态的溶洞奇观，洞内有经过千万年沉积形成的形态各异的钟乳石，有的如观音石佛，有的像飞禽走兽，有的似云雾仙都，在五彩灯光的映衬下栩栩如生，如梦如幻。其中有一景，为上下一对钟乳石，据说两石只相距1厘米之远，却要200年才能相聚，被称之为"百年好合"，真是恰如其分。顺着洞内石阶，一路奇观，美不胜收，不久便来到了洞内地下河。皆知善卷洞"洞中有河，河可通舟；船在水中行，桨往天上撑"，登上木舟，船工握桨并非划水，而是撑壁而行，堪称一绝。水洞岩层时高时低，人在船中，弯腰而坐，小船微荡，水中倒影，五彩缤纷，四壁生辉，水石一色，犹如身在神话中的"水晶宫"一般，如梦如醉。船过三弯，终于到了河流尽头，顿觉眼前豁然开朗，原来此处是溶洞的出口。只见一道瀑布飞流直下，宛如一条绸缎，又如银河倒泻，蔚为壮观。水击石，石抛水，相互冲击，溅起串串琼珠玉液，飘于阳光之中，五光十色，形成彩虹，更是奇妙。

中饭父亲点了 4 道当地菜，喝了 1 斤红酒。父亲告诉我，外祖父彭世京刚刚离休，与我外祖母正住在我家，是我大舅和二舅送过来的。

下午 3 时，我们赶到灵谷洞。

听父亲介绍，灵谷洞是著名的石灰岩溶奇洞，全洞面积 8160 平方米，游程 1113 米，有上、下两个洞口，洞内有大小高低不同与石钟乳、石笋各有异趣的石厅七个，分隔贯穿，脉络相承。洞中有石钟乳、石笋、石花、石柱、石幔等，形状奇异，色彩绚丽。其中高 26 米、宽 7 米的大石幔，如银河直泻，瑰丽奇特，为阳羡诸洞所仅见。洞外群山四合，茶园翠绿，可领略山林风光。

灵谷洞的入口处掩映在翠竹深处，入洞通道险峻、曲折、幽邃，越到里面越大。导游说："此洞发现较早，洞内岩壁上至今还保存有宋、明、清各代游人的题诗墨迹。曾经湮没了 100 多年的灵谷洞，在 20 世纪 80 年代初又被重新发现。"唐代诗人陆龟蒙在宜兴探茶时，发现了灵谷洞，曾雇人开凿，因工程艰巨而作罢。如今，灵谷洞与善卷洞、张公洞并称为"宜兴三奇"。

下午 5 时 28 分，我与父亲的游览告一段落。

神秘莫测的宜兴"三洞"让我流连忘返，融于这奇幻、美妙的大自然之中，久久不愿离去。这次奇妙之行，不仅让我欣赏了美丽的风景，更让我领略了大自然的奇妙无穷。在感受大地那沧海桑田的变化的过程中，我也不禁想道：我们这个社会应该是团结、友爱、互助、信任、和谐的大家庭，可复杂的社会让人与人之间缺少了真情，缺少了信任，不和谐的音符时常出现在我们身旁。一个人的力量很小，无法改变整个社会，但如果人人都从自己做起，那和谐的社会离我们还会远吗？

# 送稿途中访"泉城"

1984 年，对我来说是幸运的一年。因工作成绩突出，我两次被上级评为"精神文明先进个人"，被武警江苏总队记了三等功，所带班被评为"先进集体"，出席了总队先代会，受到共和国委员长彭真的亲切接见。因报道成绩突出（在《人民日报》等省以上报刊见稿 210 多篇），我被总队评为"新闻报道一等奖""总部先进新闻工作者"，被多家报刊聘请为特约记者、特约撰稿人。金秋十月，北京《光明日报》《法制日报》等报刊又约我到北京改稿，真乃喜事连连，美不胜收。

领导看了《光明日报》《法制日报》等报刊的改稿函件和约稿信，很是高兴，特批给我 10 天假期，并祝我旅途顺利。几天后，我踏上了北去的路程。路经山东济南时，我下车愉快地访了一次"泉城"。

济南，又称"泉城"，是中国东部沿海经济大省山东省的省会，是全省政治、经济、文化、科技、教育和金融中心，北连京津，南接沪宁，东西连通山东半岛与华中地区，是环渤海经济区和京沪经济发展轴上的重要交汇点，是全国重要的交通枢纽和物流中心，是闻名世界的史前文化"龙山文化"的发祥地之一。济南诞生了许多中国历史上的著名人物，名君大舜，神医扁鹊，名将秦琼，名相房玄龄，著名诗人李白、杜甫、黄庭坚，词人李清照、辛弃疾，著名小说家刘鹗，近代文豪老舍等都曾在济南生活、工作、游历，故有"海右此亭古，济南名士多"的佳誉。济南风景秀丽，泉水众多，城内七十二名泉争涌，尤以趵突泉、黑虎泉、珍珠泉、五龙潭四大泉群久负盛名，自古享有"家家泉水，户户垂柳"之誉。

忙里偷闲前往济南，看其最著名的趵突泉、大明湖和千佛山就不枉此行了。第二天上午，来到大明湖畔，坐上了游艇，一边欣赏风景，一边听导游介绍：大明湖中有几个奇异的现象，那就是蛇不游，蛙不鸣。据说，每年夏天雨季，北园一带荷池水涨，蛙声震天，但大明湖内却非常宁静，就是把正在鸣叫的蛙放进湖水里也不叫了。大明湖水清澈见底，天光云影，游鱼水草，一目了然。整个湖有800多株垂柳环绕，柔枝垂绿，婀娜点水。看着窗外，碧波荡漾，风景如画，我不禁想起了许多文人墨客咏赞大明湖的篇章：冬泛冰天，夏挹荷浪，秋容卢雪，春色扬烟，鼓世其中，如游香国；鸥鹭点乎清波，萧鼓助其远，固江北之独胜也。"四面荷花三面柳，一城山色半城湖"成了大明湖最好的写照。

别离大明湖东门，缘护城河顺流南下，黑虎泉就偃卧于大明湖公园东南，与趵突泉东西遥遥相望。黑虎泉水源出山洞，因泉涌声如虎啸而得名。沿东南护城河另有十余处泉水，构成黑虎泉群落，如金虎泉、五莲泉、豆芽泉、琵琶泉、九女泉、白石泉等，形状各异，不一而足。倘逢泉水充盈时节，两泉奔涌咆哮，隔数里相闻，宛若两兽旷野上以声示威，大有互扑相搏之势，令游人居者无不惊叹大自然的神秘莫测。

下了游艇，坐车去趵突泉公园。导游说："济南素以泉水多而闻名，有'济南泉水甲天下'的赞誉。趵突泉则为济南七十二名泉之冠，被誉为'天下第一泉'。"趵突泉公园是一座以泉水为主的民族形式的自然山水园林，风光秀丽，内涵丰富。泉水分三股并发，水花四溅，喷射数尺，壮如白雪三堆，称"趵突腾空"，蔚为奇观。泉水质洁甘美，用来沏茶，色清、味醇、爽口。坐在泉东端的"望鹤亭茶社"饮泉品茗，令众多游人心旷神怡，流连忘返。

我们看到，趵突泉泉池呈长方形，东西长30米，南北长20米，中间3个泉眼昼夜喷涌，浪花飞溅，势如鼎沸。

中饭后，赶往千佛山。

导游说："千佛山位于市区南部，古称历山，面积 166.1 公顷，海拔 285 米，是济南三大名胜之一。"千佛山是此番游历的最后一处景致，山上有舜帝祠、鲁班祠及兴国寺。兴国寺内所保存的隋代石刻佛像，镂雕精妙，栩栩如生。我随游人一同前往拜谒舜帝祠，瞻者多跪拜求祷，我亦敬上檀香一炷，谨鞠三躬，以示仰慕先贤懿德之情。登山远眺，远处黄河滚滚东逝，寒烟点点，令人不禁遥想起王临川先生"征帆去棹残阳里，背西风、酒旗斜矗"的词句，顿生幽幽怀古之情。

第三天一早，我在住处附近的芙蓉街漫步。

芙蓉街位于泉城济南的中心，南起泉城路，北至西花墙子街南口，邻近历代两大府衙和贡院、府文庙及古城主干道，因街中路西有芙蓉泉而得名。金、明、清时，芙蓉街是文人墨客饮酒赋诗之地。其建筑反映了清末民初的发展变化，中西合璧至今仍存。芙蓉，也叫荷花，是济南人最喜爱的花，因而，芙蓉街的四泉一街一巷均以"芙蓉"为名，承载了悠久而灿烂的文化，成为济南作为历史文化名城的标志性街巷之一。走进芙蓉街就像走进了一座年久失修的历史博物馆，尽管随着历史的变迁，陈迹渐少，但从沿街二层小楼的精美木刻仍可推想出当年老街的繁荣。

济南文物古迹众多，有舜文化遗址舜耕山、舜井、娥英河、舜庙，有先于秦长城的齐长城，有中国最古老的地面房屋建筑——汉代孝堂山郭氏墓石祠，有中国最古老的石塔——隋代柳埠四门塔，还有被誉为"海内第一名塑"的灵岩寺宋代彩塑罗汉。四门塔是我国现有最古老的单层石塔，具有极高的艺术和审美价值。李清照、辛弃疾等名人纪念馆陈列了他们的作品及其重要文献资料。因时间关系，这些景点都没有去。

不知不觉中，"泉城"一天半的游历画上了句号。在去车站的路上，我仿佛忘记了时间，心还停留在趵突泉上，魂魄还畅游在大明湖里，真希望时间倒流，让我的心神始终定格在那一刻。是啊，能在公务之余得闲独出游历一番，观各处胜迹，赏群泉涌珠，也谓人生一大快事了。

# 在开封

　　外祖父彭世京是一个颇有造诣的书法家，担任一个地区书协主席多年，离休后与外祖母常在我家居住。小时候，外祖父特疼我这个大外孙，听说我休假后要到郑州学习，便提出带我到开封去一趟，熟悉一下河南，我当然求之不得。探家第六天一早5时许，我与外祖父踏上了去开封的征程。没来前，外祖父已经与开封大学的一个历史系教授联系，让其陪我们，上午10时许我们赶到时，这位56岁的张教授已在车站等候。

　　"开封历史悠久，传统民族文化灿烂，文物古迹驰名中外，与洛阳、安阳、西安、北京、南京和杭州并称七朝古都。在中国的七大古都之中，有四座古都位于河南省境内，她们是洛阳、安阳、郑州和开封。河南的古都有时间都值得走一走，没想到张教授能亲自陪我们，谢谢了。"见面后我开门见山说道。张教授与外祖父是至交，外祖父曾在这个大学执教过，两人寒暄后，坐他单位的车向目的地赶去。路上，张教授介绍开封的历史真乃口若悬河：

　　开封古称东京，亦有汴梁、汴京之称，简称汴，位于河南省东部，在中国版图上处于豫东大平原的中心位置。耕地面积363.4千公顷，市区面积359平方公里，市区人口80万，辖尉通许、兰考、鼓楼、龙亭等区县。北宋画家张择端的《清明上河图》生动描绘了古都开封当时的繁华景象。这一时期的开封，涌现出了清正廉明的包公、满门忠烈的杨家将、民族英雄岳飞、图强变法的王安石等一大批

生活因旅游而精彩

具有重要影响的历史人物，他们对中国历史的发展都产生了重大影响。

从车窗口朝外看，只见开封的街道，迂回曲折，纵横交错，形成了开封的一大特色；开封的建筑，保留着古式的风格，灰色的砖瓦，翘起的亭角，别有一番景致。很快，我们来到开封府。

开封府为北宋时期天下首府，威名驰誉天下。包龙图扶正祛邪、刚正不阿的美名传于古今。一曲"包龙图打坐在开封府"令人荡气回肠，引起人们几多遐思神往。

开封府位于开封市包公东湖北岸，占地60余亩，建筑面积1.4万平方米，气势恢宏，巍峨壮观。与位于包公西湖的包公祠相互呼应，同碧波荡漾的包公湖湖水相映衬，形成了"东府西祠"楼阁碧水的壮丽景观。开封府依北宋《营造法式》建造，以正厅、议事厅、梅花堂为中轴线，辅以天庆观、名礼院、潜龙宫、清心楼、牢狱、英武楼、寅宾馆等50余座大小殿堂。在仪门大堂门外的左边有一面很大的鸣冤鼓，古时受冤的老百姓都会在此击鼓鸣冤。我上前敲击着大鼓，在阵阵鼓声中感受到了当时老百姓们的心情。

在正厅里面摆着大家熟悉的刀铡，正所谓"王子犯法，与庶民同罪"，如果王子、王爷或官员犯法也照样躲不过一铡。有虎头铡，用于官员们犯法时铡的；有狗头铡，老百姓犯法用的就是这副铡。在开封府内，我们还看到了隆重的"开衙仪式""包公断案"等丰富多彩的表演活动，真切体会到了"游开封府，品大宋文化；拜包龙图，领略人间正气"的含义。

张教授带我们经过大相国寺，来到龙亭。

龙亭坐落在开封市中心的龙亭湖畔，是在原北宋皇宫的遗址上建造的一座明清时代的大型宫殿式建筑群，规模宏伟，是开封最大的文物古迹景点。走进龙亭，门前雄踞着两尊宋代遗物"镇门石狮"，一看就觉得威严凶猛。东侧一个足踏绣球，西侧一个膝下偎依幼狮，传说它们曾是故宫的遗物，明代的时候就成了周王府的镇门宝物。在龙亭正道，左为杨家湖，右为潘家湖。爬上龙亭的高阶进入殿内，大殿有点像太和殿，只可惜没有龙椅，只有一组蜡像，描绘宋太祖登基坐殿时大宴群臣的景象。从高阶下来后，发现东西两侧的配殿里还有数组描绘北宋历史大事的蜡像，比如杨业归宋、澶渊之盟、王安石变法、徽宗作画等。虽然说不上栩栩如生，但在巍巍龙亭之下的场景中，还是给人遐想的空间。

出了龙亭，来到清明上河园。这是以张择端的《清明上河图》为蓝本建造的一座大型的宋代文化主题公园，我们可以领略到1000多年前汴梁古都的市井风情，观赏到丰富多彩的宋代音乐、歌舞、杂技、盘鼓、木偶、斗鸡、斗狗等表演，还可以看到"大宋科举""王员外招婿""包公放粮""梁山好汉劫法场"等历史故事的演出。是啊，从来没有哪个城市和一幅画那么紧密相连，也从来没有哪幅画描述得了一个城市的繁华，但是，《清明上河图》是个例外，纵使没有学过国画，也至少听过世界上最长的卷轴画——《清明上河图》。只是透过纸香墨色，便对一个城市魂牵梦绕。

12时20分，肚子已经开始打鼓了，张教授带我们品尝了灌汤包，包子的味道确实很好，鲜美异常。

下午，我们来到铁塔公园。此塔远在郊外，游人稀少，是个放松心情的好地方，它可能是开封城里唯一货真价实的宋时遗物。

临近塔前，抬头仰望这个通身贴满佛祖的琉璃建筑，在惊叹其精致的同时，也在努力思考着铁塔的含义。一个孱弱的王朝，以莫大的激情和虔诚构筑一个繁华的标志和精神的柱石，期望佛祖庇护江山铁桶，铁统江山。可在强大野蛮的外族面前，四书五经无能为力，通天佛祖无可奈何，繁华的文明在无知、嫉妒的心理下，被疯狂地踩躏。曾经的繁华，已是残垣废墟，掩埋在千年的浮尘之下，消失在遥远的时空当中。千年后，我们能看到的，只有这座孤零零的铁塔，冷峻仁立，隐忍千年，依旧沉默不语。贴满佛祖的护符，虽挽救不了一个王朝的衰亡，但至少保住了自家的性命。也许，这是佛祖最大的胜利，也是对我们莫大的安慰，正可从历史的痕迹中，解读校正我对这个古老城市的看法。站在铁塔前，遥想开封城的几经沧桑，深感世间所有俗事都显得那么不可思议，在纷繁的世事中，能宠辱不惊，浅笑嫣然，保持平和的心态，才能够承载厚重的历史。

为了保存古城风貌，开封没有高楼大厦，仿古的宋都御街古香古色。走在开封的街道上，穿过曲折的小巷，看着那一个个趣味盎然的街名，路边不时有游人经过，那份悠然的心情便会轻轻浮上来。走着走着，你还可以看见有人拿着毛笔蘸水在路面上挥毫大书，有七岁孩童，也有耄耋老人，颇有以文会友的遗风。

第二天上午来到天波杨府。

天波府临近宋皇宫，殿堂宏伟，楼台瑰丽，是一座蔚为壮观的官府宅院。杨家府衙为天波杨府中院，由大门、照壁、钟鼓二楼、过厅、天波楼、东西配殿、后殿以及回廊组成。主体建筑天波楼，一楼大厅是杨业处理军机要事的厅堂，内设群雕"杨业发兵幽州救主"，二楼群雕"佘太君杨门选将"。置身天波，一步一景，目睹鬼斧神工的奇山秀水，耳闻杨家满门忠烈抗侵略的动人故事，敬意油然而生。

下午来到开封博物馆。

博物馆珍藏着极为丰富的文物。从夏、商、周、秦、汉、晋、南北朝，到隋、唐、五代十国，再到宋、元、明、清、民国等各个朝代、不同时期，都有出土文物。参观文物，就像阅读一部博大精深的百科全书，里头深埋着厚厚的文化底蕴。

开封是一座人文与自然景观交相辉映的城市，具有文物遗存丰富、城市格局悠久、古城风貌浓郁、北方水城独特等四大特色。在2700多年的历史长河中，开封城虽屡毁屡建，但城址和中轴线始终不变，被誉为城市发展史中罕见的特例。开封城下还叠压着5座城池，其叠压层次之多、规模之大，在中国五千年文明史上是绝无仅有的，在世界考古史和都城史上也是独一无二的，被著名历史地理专家、中国古都学会会长朱士光教授誉为"活的化石"。目前，全市有文物保护单位298处，其中北宋东京城遗址、开封城墙、铁塔、延庆观、山陕甘会馆等13处被列入全国重点文物保护单位，省级文物38处，史有"一苏二杭三汴州"之说。

"欢迎彭主席和小李有时间再来开封。"张教授在我们临走时依然滔滔不绝。临别前，我说道："谢谢您，张教授，开封历史人文这样丰厚，有的景点还没来得及去，我想会再来的，再见。"

开封城虽几经荣辱，既有过绝世绮丽的繁华，也有过城破国亡的悲恨，但在千年之后，却连废墟都不给你留下，而是将其深深掩埋于厚重的黄土之下，也许，她只愿意让你看到她坚强美丽的一面。开封人以极大的热情开发出漂亮的旅游景点，试图找回昔日古都的风采和自信。如果你来这里游一遭，便不能不感叹这些景点的美丽和壮观，看着这些旧时的美妙景象，真有一种"不知今夕是何夕，我辈理应争朝夕"的感觉。

# 与七十六名学子赏 "花都"

　　1986 年，活跃在《人民日报》《光明日报》等全国各地主流媒体的 77 名武警部队的特约记者、特约通讯员的名字基本销声匿迹了，原来武警总部为这些人充电了——77 名武警新闻人才年初齐聚河南郑州，每省 1—2 名。我有幸成为江苏总队唯一的一员，在这里系统学习了新闻采访、新闻理论、新闻史、语法修辞等 13 门课程，《人民日报》艾丰、李德民、朱习华、张抒，新华社吴鸿业，《解放军报》阚世英，《法制日报》王毅、张亚，《人民公安报》李长群，《人民武警报》邓日照、王志祥、刘立献，武警总部记者组钟长洪、柴建国，《河南日报》王技兴、张演清，河南省作协副主席叶文玲等 20 余位知名记者、编辑和作家前来授课，着实开阔了眼界，增长了见识，学到了本领。叶文玲为我题写了"刻苦学习，努力登攀"予以勉励。业余时间开展文艺演出、演讲竞赛，组织篮球比赛、游览活动等，真是其乐融融。

　　"天下有九福，洛阳花为福。"这不，第二次游览活动开始了。由学员队中队长袁文庆、指导员涂维龙、司务长李生荣带队，河南旅行社的赵小姐全程陪同。

　　这天天刚蒙蒙亮，一阵集合哨音把我们"吹"到了两辆大巴车上。赵小姐是郑州人，军队干部的千金，她坐在我们二区队的车上，用河南话插科打诨般地开着玩笑：

　　"洛阳是'千年帝都，牡丹花城''诗都''花都''感动世界的中国品牌城市''万象神宫''中国优秀旅游城市''中国十大最佳魅力城市''最值得向世界推介的十大中国名城''国家园林城市''国家卫生城市''国家森林城市'等等，今天能与全国各地的武警才子一道前往，本小姐深感荣幸，首先我要考一考二区队的小哥哥们，洛阳有哪八大景？"

"龙门山色、马寺钟声、金谷春晴、邙山晚眺、天津晓月、洛浦秋风、平泉朝游、铜驼暮雨。"被同学誉为警营作家的交通一总队党益民一字不漏地答了出来。

"洛阳有哪八小景？"

"东城桃李、西苑池塘、石林雪霁、伊沼荷香、午桥碧草、瀍壑朱樱、关林翠柏、龙池金鱼。"被同学认为才气逼人的宁夏总队张忠林随口答出。

"洛阳十三朝是指哪些？"

"夏、商、西周、东周、东汉、曹魏、西晋、北魏、隋、唐、后梁、后唐、后晋。"被同学称作冉冉升起的警界诗人、贵州总队何国斌不加犹豫地答道。北京的薛作瑞、河北的李兆俊、黑龙江的张鸿伟、陕西的高今、山西的陈五虎、新疆的闵金龙、内蒙古的于文清、河南的汪涛等18人互为补充也做了回答。

"小哥哥们太有才了，佩服得俺五体投地，看来再不能当考官，只能做学生了。可本小姐相信，你们当中一定会有未来的知名作家、知名记者，你们当中一定会有为数不少的将校级警官，你们是武警部队的骄傲和自豪。"

大巴在公路上一路飞驰，通往"诗都""花都"的路上洋溢着欢声笑语。

洛水东流去，悠悠千古事。洛阳位于河南西部，是我国"七大古都"之一，是国务院首批公布的历史文化名城。洛阳因地处古洛水之阳而得名，以洛阳为中心的河洛地区是华夏文明的重要发祥地。这里汇集了来自五湖四海的游客，停车场里已经都是车，连通道都水泄不通。烈日尽管炎炎，却挡不住人们的热情，瞧，遮阳帽、遮阳伞齐上阵，有的人甚至把包都顶在了头上。走进大门，满眼都是攒动的人头，不论河东还是河西，山脚还是山顶，入口还是出口。当然最拥挤的地方还是卢舍那大佛。我们顶着炎热，抛弃劳累，忍着口渴向大佛台攀登，那光滑的石阶挡不住我们好奇的脚步。当我们穿过人海、猛一抬头时，发现卢舍那大佛正冲着我们微笑。那大佛仅头就有 4 米高，耳朵大可与刘翔齐高。我真佩服古代人民的智慧和勤劳，能在奔流的伊水畔、高耸的大山上建造出这么伟大的建筑群。我与陆文杰、姚勇、秦玉敏、扬其华、曾祥书、屈宏太、王瑛、吴小红、程山丹、田军等在卢舍那大佛前留下了难忘的合影。王国清、熊德芳、陈燃、王小雪、李高峰、关卫彪、白献民、陈峰、张泉水、欧柱北、唐建国、陈江等在我们照相的原地留了影。

大巴又在公路上飞驰，赵小姐甜美的声音又在耳畔回响："才子小哥哥们，牡丹是我国著名的传统花卉，原为野生植物，与荆棘无异，主要产于我国的青藏高原、黄河流域、巴山秦岭、山西的中条山、河南的伏牛山和邙山等地区，原始牡丹群落可追溯到 3000 多年前。牡丹在洛阳栽培，据史料记载，始于隋而盛于唐。新中国成立后，由于历尽沧桑，洛阳牡丹只剩下 30 多个品种。1959 年秋，周恩来总理视察洛阳，专门询问洛阳牡丹的情况。周总理的关心引起了洛阳市政府的高度重视，迅速恢复扩大种植面积，相继在王城公园、牡丹公园、西苑和南关花园，开辟了牡丹观赏区。从此，处处牡丹，户户天香，牡丹品种发展到 470 多种，洛阳市人大常委会把牡丹定为市花，并于 1983 年开始举办一年一度的牡丹花会。正是：'看花看到牡丹月，万事全忘自不知。' 4 月 1 日到 5 月 5 日是一年一度盛大的洛阳牡丹节，正是牡丹盛放时，让我们走进花的海洋吧。"

我们在赵小姐动人心脾的鼓动下走进了洛阳城里的第 4 届牡丹花游园会，只见王城公园的大部分园区都成了牡丹花的海洋，柳绿桃红的春色里，满园飘起花的浓香，也许一枝牡丹花并不见什么香气，但这么多的时候，已经很浓郁了。

我与上海的王玉良、浙江的姚新华、四川的刘应荣、甘肃的陈长生、湖南的贺贵良、天津的崔兰斌、湖北的庄辉锦等向左一穿，越过几行青黄嫩柳，右首处便见绿叶株株丛丛，中间撑着偌大的花朵，花朵呈酒红色，花瓣层叠而每瓣褶起，如纸如绢，饱满着浓情却又似手工折出。因其太完美太绚丽，很难想象出那绿叶何以捧起这春天的尤物，擎进人们的视线。而宋瑞、胡福海、王洪曦、倪尔涛、郑灵仙、成林、王建庭、丁建、张民慧、董联星他们正在花丛中合影呢。

我们欣然来到中心地带，只见"花王"盛开着，鲜红的花瓣层层叠叠足有七八层，被苍绿的叶子映着，好似一团团温暖的火，又如雍容华贵的贵妇人，不愧是花中之王。接着，我们又来到了精品区，这里的牡丹更是令人眼花缭乱。花朵如葵，如莲，如绣球；花瓣似朱唇，似秀眉，似金鳞，妙趣横生；花俏立于枝头，有的低垂，有的搔首，有的醉卧，有的挺立，千姿百态，美不胜收。最让人称奇的还是牡丹中的绝品"绿牡丹"，花朵像一团团绿色的绣球，翡翠般晶莹透亮。千言万语汇成刘禹锡的一句话，"唯有牡丹真国色，花开时节动京城。"端庄典雅的牡丹构成了美轮美奂的洛阳城。抬头一看，江道贵、张家富、付荣华、张道城、古承新、高景峰、丁振庆、马四海、王金武他们正在花丛中开怀大笑。

我们走过了水池，往前一望是姚黄牡丹，姚黄是由白色花瓣和黄色花瓣组成的，引来了许多黄色和白色的蝴蝶，蝴蝶各自安好了家，蝴蝶抚摸着花瓣，花瓣显得更加绚丽了。我往左边一看，竟然看到世界上最少见到的"黑魁"，那"黑魁"像一颗颗黑色的宝石，它的花蕊和别的花蕊不一样，花蕊是淡白色的，真是美丽极了！我与汪宇新、白文华、陈阳、张家林、田双勇、刘田生、刘立勋、周乐明、厚泽、陈兴旺等几人又照了张合影。"牡丹色彩缤纷，红色的胡红，黄色的姚黄，紫色的魏紫，粉色的赵粉，黑色的黑魁，绿色的豆绿，蓝色的蓝田玉，白色的夜光白以及多色的二乔、娇容三变，真的五颜六色，异彩斑斓。牡丹的花形，更是千姿百态。她就是一首首抒情的诗，一幅幅隽永的画，一个个美丽动人的故事。每年花会，姚黄、魏紫、青龙卧墨池、贵妃醉酒等牡丹名品，各呈娇态。看花人摩肩接踵，如痴，如醉，如梦，如幻。洛阳王城公园曾创下一天接待游客30万人次的记录。花盛期，城内居民蜂拥前来，万人空巷。"导游在一旁的介绍真让人如痴如醉。

"牡丹妖艳乱人心，一国如狂不惜金。"唐人王亦真写洛阳牡丹的诗回响在脑中。是啊，有时间游览风景名胜，去感受历史，去感受文化，去感受城建，去感受风土人情，去感受当地的城市生活，真是其乐无穷啊。面对这美的真实的享受，打开眼睛，打开耳朵，打开呼吸，打开想象，从水粉色到洁白，从鲜红到紫红，每一种，每一株，都带着最好的风韵，而且融合着组合着一片不可抵御的高贵，向我们飘来，冲来，扑来。

# 拍片间隙观名居

年初，我从郑州学习归来后，忙得不亦乐乎。接待了毛磊、刘寿同、李燕、吕爱民等中央、省级新闻单位编辑记者，陪刘国平、王鸣芳、刘双山、王凌宇等市级新闻记者组织报道武警的报纸专版、电台专题，借调到街道搞了2个月的文明城市迎查准备，与熊化银、张开新、金有贵等领导下基层检查工作、调查研究。4月初和6月下旬，又先后忙里偷闲与武警总队王广正、扬州电视台赵永布、周菊萍等同志合作，拍摄了两部电视专题片，专题片在省市电视台黄金时间播出后，好评如潮。

在拍片间隙或顺路，参观了几处名人故居。

4月9日，我与两位同行来到朱自清故居。

少时读过先生的《荷塘月色》《背影》《春》《绿》《匆匆》等散文名篇，脍炙人口的词句至今犹在嘴边。朱自清先生原籍浙江绍兴，1898年出生于江苏海州，5岁时随父母定居扬州，在这里读完小学和中学。18岁那年，他考进了北京大学预科，直到19岁赴清华读书才离开扬州。他在《我是扬州人》一文中说道："在那儿度过童年，就算那儿是故乡，大概差不多罢？这样看，就只有扬州可以算是我的故乡了。何况我的家又是'生于斯，死于斯，歌哭于斯'呢？所以扬州好也罢，歹也罢，我总该算是扬州人的。"

朱自清故居坐落于安乐巷27号，为晚清所建，大门朝东，进门北向，有一小院，二道门内有一十几平方米的天井，布局为正室，东西厢房及南房，是扬州传统的三合院式民间住宅。

正室中堂挂有康有为的一副对联："开张天高马，奇逸人中龙。"不知是否为康氏真迹。东厢房是朱自清父母及两个女儿的卧室。提起他的父亲，不由得让人想起他的那篇散文《背影》。内室窗前置有一桌，上有朱自清用过的笔、砚、笔架、墨盒等，桌上有一小牌注明是由朱自清的儿子朱乔森捐赠的。他早期的一些作品就诞生在这儿。从雕花木床上的印花被可以看出朱自清生活的节俭，他在清华大学教书时，由于没钱买棉袍，便去买了一件马夫穿的那种毡披风，白天穿着为学生授课，晚上铺在床上当毯子。日后，这披风成了教授生活清贫的标志，多次被他的朋友写进文章里。

朱自清有著作 27 种，包括诗歌、散文、文艺批评、学术研究等。1953 年，开明书店出版了 4 卷本《朱自清文集》。我还从朱自清故居购买了一册《荷塘月色》，并请工作人员盖上了"朱自清故居"纪念章。离开时，我在朱自清故居门口拍了一张照片，把朱自清故居永远地拍进了记忆里，而故居无处不在的文化气息给予了我非同一般的感受。

4 月 28 日，我与《人民公安报》记者金衡等 3 人来到兴化郑板桥故居。

导游介绍说："郑板桥，清代画家、书法家、诗人。名燮，字克柔，号板桥，'扬州八怪'代表人物之一。故居位于城东门古板桥郑家巷 9 号，是一个不大而又古老的院落，大门上刻有赵朴初先生手书'郑板桥故居'。院内分前后两进，门前左侧是板桥旧址，屋侧群房是郑氏宗祠，正东面有一书房，取名'小书斋'，是他当年读书、作诗、作画的地方。北边是正屋三间，俗称'郑家大堂屋'，七檩，穿斗式结构，立柱下均为鼓形础。明间南为格扇门，东西两间均为格扇窗。明间与房间用壁板分隔。明间北间居中是条台，东西两面居中放置茶几，茶几两侧为座椅，这也是兴化地区典型的摆法。条台上有一尊古铜色郑板桥的全身立像，让人领略到郑板桥的风貌。"

我们在天井的东北角看到，门的两侧长着茂密的修竹，还有虎劈石，正北是六角花窗，花窗两侧是一副对联："课子小书斋聊可借观鱼鸟，连家新竹枝何须多构湖山。"小书斋的陈设极其简朴，东墙和北墙各有一对座椅、一只茶几，无论是教授生徒，还是与二三知己交谈，都既方便又实用。导游告诉我们，郑板桥多才多艺，诗书画印四美合一。这里陈列了郑板桥用过的部分印章。郑板桥的一生，在艺术上取得了杰出的成就，对后世影响巨大，被徐悲鸿先生称为"中国近三百年来最卓绝人物之一"。郑板桥一生刚正，清高，"难得糊涂""吃亏是福"这两句名言，充满了人生哲理，流传甚广。他深入民间，洞悉民间的疾苦，对下层百姓有着十分深厚的感情，他的许多故事至今在民间流传。郑板桥故居一直为郑氏后裔居住。1983 年郑氏后裔迁出。

6 月 25 日，我与刘建平等一道来到梅兰芳故居。

梅兰芳（1894—1961），中国戏剧艺术大师，名澜，字畹华，原籍江苏泰州，生于北京。曾任中国京剧院院长、中国戏剧研究院院长、中国文学艺术界联合会副主席，1959 年加入中国共产党，有《梅兰芳文集》《梅兰芳演出剧本选集》和自传《舞台生活四十年》存世。

导游说："梅兰芳出生于梨园世家，从其祖父梅巧玲到梅兰芳已是三代京剧旦角。梅兰芳 8 岁学戏，11 岁登台，1913 年首次赴上海演出，显露了才华，受到热烈欢迎。梅兰芳先后加入翊文社、双庆社、喜群社、崇林社等班，早期演出以青衣戏为主。"在梅兰芳故居，一张梅大师蓄须的照片给人印象极深，那便是抗日战争时期梅兰芳著名的"蓄须明志"，坚辞各种演出，表明抗日之志的照片。当时梅兰芳以绘画谋生，但仍难维持生计，他只得让夫人把坐落在无量大人胡同的房子，连同家具、字画、书籍等统统卖掉，一直坚持到抗战胜利，他的抗日之志由此可见一斑。

怀着对大师的景仰，我们循着他的足迹而来，在这个收藏着大师气息的四合院里停留，心绪在不知不觉间穿越时空的阻隔，触摸到院落中和橱窗里清晰的岁月印迹。我们仿佛又感觉到了大师的精神气质，萦绕着真实的记忆；仿佛有一缕深情婉转的京腔余韵，从久远的年代传来，萦绕在耳畔。虽然我不太懂京剧，但大师的人品，大师的人格，大师的风范激励了我，我的心中迸发出一团火花。此时此刻，我的倦意全消，累并快乐着，累并收获着！

梅兰芳先生一生热爱祖国，热爱人民，把毕生精力献给了京剧艺术事业。在半个多世纪的舞台实践中，他继承传统、勇于创新、一丝不苟、精益求精，将我国戏曲艺术的精华集于一身，创作了众多优美又令人难忘的艺术形象，积累了大量的优秀剧目，发展并提高了京剧旦角的演唱和表演艺术，形成了具有独特风格、大家风范的表演艺术。他综合了青衣、花旦、刀马旦的表演方式，创造了醇厚流利的唱腔，形成独具一格的梅派。在京剧唱腔、念白、舞蹈、音乐、服装上均进行了独树一帜的艺术创新，被称为梅派大师。在国内外，梅兰芳先生被誉为伟大的演员和美的化身。

参观完朱自清、郑板桥、梅兰芳等故居纪念地，缅怀先生们艺术上的精益求精，品质上的爱国为荣，我明白了怎样立世，懂得了如何为人。

# 探访盐城新四军纪念馆

10月7日下午2时许，我在扬州深入基层忙了半个月的教育整顿检查验收工作还没有完，正要从泰兴往靖江赶，突然接到政治处张开新主任的电话，让我坐今天最后一班车在下午4时前赶回南京省公安厅报道，出席《人民公安报》江苏记者站成立大会。

10月8日，《人民公安报》江苏记者站成立大会在省武警总队礼堂举行。《人民公安报》总编辑孙仲毅、省公安厅厅长陈文章、副厅长裴锡章、省武警总队政治部副主任郑运宜等领导出席了大会，新华社等中央驻宁新闻单位、《新华日报》《江苏法制报》等记者、编辑共70余人参加了成立大会。孙仲毅、陈文章发表了热情洋溢的讲话，裴锡章宣布了江苏记者站组成人员名单，他们分别是省公安厅宣传处长周春元任站长，办公室副主任顾寿柏任副站长，李德合、雍祥华、顾新玉任驻站记者，黄明、唐永泉、樊天香、时建成、顾杭任记者，赵子明、黄跃进、储一冰、宋继奎、黄涛等11人为特约通讯员。为了加强全省公安宣传工作，增加公安工作的开放度和透明度，宣传恪尽职守、无私奉献的人民警察，记者站运筹帷幄，日夜奔忙。

年底，按照站领导安排，我与顾新玉一道，采访在盐城召开的全省禁赌工作现场会的报道去了。

闭幕后的这天上午，我们与《江苏工人报》记者王越探访了盐城新四军纪念馆。

盐城新四军纪念馆主馆区坐落在建军东路北侧，于1986年10月建成并对外开放。我们看到，主馆区南北长300余米，东西宽100余米，占地50余亩。共分群雕、碑林、展厅、园林四个景区。广场正中立有一座11.75米高的国民革命军新编第四军重建军部纪念碑，碑的正面为李先念的题字，背面刻有黄克诚写的《盐阜会师记》碑文，碑前有喷泉。两侧碑廊分别陈列着老一辈革命家以及全国30个省、市、自治区和港澳台知名书法家的石碑100余块。自建成以来，新四军纪念馆作为革命传统教育和全民国防教育的活教材，先后被命名为"全国爱国主义教育示范基地""全国百家红色旅游经典景区""全国青少年教育基地"等。

在讲解员的引领下，我们进入这座全国唯一的专业性新四军纪念馆，首先看到的是陈毅、刘少奇、张云逸、赖传珠、邓子恢五位领导人的巍峨雕像。这是在"皖南事变"后，中国共产党重建新四军军部后新四军的五位领导人，展现了当时在中共中央的有力指挥下粉碎国民党发动"皖南事变"，取消新四军的图谋，拯救中华民族于危亡的坚强意志。

我们慢慢走进展览大厅，只见展厅内陈列着系统、完整的新四军所属各部队坚持华中敌后抗战的资料、图片、照片和文物，再现了叶挺、项英、粟裕、彭雪枫、张鼎丞等领导的新四军坚持华中敌后抗战、浴血奋战的艰苦斗争历程。在讲解员的介绍和引导下，我们一一参观了序厅、六个展厅和一个将帅馆。雄壮的新四军军歌，新四军、八路军在大丰市（现盐城大丰区）白驹会师、在盐城重建军部的阴雕画，重现了新四军战斗的场景。当年新四军战斗和生活用的实物，将帅们可敬可佩的照片，一件件、一项项都震撼着我们的心灵。

随着讲解员引人入胜的讲解，我们仿佛回到了那个烽火四起的时代，感受在老革命领导人指挥下奋勇斗争的光辉事迹。据了解，新四军纪念馆展览大厅建筑面积共有11000平方米，展出了新四军在华中坚持敌后抗战8年的1000多张照片、大批文物史料及发绣、铁画、泥塑、油画等一批文艺作品。在内容上，以时间为序、以新四军全面抗战为经、以新四军各师和各个抗日根据地为纬分成 4 个部分、32 个单元，包括"进军华中，开辟敌后抗日战场""重建军部，全面加强部队建设""坚持抗战，纵横驰骋江淮河汉""反攻作战，夺取抗战最后胜利"等部分。新建的人物馆展示了近 900 名新四军代表人物的光辉人生，在布局上分为"治国精英""将帅风采""群星璀璨"和"英烈千秋"四大部分。

这时，导游介绍了纪念馆的历史背景。

面对新四军日益发展壮大，蒋介石悍然发动反共高潮，制造了震惊中外的"皖南事变"，叶挺与国民党军队谈判时被扣押，项英、周子昆被叛徒杀害。皖南事变发生后，周恩来在《新华日报》上愤然写下了"千古奇冤，江南一叶；同室操戈，相煎何急？！"的题词。1941 年 1 月 20 日，中共中央军委发布重建新四军军部的命令，任命陈毅为新四军代理军长，刘少奇为政治委员，张云逸为副军长，赖传珠为参谋长，邓子恢为政治部主任。在新军部的领导下，新四军继续坚持长江南北抗战，创建了横跨 5 省、包括 8 个战略区的抗日民主根据地，与华北八路军南北呼应，抗击和牵制 16 万侵华日军、23 万伪军，作战 3 万余次，收复国土 25 万多平方千米。

通过参观学习，我们进一步了解了老一辈无产阶级革命家在历史的紧要关头，运筹帷幄、决胜千里之外的团体风貌，加深了对抗战历史的了解。一件件革命文物，一场场惊心动魄的战役，仿佛把我们带到那波澜壮阔的抗战岁月中去，我们的灵魂受到了强烈的震撼，心灵受到了荡涤和净化，理想信念进一步加强。

我们依依不舍离开了纪念馆，王越说下午再走一走盐阜大地吧，看一看新四军、八路军为我们打下的红色江山，铺就的幸福路，并自告奋勇当起了导游。

在王越的鼓动下，我们欣然向丹顶鹤的"故乡"射阳驰去。

丹顶鹤是长寿的象征，古有"松鹤延年"之说。从盐城出发，几十分钟的车程，走进大门，迎面是一座亭台，面前的石碑上刻着武中奇老先生草书的"观鹤亭"三个苍劲有力、龙飞凤舞的大字。我们沿着水泥铺设的小路向前走去，大家心里都在不停地叫着：丹顶鹤，丹顶鹤，你在哪儿？快出来。这时我们发现前面有一个很大的池塘，走过去看到里面有几只白天鹅和黑天鹅，它们有的平稳地浮游在水面上，有的弯着长长的脖子在池塘中心的小岛上走来走去，真是悠闲自在。

　　稍做停留，继续前行，寻找"仙鹤"。终于看到了一群丹顶鹤，只见它们有的在翩翩起舞，有的在引吭高歌，有的在低头觅食，有不少游客正在和丹顶鹤合影留念呢。在讲解员的介绍下，我知道为什么用网罩住丹顶鹤了，原来丹顶鹤夏天要飞回北方，到秋天快要结束时才飞到南方过冬，所以会留下一小部分给人观赏。仔细观察丹顶鹤，它全身羽毛大多为白色，只在尾部有些黑色，头部是鲜红色，怪不得称它"丹顶鹤"。我发现它还有一个特征，那就是嘴长、颈长、脚长、身子长。这样的体型使它举止优雅，体态轻盈，富有绅士风度，真是惹人喜爱。

　　讲解员又向我们讲解了丹顶鹤的繁殖情况、生活习性、分布区域以及丹顶鹤受到的威胁等。丹顶鹤性情温和，直立时一米多高，它身披洁白羽毛，喉、颊和颈为暗褐色，长而弯曲的黑色飞羽呈弓状覆盖在白色尾羽上，裸露的朱红色头顶好像一顶小红帽，因此得名。丹顶鹤是典型的候鸟，每年随季节气候的变化，有规律地南来北往。它多栖息于开阔的芦苇丛或多草的沼泽地带，主要以鱼、虾、贝类和植物根茎为食。4月初丹顶鹤开始择偶，每天清晨或傍晚，人们常能听到它们发出的求偶声，叫声频繁响亮，可传两三千米远。在选择终身伴侣时，雄鹤主动求爱，引颈耸翅，总是"嗝嗝"叫个不停；雌鹤则翩翩起舞，报以"隔啊隔啊"的回答，双方对歌对舞，你来我往，一旦婚配成对，就偕老至终。丹顶鹤具有吉祥、忠贞、长寿的寓意，丹顶鹤是单配鸟类，当一对丹顶鹤夫妻中有一只不幸死去，另一只会独居一生直至老死，不会再娶再嫁。所以，自古以来丹顶鹤也是对爱情忠贞不渝的象征。原来丹顶鹤分布很广，但由于人类的杀害，丹顶鹤的数量急剧减少，真是可惜啊。

　　我们恋恋不舍地离开了丹顶鹤自然保护区，恋恋不舍地离开了盐阜大地。我想，在爱情婚姻生活上，要学一学丹顶鹤的忠贞不渝；在工作学习上，要学一学"铁军"精神，尽力珍惜今天来之不易的幸福生活，以更加饱满的热情投入到全省公安宣传工作中去。

# "上山入地"一周纪行

采访、写作、发稿，记者工作真的挺辛苦。这一年，27岁的我朝气蓬勃，干劲十足，多次深入全省十几个地市级公安机关采访，组织全省见义勇为报告团参观，陪同剧作家马中俊到南京的7个分局和18个派出所采风，参加《人民公安报》记者培训班学习，发稿、用稿又创新高，受到站领导的嘉奖。

3月初，站长、宣传处处长周春元、宣传处副处长朱义泉告诉我，《人民公安报》来宁锻炼实习的苏传庚、田军、刘志刚、唐楠四名记者很快到期回北京了，我们准备安排他们到苏北几个城市看看，让他们到基层公安、武警部队走一走，熟悉一下情况，厅里小车坐不下，看总队有没有越野吉普。我说："好的，我去落实。"

3月23日，在总队政治部领导李恩德、郑运宜，宣传处周益民处长的支持下，我们一行乘双排座越野吉普开始了扬州、淮阴、徐州三市之行。在基层，我们采访了16个公安基层所队，13个武警中队，与180余名民警、武警座谈，了解了一线民警、武警的酸甜苦辣，看到了基层民警、武警工作生活的辛劳，采访了一些先进典型，受到了尤根发、邱慎明、李恩堂、刘中先、刁志坤、赵玉金、储一冰、郑玉华等同志的热情关照。间隙游玩了"三市"的一些著名景点，身心颇感愉快。

我们是第三天开始上山，地点是扬州大明寺。

大明寺乃佛教圣地，是众多高僧修炼的净土。寺院内大都是唐式的建筑，每幢楼的屋顶都不同，可以想象这里积聚了多少能工巧匠的心血。我与苏传庚、田军、刘志刚、唐楠四名记者在寺院中漫步着，走一走这座神秘的古寺，寻找一下鉴真大师的足迹。

为了纪念唐朝著名高僧鉴真在中日友好史上的历史功绩，1973年在大明寺内建造了鉴真纪念堂。我们从大雄宝殿往东走，迎面看到的这幢建筑便是新建的纪念堂。纪念堂接唐代建筑遗规，并参照日本唐招提寺"金堂"的风格设计，由正殿、碑亭和回廊组成，线条刚劲，结构工整，雄浑朴实。著名建筑学家梁思成教授主持了设计方案，这是他生前设计的最后作品。院内种植着樱花、松树，绿草如茵，整幢建筑显得简朴古雅，庄严肃穆。纪念堂南还有有关鉴真东渡事迹的介绍及史料陈列，整个区域共占地2540平方米。

我们来到栖灵塔，有寺庙的地方必有塔，人们常说："救人一命，胜造七级浮屠。"浮屠是印度梵文中塔的别称。栖灵塔于隋文帝仁寿元年（601）初建，塔高九层，雄踞蜀冈，塔内供奉佛骨。隋唐时期，扬州的政治经济发展很快，已成为全国第三大都会，繁华程度仅次于长安、洛阳。唐代著名诗人李白、高适、刘长卿、刘禹锡、白居易等均曾登塔赋诗赞颂。可惜在唐武宗会昌三年（843）一代胜迹化为焦土。1980年鉴真大师塑像回扬州"探亲"，各界人士倡议重建栖灵塔。

僧人的生活一直不曾被大家了解，于是世人对僧人的眼光总是过于苛刻。在这里我们得知，僧人是勤劳的。每天早晨，他们5点30分就准时起床，打水扫地，整理内务，然后就是念经吃早饭，从来都不会迟到。他们在吃饭之前都有固定的祭奠仪式，为的就是感谢佛祖慈悲，让世人丰衣足食，虽然他们吃的午饭只是白饭和一碗素菜，一碗清汤。僧人是简朴的。一般两位僧人住一间房，房里有简单的家具和旧款的电视机，还有两张硬硬的木板床，僧人就在那么简朴的环境中生活。当他们被问起是否觉得这样的环境太简陋了，他们的回答都是否。僧人是好学的。吃完早饭，各位僧人就开始了自己的工作，有的专门接待来访者，有的负责内勤，有的是来寺院学习的。僧人是积极向上的。寺院内有乒乓球室，僧人们可以在业余时间里打乒乓球，寺院内还有数台电脑供僧人使用，如今的僧人变得愈来愈现代化、数字化了，可向佛的心和宣扬佛法的使命没有改变。

入地安排是在徐州的第六天下午。我与苏传庚、田军、刘志刚、唐楠四名记者来到徐州矿务集团有限公司走访，公司领导知道我们的来意后表示热烈欢迎，安排一名姓王的工程师陪我们去煤矿。路上，王工程师介绍了公司的基本情况。

王工程师说："面对众多采煤塌陷地，按照'宜林则林、宜水则水、宜居则居'的思路，徐矿集团加快实施采煤塌陷地治理，同时兼顾生态和效益，积极发展工业旅游项目，使生态修复的过程成为美化城市、造福社会的过程。徐州市北郊的九里湖生态湿地公园正日益成为市民休闲娱乐的好去处，亭台水榭环绕其间，曲桥、花架点缀湖面，临水栈道间或穿插。湖心岛以栈道与湖岸相连，湖水清澈，芳草萋萋，时有水鸟掠水而过，间有鱼儿跳波嬉戏。而几年前，这里还是大片的采煤塌陷地，采煤形成的大小水洼错落分布，高低不平。"

下午3时许，我们来到大黄山煤矿。在几百米深的矿井下走一遭到底是怎样一番情形？是否真的不安全？我们实地体验了一番"地心之旅"。

在更衣室，工作人员给我们拿了一套工作服，我们俨然一副矿工装扮：头戴黄色安全帽，身着蓝色工作服，腰间挂着自救器，手提矿灯，脚着水靴。"必须穿我们的工作服，化纤衣服不能进入地下，容易发生摩擦导致燃烧。"王工程师解释说，"自救器里面有活性炭，可以保证30~60分钟的新鲜空气，为逃生和呼救赢得时间。"

随后，我们进入罐笼，直"钻"地下。"站好扶稳，注意安全。罐门已关，可以发送信号。"把钩工大声提示，可以荷载20人的双层大罐向下垂直运行。不到两分钟，大罐下到了井口。"罐已停稳，请下罐。"把钩工师傅拉开了罐门。只感觉周围黑魆魆的一片，只有手持的矿灯发出微弱的黄光。在井下入口处，几名采煤工人正操作着机器忙碌地采煤，黝黑的煤粉在他们脸上放着光。约莫等了10分钟，我们坐上了矿车。只见矿车行驶的轨道有两车道，巷道约宽4米，巷道内一片漆黑，两侧都是黝黑的煤层。15分钟后，前方传来一道亮光，到达了采煤工作面。

　　进入工作面，我们明显感到冷风嗖嗖。"为了防止瓦斯聚集，我们每个工作面都安装了瓦斯抽风机。"工程师说。继续前行约200米，监测瓦斯的电子监控屏幕上醒目地显示出最新的瓦斯浓度：0.25%。"空气中瓦斯浓度达到12%以上才会发生爆炸。"随行的王工程师告诉我们。井下探秘最精华的地方在煤炭开采史演示。一组皮肤黝黑的挖煤工人肩挑背扛煤块的雕塑拉开了展示区的帷幕。全长300多米的展示区，将过去炮采、普采、高档普采、综采和今天最先进的综合掘进六种不同的采煤方法展现出来。经采煤职工现场演示，重现了不同采煤时期不同设备的采煤过程，让人清楚地了解到各时期的采煤方法及煤炭开采史。

　　"你看，20世纪60年代的普采，没有任何防护措施，顶层的煤层很容易塌方，当时矿工们就是在拿命冒险。现在采煤已经有了液压支架，安全得很。"王工程师说。

　　"我们现在的生产工作面就是以前矿工们挖煤的地方。他们每天要先下到300多米深的井下，再乘50分钟的电车，爬上180米的斜井，还要走2600米以上的盘区巷道和1200多米的生产工作面才能到达生产工作面，每天来回就需要3.5个小时，劳动强度可想而知。"

　　2个小时后，我们终于从300多米的地下回到地上。告别黑暗，悬着的心总算放下了。许多人一提井下，都认为是漆黑一片，危机四伏，气氛紧张，而我们却听到舒缓的音乐，就在下井的罐内也安装了音箱，当上罐时又响起阵阵音乐。到了井下，歌声依然循环不断。耳边响起了《祝福祖国》等歌曲，让人倍感鼓舞，精神放松。

　　"徐矿集团具有厚重的企业文化优势，徐州煤炭开采可追溯到北宋元丰年，时任知州的苏东坡发现煤炭后，喜赋《石炭》诗，开徐州煤炭之先河。新中国成立后，徐矿人秉承报国之志，形成了独特的'大家'文化、'汗水'文化和'火炉'文化。徐矿人坚持走现代文化型企业之路，提出了九大核心价值理念，提炼出学习型企业'五五三三一'五星'创争'活动模型，建有职工品行习练基地，大规模开展执行与服从军事化训练，精心培育创新文化、执行文化、创业文化，精细管理文化，全面打造徐矿人的新形象。"王工程师不无自豪地说。

"咱们徐矿的好弟兄，'安全'二字牢牢记心中。相互关怀多照应，真心实意提个醒：干活一定要守规程，违章作业可不行。本职安全咱们都有份啊，珍爱生命兄弟情。为了咱的矿，为了咱的家，为了咱的好弟兄……"一首铿锵有力的《咱们徐矿的好弟兄》，歌声在空中激荡，响彻天空。

日落西山，余晖中的矿区笼罩在一片温暖的色彩中。出了矿区大门，下车休息片刻，顺便又一次欣赏矿区的风采，环视庞大的工作面，看着身边川流不息的车辆，不由对这座大型的现代化矿山产生了浓厚的兴趣，地下探秘游让我们真正体验了煤矿工人"燃烧自己，照亮别人"的奉献精神。

# 拜谒毛泽东纪念堂

　　白日放歌须纵酒，漫卷诗书喜欲狂。岁月就像一条河，左岸是无法忘却的回忆，右岸是值得把握的青春年华，中间飞快流淌的是年轻隐隐的伤感。世间有许多美好的东西，但真正属于自己的却并不多。生命的意义是无所畏惧、无怨无悔、洁身自好、不随波逐流。一个真正的艺术家，就要能耐得住寂寞，用心和自然对话。名与利不是唯一决定一个人幸福的指数，成功不一定幸福，但幸福说明你成功了。这一年，是我人生当中较为辉煌的一年。经我多方协调联系，记者站与《人民公安报》联合举办了全国"靖科杯侦破通讯"征文比赛，并担纲评委；经与《法制日报》罗先明等同志周密策划，此后中宣部、公安部、《法制日报》等单位在我省徐州召开了"全国见义勇为"征文表彰会，且我撰写的《孝力为民效尽力》一文被评为一等奖，中宣部、公安部领导莅临颁奖。11月15日上午，出席了在北京召开的为期4天的《人民公安报》第五次工作会议。

　　会议刚刚闭幕，我的爱妻赵西霞女士、徐州见义勇为基金会办公室主任李银宣及其千金李清千里迢迢赶来了。在协调落实好"全国见义勇为"征文表彰会在徐州召开的事宜后，我们一行开始了为期2天的北京自费之旅。我提议，拜谒毛主席纪念堂是第一站，他们纷纷首肯。

　　这是我第三次来到毛主席纪念堂，每次来京，瞻仰毛主席遗容是我的第一选择。《人民公安报》的杨锦、苏传庚、田军、刘志刚、唐楠、金衡、扬金华等10多名记者、编辑每次都要亲自陪同，因是朋友，这次经我多方婉言谢绝，终于可以自由行动了。

中华民族是世界上最懂得"饮水思源""喝水不忘挖井人"的民族，所以每当清明、农历七月十五日及其他一切重大节日，我们都会祭拜先祖和神灵，感谢先祖赐予我们发肤，感谢神灵赐予我们五谷粮食。我们在哀思先祖仙逝的同时，也在感谢他们赐予我们的幸福。中国有句话叫："翻身不忘共产党，幸福全靠毛主席！"记得上学的时候，学过一篇课文，内容是毛主席住在一个小村子里，村里的人缺水喝，毛主席就带领战士们一起挖了一口井，解决了喝水问题。后来，人们为了纪念这件事，就请人书写了一副对联："吃水不忘挖井人，幸福不忘毛主席。"毛泽东同志是中国共产党、中国人民解放军和中华人民共和国的缔造者，全党全军和全国人民更应该去毛主席纪念堂，深切缅怀毛主席。十几年过去了，无论春夏秋冬，毛主席纪念堂大门前总是静静地排着一列列长长的队伍，那是怀着一颗颗虔诚的心前来瞻仰这位伟人遗容的人群。自从毛主席纪念堂对外开放以来，许多怀念毛主席的人，只要来到北京，就会自发前来参观瞻仰毛主席纪念堂。许多老百姓没有见过生前的毛主席，现在就可以通过瞻仰主席遗容，献上一束鲜花，表达一种哀思，这对瞻仰者来说是极为幸福的。

毛主席纪念堂是为纪念领袖毛泽东而建造的，位于天安门广场、人民英雄纪念碑南面，坐落在原中华门旧址。1976年11月24日按照中国共产党中央委员会的决议，毛主席纪念堂奠基仪式在天安门广场举行。1977年5月24日落成，占地57000多平方米，总建筑面积为28000平方米，南北长260米，东西宽220米。纪念堂大门正上方匾额上的"毛主席纪念堂"六个大字，是当时中国共产党中央委员会主席华国锋的亲笔题字，也是华主席在位时唯一题字手迹，匾额的材质为汉白玉。

排队的源头从人民英雄纪念碑附近就开始了，恰似一条游走的长龙，更似绵延不断的万里长城！我看到前面有一个出售鲜花的小店，毫不犹豫地跑了过去，买了8束洁白的鲜花和4本有关毛主席纪念堂的宣传册。队伍中有白发苍苍的老人，有蹒跚学步的孩童，有西装革履的成功人士，有衣着朴素的普通百姓。据说每天有 20000 人左右前来瞻仰，高峰时每小时参观人数就达 9000 余人。

在厅外，我的心情跌宕起伏，脑海浮现出一幅幅有关毛主席的画面。毛主席生活的时代，是旧中国内忧外患、民不聊生的时代。他从小耳闻目睹社会的不公与黑暗，立志改造这个黑暗的社会，埋葬旧中国一切不合理的制度。为此，他从青年时代开始就孜孜不倦地探索改造中国的道路。五四运动后，毛主席阅读了大量有关马列主义的书籍，并受到李大钊、陈独秀的影响，确立了马克思主义的世界观，他才摆脱了困惑，成为一个坚定的马克思主义者。马克思主义为毛主席指明了一条改造旧中国的光明大道，之后，毛主席回湖南成立湖南共产主义小组，参与中国共产党的创建工作，组织湖南农民协会，领导农民走上革命征途。

"战争年代，毛泽东一家牺牲了 7 人。一是妻子杨开慧，号霞，字云锦，湖南长沙人。1921 年秋，加入中国共产党。1930 年 10 月被捕入狱。1930 年 11 月 4 日在长沙城浏阳门外的识字岭英勇就义，时年 29 岁。二是大弟毛泽民，又名泽铭，字咏莲、润莲。湖南湘潭人。1921 年参加革命活动，1922 年加入中国共产党，1942 年被新疆督办、军阀盛世才逮捕，1943 年 9 月 27 日，被害于乌鲁木齐，时年 47 岁。三是小弟毛泽覃，字润菊，湖南省湘潭人。1922 年秋进入湖南自修大学学习，1923 年 10 月加入中国共产党，1935 年 4 月，在瑞金突围时牺牲，时年 29 岁。四是长子毛岸英，又名毛远仁，湖南湘潭人，毛泽东与杨开慧烈士的长子，1950 年 10 月参加中国人民志愿军，任志愿军总部秘书。1950 年 11 月 25 日，在朝鲜平安北道遭美机轰炸，不幸牺牲，年仅 28 岁。五是堂妹毛泽健，1923 年加入中国共产党，1928 年参加湘南起义。部队上井冈山后，留在当地坚持斗争，曾任游击队队长。同年春夏间，在作战中负伤被捕，次年 8 月，英勇就义于衡山县，时年 24 岁。六是侄儿毛楚雄，毛泽覃的儿子。生于 1927 年 8 月 13 日，共青团员。1945 年 9 月参加八路军，后任中原军区干部。次年秋，护送张文津、吴祖贻赴西安参加和平谈判的途中，被国民党反动派惨杀于陕西省宁陕县东江口，时年19岁。"我如数家珍、滔滔不绝地说。

登上台阶，一眼就望见"毛主席纪念堂"六个大字在阳光的照耀下闪闪发光。走进大门，正对着大门的就是毛主席的雕像，只见毛主席坐在椅子上，露出慈祥的笑容，他的身旁摆满了花，他的身后是一幅祖国江山图，上面绘着我们祖国的锦绣河山。参观的人含着眼泪，是那么虔诚，有的三鞠躬，有的默默沉思，还有的眼里闪着晶莹的泪光。妻子的脸上带着一副悲伤的表情，我们走过猩红的地毯，每人手捧两束圣洁的鲜花敬献于雕像之前，并深深地三鞠躬，以表达对伟大领袖毛主席的无比敬仰之情。

穿过北大厅，来到了瞻仰厅。只见毛泽东主席安详地躺在水晶棺材里，身上盖着党旗，棺基四周簇拥着鲜花，棺边镶嵌着金色的党徽、国徽、军徽和毛主席的生卒年月，一盆盆鲜花围绕着水晶棺材，四个表情严肃的卫兵守护着毛主席，仿佛是为了避免有什么来打扰他老人家。他们身后的墙壁上镶嵌着"伟大的领袖和导师毛主席永垂不朽"17个金光闪闪的大字。只见毛主席穿着笔挺的深灰色中山装，身上覆盖着党旗，面部安详，脸色红润，额角分明，闭目而睡，头发呈银灰色，梳理得一丝不乱，完全就是他晚年的容貌。这时人流明显地慢了下来，人们在久久瞻仰着这位中国历史上的伟人，一个让中国人民摆脱了压迫的人，好像要把他的形象永远地印到大脑的记忆中去。19年过去了，毛泽东同志的遗体还保持得这样完好。我们怀着崇敬的心情注视着水晶棺里的伟人，他安详地"睡"着，慈祥而瘦削，好像只是劳累过度需要片刻的休息而已。可以想象，这位伟人在生命的最后一息是怎样地为人民呕心沥血、鞠躬尽瘁。尽管大厅里有很多的人，但每个人都是那样的小心翼翼，那样的屏声敛气，唯恐惊醒了沉睡着的伟人。瞻仰参观的人太多，太多，每个人几乎只有一分钟左右的时间，大家在缓步向前，并遵照规定，没有停留，没有拍照。在那庄重的气氛中，人们的表情都非常严肃。我与妻子禁不住轻轻地抽泣，泪水从脸上滚落下来，滚落到我们的心里，这是发自内心的抽泣，这是来自肺腑的虔诚和景仰，绝没有半点的矫揉造作，我们毕恭毕敬地向旷世伟人深深地鞠了一躬。

走在纪念堂内的地毯上和室外的台阶上，耳畔总在响起《东方红》："东方红，太阳升，中国出了个毛泽东，他为人民谋幸福，他是人民的大救星……"回想起 19 年前在我们心中刻下地对毛主席所有的崇敬与热爱，追忆着举国痛失毛主席那悲痛欲绝的日子，我们作为他最忠实的崇拜者早已热泪盈眶。

走过毛泽东，走出他沉睡的地方，我回头一看，身后的墙壁上镌刻着《沁园春·雪》："北国风光，千里冰封，万里雪飘……"那镏金的大字，狂放的笔法，占据了整整一面墙，下边摆着 10 盆五针松，大理石花盆上镌刻有韶山、井冈山、金沙江、大渡河、雪山、草地、延安、长城等图景，以此纪念毛主席转战大江南北的不平凡的一生。

透过浩瀚的历史，我知道以毛泽东同志为首的老一辈无产阶级革命家在中国历史上、特别是在中国革命史上所做出的杰出贡献，知道了中国人民对毛泽东他们朴素的敬仰之情。这些年来，只要有毛泽东纪念地，我总会前去瞻仰，而对他的景仰之情依然日益深厚。

毛主席平生直接或间接指挥了 400 多个堪称经典的战役和战斗，留下了 500 多万字的军事著作和军事文电。他创立了具有中国特色、以人民战争为主体的毛泽东军事思想体系，其中《论持久战》和《抗日游击战争的战略问题》就是毛主席军事理论的代表著作。毛主席领导一直都处在弱者地位的国家和人民，战胜了处于强者地位的敌人。世界上没有任何一支军队像他所领导的人民解放军一样，在连续 20 多年的严酷斗争中，都是在劣势的情况下与强大的敌人做斗争，而最终能立于不败之地，这支军队堪称创造了世界奇迹。

从纪念堂出来，我想毛主席可能真的是一条龙，是上天派他下来拯救劳苦大众的，没有毛主席，就没有新中国，也就没有我们今天的幸福生活。让我们永远记住"毛泽东"这个伟大的名字，虽然他的躯体离开了我们，但他的精神永远激励着中国人。敬爱的主席，请你的灵魂一直保佑中国人民平安，保佑中国平安发展，保佑中华民族永远走在世界前列。同时我对生命的意义又做了一番认真的思考，人再伟大，终有一死，所以在人的一生中，要尽可能地做一些对他人、对社会有益的事，同时要让自己多一些快乐，少一点忧伤。因为人生苦短，我们既不能像伟人那样扭转乾坤，也不能像伟人那样流芳百世，那么就让我们做一些对社会有意义的事吧。活得快乐，活得坦然最重要。

# 西安，让人触摸的盛唐文化

离别，能使浅薄的感情削弱，使深挚的感情更加深厚，正如风能吹灭烛光，也能把火扇得更旺。

挥手告别，扬帆远航，别不了的，是你抛出的那根友谊的缆绳，无形中牢牢地系在我心上。不要忘记自己走过的路，那些洒着汗珠、闪着光彩的路，那些惊心动魄、披荆斩棘的路，那些崎岖不平、备尝艰辛的路，那些浸透泪水、充满痛苦的路，自己走过的路，是自己最贵重的财富。只有记住这些路，才能走好以后的路。我珍惜人生中每一次相识，天地间每一份温暖，朋友间每一次知心的默契，就是离别，也将它看成是为了重逢时加倍的欢乐。去年底今年初，我告别了为期3个年头的《人民公安报》江苏记者站记者生涯，调到武警江苏总队政治部宣传处工作。这一年，为武警总部函授招生会议、武警江苏总队基层党支部书记培训、总队第二届志愿兵代表会、总队第二届文艺汇演、新四军老战士座谈会等10余个在宁或在外地召开的会务、宣传等工作忙得不可开交，与副总队长顾惠琪、通讯处领导及司令部参谋卞光宏、后勤部助理员庄益民等组成联合工作组对4个支队纲要落实情况进行检查考核，几次深入全省各地抗洪救灾一线采访，拍摄了千余张来自一线的新闻图片，发表了250余篇来自一线的消息、通讯和报告文学，受到了总队政治部的嘉奖。当然，同样离不开与文字打交道，当上了江苏公安武警战线专栏的编辑，忙忙碌碌、废寝忘食涵盖了今年工作生活的全部。

生活因旅游而精彩

3月初的一天下午，我正在江苏公安编辑部与张其模、陈菊仁、王琦、朱进商讨第三期武警战线稿件组稿问题，宣传处领导周春元、朱义泉、黄明把我叫到办公室说："组织准备让你到郑州出席《中国警察画报》筹办工作会议。"并告诉我："靖江县公安局政保股长熊舒平拒礼拒贿，泰州公安局法医师朱汲、徐州见义勇为基金会，南京长江大桥守护部队等几个素材可以在筹办会议时上报。"

3月12日，我又一次踏上了中州之行。《人民公安报》《人民公安》杂志社的张骏、秦友友、扬金华等出席会议，29个省、市、自治区公安部业务局的47位代表参会。与会者就办刊宗旨、栏目设置构想、组稿要求、抓典型等问题进行了广泛探讨，明确了各地上报稿件和摄影美术通讯员的时间。

会议期间，安排了2天时间旅游洛阳、开封、黄河游览区，因这几个地方都去过，经会务领导批准，怀着对古城厚重历史的敬仰，对皇家墓葬的好奇和对兵马俑的敬畏，我与5个同行飞到了西安，开始了西安自费两日游。

西安所在的关中地区素有"中华民族摇篮"之誉，不仅是中华民族的重要发祥地，也是整个亚洲重要的人类起源地和史前文化中心之一。西安有着3100多年的建城史，先后有周、秦、汉、唐等13个王朝在这里建都，曾经是中国政治、经济文化中心和最早对外开放的城市，闻名遐迩的"丝绸之路"就是以西安为起点，是与雅典、罗马、开罗齐名的世界著名历史古都。陕西朋友的介绍让我们心驰神往。

我们第一站来到骊山脚下的华清池。

华清池现存最早的建筑是清朝重建的，唐代的沐浴池现在都只剩下一个底座。但这毕竟是一个有历史的地方，伸手就可以触摸西安事变的枪眼。只见华清池泉出而为池，温润、清醇、美之如珠。因为温热之故，水下气泡连连，水上蒸汽袅袅，娇媚如美人。亭台因山而建，因势成形，依山傍水，天下独绝，这里的美景，美胜江南。

当我们流连古迹时，脑中会浮现出一则则凄美的故事：艳事，荒唐事，亡国事。董必武诗云："依旧骊山兀老苍，自来史迹颇荒唐。"

2700多年前，周幽王在这里烽火戏诸侯，结果亡国了。唐朝，玄宗李隆基将儿子的妃嫔杨玉环据为己有，在这里莺歌燕舞。历数过去，华清池曾是周、秦、汉、隋、唐皇帝的行宫，自东周至清末，曾有20多位皇帝来过这里，华清池演绎了杨贵妃与唐玄宗凄美的爱情故事。进入大门最显眼的是杨贵妃的出浴雕塑，并不胖，只能说是很丰满！据说杨美人是1.62米的身高、140斤的体重，还是当时的国标身材呢！"海棠汤"是贵妃汤池，贵妃在这里沐浴花瓣浴，壁上有《长恨歌》的图文，温泉洗手池边更是人头攒动。

"历史一下子从1300多年前的唐代跨越到70多年前的1936年的西安事变，这段历史天下人皆知。张学良、杨虎城将军为了逼蒋联共抗日，在西安举行了举世闻名的'兵谏'。当晚，张、杨两将军的部队冲进华清池，与蒋介石卫队枪战，不一会儿就击败蒋介石卫队。后来蒋介石病逝台湾，杨虎城死于狱中，张学良辗转中国台湾、中国香港、美国，过着与世隔绝、终生软禁的生活，最后以百岁高龄在美国去世。赵四小姐从20多岁青春妙龄陪伴张将军到白发如丝，真可谓忠贞不渝。"西安朋友介绍得有声有色。

来西安玩，不去兵马俑的话就不好意思跟人家说你去过西安，就像你去北京玩却不去天安门一样，随后我们游览了秦兵马俑。

自秦兵马俑博物馆于1979年10月1日开馆，很多国家的党政首脑都参观过这个博物馆，更有数以百万计的中外游客不远千里来参观这个人类奇迹。法国总统希拉克曾留言："世界上原有七大奇迹，秦兵马俑的发现，可以说是第八大奇迹了。不看金字塔，不算真正到过埃及；不看秦俑，不算真正到过中国。"美国前副总统蒙代尔也说："这是真正的奇迹。全世界人民都应该到这里看一看。""从这些高度凝练的话语中，我们不难看出秦兵马俑的历史价值及艺术价值。"同行的朋友说。

中午，我们吃了牛羊肉泡馍。牛羊肉泡馍是西安市著名小吃，是优质牛羊肉加佐料入锅煮烂，汤汁备用，把烙好的"虎背菊花心"——坨坨馍，掰成碎块，加辅料煮制而成。其特点是肉烂汤浓，香醇味美，粘绵韧滑。这个饭庄生意红火，我们找张桌子坐下，每人要了两个馍，一点一点细细地掰碎，放到碗里。这可真是件考验人耐性的活儿，硬邦邦的馍掰得越碎越好，因为这样煮起来才可以入味，想必当初发明这种吃法的人非常清闲。吃的时候配了一叠特制的糖蒜，口感挺好，饭后又饮一小碗高汤，犹觉余香满口，回味悠长。

而后，我们去了大雁塔。

大雁塔位于南郊大慈恩寺内，是全国著名的古代建筑，被视为古都西安的象征。相传是唐僧从印度取经回来后，专门从事译经和藏经之处。大雁塔是一座端庄健壮朴色的塔，是洗尽铅华的大唐底色，有着一种王者气派，经历了多少沧桑世事，经历过多少战火，仍然耸立在这古城之中。

我们从大雁塔北广场出来，步行10分钟便来到了陕西历史博物馆。陕西历史博物馆是国家级历史博物馆，也是我国最大型、最现代化的历史博物馆。她是一组仿唐建筑，内部分为三个陈列厅，所展出的文物据说都是陕西境内出土的历朝历代文物，让人们感受陕西古代的灿烂文化，重温一遍中国历史，而她号称"给我一天，还你万年"果真是名副其实，人们不禁感叹中国古代文明的绚烂和古代人的聪慧。

受金庸的影响，第二天上午我们来到了华山。

华山位于西安市东120公里处的华阴市，是我国五大山岳之一，古称"西岳"，居秦川之东，南接秦岭，北瞰黄渭，扼守着大西北进出中原的门户。这是一座充满阳刚之气的山，仔细观察，无论从哪个方向看，它的形态都宛若一朵怒放的莲花。华山海拔2200余米，以险拔俊秀而著称于世。山上玉峰耸立，高入云霄，远远望去如一朵含苞未放的莲花。古时"花"与"华"相通，故名"华山"。登华山仅有一条崎岖陡险的峪道可行，因而有"自古华山一条路"之说。

车行两个小时后，我们终于看见了挺拔险峻的华山。我们乘缆车到达北峰，下车一看，山还是很高，向索道站的人一打听才知道，缆车能及的高度只有700米，其余还得靠自己的双脚去攀登。我们租了登山鞋，穿上挺舒服，如果穿皮鞋爬山，简直寸步难行。

从北峰到擦耳崖，脚下的路都很窄，大概也就2尺宽。一边是峭

63

西安，让人触摸的盛唐文化

壁，一边是山崖，我们抓着铁索攀缘而进，忽一面石壁耸立眼前，壁上凿有两排石级，直上直下，这就是人们说的"上天梯"。上去的人手脚并用，小心翼翼，看得我们有点胆战心惊，三十级石阶上到日月崖，朝下一瞧，万丈深渊，令人咋舌。

继续南行1公里左右，到了耸立天际的苍龙岭。这时我们已累得大口喘气了，两腿酸疼，脚步慢了下来，后面的人一拨一拨地赶到了我们的前面，有一些比我年纪还大的人都超过了我们。这些人也不轻松，也都张嘴喘气。这苍龙岭坡极陡峭，上下长1500米，路宽不过1米，两旁全是深不见底的深渊，令人心惊目眩，不敢俯视。传说唐代大文学家韩愈当年上得此岭，回头一顾，顿时觉得生还无望，写了遗书投入山涧，然后抱头痛哭，现在岭上还有"韩愈投书处"五个鲜红的大字。

来到金锁关走不动了，休息片刻，只觉得凉风习习。于是我们继续往上爬。又走了30分钟，登上了中峰，又称玉女峰，是金庸小说里令狐冲和岳灵珊练剑的地方。穿过一片松林，顿时眼前豁然开朗，有一大片五六十平方米大的石梁，在石梁的一端建有玉女祠，由于年久失修，已经很破败了。传说玉女是古代秦穆公的女儿，爱上了会吹箫的萧史，便抛弃了宫廷的荣华富贵，跟萧史一同来此隐居，现在中峰的许多名胜都与玉女有关。

在中峰顶上向西望是传说中沉香劈山救母的西峰。离中峰还有1500米，我们在中峰四处转转，往远处的山下望去，游人们上上下下。向两旁看，山涧深不可测，树木都朝着有阳光的方向生长。往上看，还有比中峰高的南峰，众人一番你拉我推之后，终于站上了海拔2068米的华山的西峰之巅——莲花峰。从峰顶极目远眺，延绵数十里的华山就如同是一幅山水长卷，对面的悬崖上更是惊见飞流直下三千尺的奇观。赞叹之余，回首上山之路，不堪想象是如何上来的，随即涌出的是无比的成就感。抬手一看手表，已是下午4时20分，这才知道我们已经攀登了3个多小时。"自古华山一条道"，所以还是要原路返回，下山之路要轻松许多，50分钟就已到达索道口。这时才看见这里竟然有华山论剑地，从华山脚下仰望，只见山峰高耸万仞，像利剑般直插云霄；一块块巨石横空出击，让人望而生畏；一级级石阶犹如天梯，险绝异常；而峰顶缥缈的白云若隐若现，那应该是神仙居住的地方吧。华山是自然的，也是人文的，它美在险处，险在美处。

　　西安让人流连忘返、魂牵梦绕的地方实在是太多了，穿过尘埃抚摸，依然可以感受到那纯粹而富丽的厚重。你可以选择在古城墙静谧的黑暗里，在万籁俱寂的深夜里，去听历史长河的水声，去感受心灵深处的悸动。朋友，若有可能，有机会一定要去西安聆听恢宏激昂的周秦雄风，触摸诗章深沉的盛唐文化，感受岁月惊天、时空雄浑的心灵震撼吧！

# 无锡湖光山色惹人醉

接手编辑江苏公安武警战线专栏后，开动脑筋、开拓创新是我一直坚守的原则。去年初，我发出了征稿启事，今年初评选了优秀作品。杨士武、韩守训、李恩德、张道祥、戴肃军、陈新华、赵修金、徐光耀、赵柳方、李玉美、王正友等同志榜上有名，聘请了陆令寿、张开新、钱江浦、张家升、孙冠军、汤勤荣、吴建平、沈伟民、夏民强、张银标、巴昆仑、陈瑞祥、杜道前、宋结胜、张统智、李召顺、叶玉宝等40余人为特约记者、特约通讯员。此后，稿件源源不断，质量蒸蒸日上，武警战线专栏受到上级领导和基层官兵的一致肯定。5月4日至9日，江苏公安在无锡召开九二年度工作年会，我应邀出席。

5月4日一早，我与江苏公安总编张其模、科长王琦、武警干部于先云等同车前往无锡，陈菊仁等编辑部的其他同志已提前赶去筹备。全省公安宣传部门的领导出席了会议，会议总结了编辑部去年的工作，表彰了九一年度江苏公安好新闻，南京市公安局宣传处副处长黄亚玲等8人做了"抓好通讯报道工作"及"做好发行工作"的典型发言。会议期间，组织到太湖、宜兴、中央电视台外景基地、华西村等地的采风活动。

无锡地处江苏省南部、太湖之滨，北临长江，南接浙江、安徽两省，西邻常州市，东靠苏州市，西距南京183千米，东距上海128千米。贯通中国南北的著名的京杭大运河在此交汇。其地形为平原，土

66
生活因旅游而精彩

地肥沃，物产丰富，渠流纵横，河网密布，是我国著名的"鱼米之乡"，是江苏地区仅次于南京的第二大城市，这是我第五次来这里公干。

无锡是我国江南的一座古城，距今已有3000多年的历史。我们住在渔庄饭店，离太湖只有一支烟的工夫，采风活动在第三天中饭后开始了。

游无锡，首选是太湖，太湖美，美就美在太湖水。太湖的山水，众多的历史人物和文化古迹，使无锡成为融自然景观和人文景观为一体的旅游胜地。不知不觉我们来到了蠡园，去体味2000多年前的那段"情"。

蠡园因蠡湖而得名，蠡湖原名"五里湖"，是太湖东北岸的一个内湖，湖面9.5平方公里。导游说："蠡园的建设，最早是在民国初年，当时的青祁村人虞循真在蠡湖岸边种植了柳树、菱藕，然后筑堤围坎，建造茅亭，形成了'梅埠香雪''南堤春晓''曲渊观鱼'等'青祁八景'，并设立'山明水秀之区'牌额以示游人，从而奠定了蠡园风景开发的基础。"

随后，我们游览的是真山真水的鼋头渚公园。她是太湖之滨的一座状如鼋头的半岛，这里至今仍保存着许多古代吴越史迹，流传着吴越历史人物的传说。沿湖峭壁上有著名的"包孕吴越"题刻。始建于1918年的鼋头渚公园，曾是蒋介石的私家园林，堪称"无锡第一胜景"。下午4时许，我们来到梅园横山风景区。梅园南临太湖，北倚龙山，倚山植梅，以梅饰山，称为"梅园"，她是集自然景观、人文古迹、名花异卉、园林建筑及休闲、健身于一体的著名旅游胜地。

梅园始建于1912年，著名民族工商业者荣宗敬、荣德生兄弟在东山辟园，利用清末进士徐殿一的小桃园旧址，植梅数千株，经10余年建设，占地81亩。"四面有山皆入画，一年无日不看花。"几十年连续不断的园林营造，使风景区形成了"初春探梅、仲夏观荷、金秋赏桂、隆冬踏雪"这四大特色，人与自然和谐的生态景观，给人一种回归自然、超越自然的感受。

第四天上午，各地提供报道线索，编辑部部署完通联、发行等有关工作，又到了其他景点采风。当晚和次日，与会者陆续返回，我们极不情愿地离开了令人难忘的无锡美景，离开了令人留恋的太湖风光，离开了颇为心仪的江南灵秀之地。

# 在钟山脚下的守望岁月

中年既是青年的延伸，又是对青年的告别。30 岁了，整天与文字打交道，整天与公安打交道，作为军人，要学会带兵，不然枉为军人。陆令寿、张安照、郁洲萍等宣传处领导的言谈让我记在了心里，体会到了他们的关爱。经他们建议，政治部领导的关心，我下到基层当上了政治指导员，有了一年多在钟山脚下南京东郊国宾馆守望的岁月，告别了终生难忘的记者生涯。

在守望的岁月里，我深入研究新形势下带兵的特点、规律，深钻带兵之道，在日常管理中贯穿"以人为本、以情带兵"的理念，尊重战士的人格尊严，切实把战士当同志，用真情带兵，切实把战士当挚友，关心战士的冷暖疾苦；在教育上运用通俗易懂、喜闻乐见的方式，真正把大道理讲实、把难道理讲透，帮助战士树立正确的世界观、人生观、价值观，有效促进了部队的全面进步和战士的全面发展。

在守望的岁月里，我与队长蒋廷乐一道，狠抓部队正规化建设，对不适应警卫工作实际的工作内容、方式方法等进行大刀阔斧的改革，圆满地完成党和人民赋予的 10 多次重大警卫任务。同时，利用业余时间，深入挖掘了部队几十年来在完成毛泽东、刘少奇、周恩来、邓小平、李先念、江泽民等党和国家领导人警卫工作中，涌现出来的好人好事，撰写了一篇生动鲜活、有血有肉的报告文学，在新闻媒体发表后，引起了较大反响。

在守望的岁月里，付出的是爱心，收获的是尊重；付出的是真心，收获的是信任；付出了全心，收获了部队全面建设的进步。为此，部队多次受到上级的表彰奖励，年底被总队评为全省学雷锋先进集体，我被上级记三等功一次。

在守望的岁月里，我与我亲爱的战友们与钟山风景区结下了不解之缘。

钟山自古被誉为"江南四大名山"之一，是南京名胜古迹荟萃之地。雄伟壮观的藏经楼，规模宏大的明孝陵，春日芬芳的梅花山，古朴幽静的灵谷寺，山间如镜的紫霞湖，林中众多的前人陵墓，使这里松枫掩映、寺陵相望，独具清幽秀丽的特色。民国时在这里兴建的民主革命伟大先行者孙中山气势磅礴的陵墓，使钟山集雄美于一身。此后相继修筑音乐台、藏经楼、流徽榭、光化亭、行健亭、正气亭和博爱阁等胜迹，与民国人士廖仲恺、邓演达、谭延闿等人的墓葬点缀于竹林树海间，使这里既有自然天成的山林野趣，又有独具匠心的建筑杰作，形成了以中山陵为中心的陵园风景区。近年来，陵园扩建了万株梅园、万株桂园和竹海公园，新建了紫金山观光索道、定林山庄和颜真卿碑林，开发了山顶旅游线。

"钟山风雨起苍黄，百万雄师过大江。虎踞龙盘今胜昔，天翻地覆慨而慷。宜将胜勇追穷寇，不可沽名学霸王。天若有情天亦老，人间正道是沧桑。"毛泽东《七律·人民解放军占领南京》这首大气磅礴的诗词深深印在了全国人民的心底里。

这篇游记从我们的驻地开始了。

南京东郊国宾馆位于古都南京钟山风景区的紫金山南麓，占地30余万平方米，庭院幽深雅静，环境优美宜人，四季鸟语花香，自然风光旖旎，造就了古都不可多得的天然大氧吧。揭开一度只被称为"中山陵5号"的南京东郊国宾馆的"神秘"面纱，展现在人们面前的国宾馆犹如一部厚重的典籍，散发着半个世纪的历史芬芳。

1956年，全国各省、市、自治区相继开始建设国宾馆。当时的江苏省委、省政府研究决定，在中山陵5号建设用于政府接待的国宾馆，取名紫霞洞招待所。1957年，紫霞洞招待所正式启用，后改名为紫金山招待所。出于保密的需要，招待所一直被称为中山陵5号，直到1975年接待朝鲜金日成主席时才更名为南京东郊宾馆。江泽民同志下榻于此时，题写了新的馆名"南京东郊国宾馆"。

别墅1号楼，位于依山而居的国宾馆建筑群顶端。楼内，上等紫檀家具古色幽香，挂有画家宋文治、钱松嵒、魏紫熙、张晋分别创作的江苏春、夏、秋、冬四景图，走廊的墙面上贴有价值不菲的《太白醉酒图》。目前，卧室、书房都按毛主席的生活习惯设计摆放，卧室内保留了主席下榻时的寝具，书房内主席办公时所坐的椅子是按主席身材量身定做的，办公桌上的苏绣小猫咪为室内平添了几分趣意。书房内，如今珍藏着一批国宾礼品，有朝鲜金日成主席、越南胡志明主席下榻时赠送的金胆花瓶与套儿。毛主席卧室对门，是当年江青的卧室，女性气息十分浓厚。毛泽东、金日成、西哈努克及法国总统密特朗等均曾在1号楼下榻。

建筑面积近7000平方米的2号楼整体呈欧式风格，气度非凡，成为东郊国宾馆的标志性建筑。楼内珍品包括清朝乾隆年间装订的线装版《资治通鉴》、精美的陶瓷艺术品、喻继高的工笔画。2号楼近年接待过伊拉克总统贾拉勒塔拉巴尼、美国前国务卿基辛格、美国纽约州州长等多位政要和名人。

韵高致静的3号楼也是1957年为接待党和国家领导人到江苏视察而建，周恩来、邓小平等领导人曾下榻于此。3号楼绿树环绕，氛围宁静，翻新后，更显富丽高贵。客厅内14张紫檀木座椅、精致的办公家具及卧床等，依然按早年的原样摆放。

毛泽东多次来南京都入住在东郊国宾馆，尽管如今南京新建了许多五星级的宾馆，但他们的尊贵程度却难望其项背。它就像一个真正的贵族隐居在郊外的城堡，天生丽质，低调，奢华而不张扬。传闻中山陵5号就在紫金山脚下，原来还有个后门，开门就是紫霞湖（20世纪30年代修建的一个小水库），周边景色幽雅。毛泽东从后门出来散步，随从人员告诉他，后门正对面的山坡上有个亭子叫正气亭，正气亭边上是蒋介石给自己选定的墓地。毛泽东告诫地方官员，这里就留给蒋介石吧。几十年过去了，紫金山快要成为南京城里的一个岛了，唯紫霞湖周边不曾动过一草一木。

一天周末的下午 3 时 30 分，大队长王洪令通知我陪一下广西的武警领导逛逛中山陵。我 10 分钟赶到大队部，联系了导游带他们上了山。

说起中山陵，当然要提到伟大的中国民主革命先行者孙中山先生。孙先生本名孙文，字逸仙。外国友人都称呼他为孙逸仙博士。中山陵的墓址是孙先生生前选定的，这里视野开阔，气势雄伟，前临平川，后拥青嶂，的确是一块风水宝地。他选择南京紫金山为墓址，从根本上说，是为了纪念辛亥革命，激励革命同仁。为尊重孙先生的遗愿，宋庆龄、孙科等人组成的孙中山葬事筹备处实地察看，选好陵址，划地 2000 亩修墓，又登报悬奖，征集陵墓设计方案。在众多应征者中，青年建筑师吕彦直设计的大钟形图案被一致评为首奖，他本人也被聘为中山陵的建筑师。从陵殿慢慢出来，向眼前望去，漫山碧绿，苍松翠柏郁郁葱葱，加之陵园都是用青蓝色的琉璃瓦和银灰色石壁砌成，满目冷清色调，观之更加庄严肃穆。

正是梅花盛开时，上级通知我们区队到梅花山执勤。这天一早，我与排长曾卫东、徐元林带着刘智、林大友、郭震、姚刚、王彬、祖金星、夏玉军等同志赶到几百米外的梅花山。她拥有 200 余种梅花品种，所占面积近 14 万平方米，栽植了 13000 余株梅花。山上多红梅，因而得名。旧名孙陵岗，亦名吴王坟，因东吴的孙权葬在这里而得名。三国时吴帝孙权与步夫人葬于此。1946 年国民政府将汪坟炸毁，并在墓地建了一座"观梅轩"。每当春日，来此赏梅的游客络绎不绝。梅花，是南京市花，探梅、赏梅是南京的民俗。而南京植梅与赏梅的历史悠久，历六朝至今不衰。战士们有的在出入口执勤，有的在梅园内流动，我在梅园内巡视，主要是防止观梅人员被踩伤、小孩迷路和老人跌倒等。

梅花山的万株梅花竞相开放，层层叠叠，云蒸霞蔚，繁花满山，一片香海，前来探梅、赏梅者数不胜数。猩猩红、骨里红、照水、宫粉、跳枝、千叶红、长枝、胭脂、玉碟、送春等珍贵品种树上都是花，树下全是人，摩肩接踵。一大片的梅花林里，不用寻不用探，睁开眼全是盛开的、含苞的、颓败的梅花，仰起头闭上眼的光影也都是梅花的影子，而空气中弥漫的是梅花的香气。为了方便游人，1982年陵园管理处又在梅花山东北新建了一座旅游餐厅，以宋代诗人林逋的咏梅诗句"疏影横斜水清浅，暗香浮动月黄昏"命名为"暗香阁"。餐厅为二层建筑，用餐时可凭窗欣赏梅花山的醉人景色。楼下还有咏梅斋、疏影堂和知春亭，亭、阁之间有曲折、跌落的回廊相接，整个建筑面积1540余平方米。

去年以来，中山陵园管理处又在梅花山东侧开辟了一座新梅园。她是梅花山的延续，又是自成一体的自然山水型梅花专类园，面积72309平方米，新植梅树2500余株，与原梅花山合在一起形成了千亩园万株梅。同时，新梅园还配植了樱花、合欢、池杉等观赏植物，并铺设草坪，弥补了因季节变化而造成的空白，使全园四季有景。园内还开辟了人工水面6672平方米，分成若干小的池塘，形成独特的水景。临池还筑有一座香无涯亭和一座冷香亭，均饰以彩绘，亭顶覆盖黄色琉璃瓦。南京梅花山正以其得天独厚的自然和人文优势吸引着越来越多的海内外游人，逐渐成为全国的梅文化中心。

在每天几万人、高潮时10万人以上的赏梅时节，我们连续执勤10多天，有效维护了梅园的秩序，制止了一些强买强卖的不法之徒，抢救了22名受伤的游客，受到广大游客的高度称赞。

一天下午，驻守美龄宫的队长严壮志打来电话，让我们派20人去帮助美化环境，我们及时前去支援。

美龄宫位于明孝陵四方城以东200米处的小红山上，原名小红山主席官邸，于1933年竣工，原定为国民政府主席的寓所，后改做去中山陵谒陵的高级官员的休息室。美龄宫是一座两层楼的建筑，汽车可沿环山道直抵宫门，四周树木葱茏，百花飘香。1947年，国民政府从重庆迁回南京后，此处成为蒋介石官邸，因蒋介石常与宋美龄来此休息和度假，所以被称作美龄宫。新中国成立前，蒋介石曾在此接待外国贵宾。东首是宋美龄的卧室，室内陈设一如旧式布置，游人可领略昔日豪华景象。

又一天上午，钟山管理处让我们到孙中山纪念馆搬运古籍图书，我及时带兵赶去支持，并顺便参观了纪念馆。

孙中山纪念馆，原名藏经楼，位于中山陵与灵谷寺之间的密林中，是一座仿清代喇嘛寺的古典建筑。该楼由冯玉祥将军通过中国佛教协会于1934年11月发起募捐集资建成，因专门收藏孙中山的《三民主义》等经典著作而得名。纪念馆分为主楼、僧房和碑廊。主楼为宫殿式建筑，分三层，高20.8米，底层是讲经堂，并有夹楼听座；二楼是藏经室、阅经室和研究室；三楼是藏经室。顶上盖绿色琉璃瓦，屋脊为黄色琉璃瓦，正脊中央饰有紫铜回轮华盖，梁、柱、额枋均饰以彩绘。楼内珍藏着孙中山先生的经典著作和奉安照片等珍贵史料。楼前广场正中的花台上竖有一尊高2.6米的孙中山先生全身铜像，楼后有长达125米的碑廊，碑廊两壁镶嵌138块碑石，刻有孙中山《三民主义》全文，计15.5万字，碑文由国民党元老张乃恭、郑洪年等14人手书。1937年12月，该楼遭受侵华日军炮火的严重毁坏。1982年，南京市人民政府拨款修复藏经楼主楼，1989年装修、复建碑廊，补刻毁坏了的碑刻。在二楼陈列展出孙中山先生从事革命活动的照片、实物和图表等430余件。

这年底，一年一度的老兵复退工作开始了，我又与教导员张永高一道，找了导游，带着老兵游玩了钟山的主要景点。

我们欣然来到明孝陵博物馆。进入大门就看见一片金光闪闪的双层式主题浮雕，前景是朱元璋、马皇后和开国功臣的立体群雕，人物栩栩如生，气派十足。整个博物馆的设计有种引人入胜的感觉，逛完一圈，馆内区域设计有点像走迷宫，一环扣一环，层层交错。主题展示和陈列品都极有特色，与内部暗色调的氛围相融，突出其历史和艺术价值，如大明孝陵神功圣德碑、下马坊、皇帝基座等令人印象深刻。还有很多非常出彩的地方，看得人眼花缭乱。明孝陵的正门就是一堵城墙，高大巍峨，称之为大金门。往里面走，是一个近9米高的石碑，名为大明孝陵神功圣德碑，就是博物馆里面那块碑的胖子版，下面是一个巨大的龟形动物碑座，古人称之为"赑屃"。

第二站我们来到廖仲恺、何香凝墓。她位于钟山南麓天堡城下，明孝陵以西，面临前湖，环境幽美，建筑雄伟。第三站我们来到灵谷寺，她位于中山陵东，是紫金山风景最胜之区。

灵谷寺原名开善寺，南朝梁天监十三年（514）梁武帝萧衍为葬其师宝志和尚所建。内葬名僧宝志和尚遗骨，造有志公塔，唐代更名宝公禅院，南唐改称开善道场，北宋称太平兴国寺，明初改名蒋山寺。此寺原来修建在紫金山独龙阜，即现在的明孝陵所在地。明洪武十四年（1318），明太祖朱元璋为在独龙阜建明孝陵，将寺和塔迁至此，并改名灵谷寺。现在的灵谷寺是1928年至1935年在原寺址建成的国民革命军阵亡将士公墓，中华人民共和国成立以后改名为灵谷公园。

在钟山风物中，历史最为悠久的为佛寺建筑。在六朝时期，钟山寺宇有70余所，梵宫刹宇林立，钟磬之声相闻，"多少楼台烟雨中"。岁月沧桑，历代迭有兴废，至今仅山左之灵谷寺尤具规模。特别是灵谷寺中的无量殿形制高大，全用砖砌，不用寸钉片木，故又称无梁殿，为国内现存同类建筑中时代最早、规模最大者。中饭后，我们在导游引导下又来到四方城、天堡城、地堡城、音乐台、中山植物园等风景名胜之地游玩。刘向阳、王勇、金利军、奚曙春、顾斌、高志平、赵进、赵树淮、曹雷、吴俊、王艳军、张斌、王虎等老战士明天就要陆续离开钟山和部队，离开与他们朝夕相处的战友，合影后，我又分别与每一名同志合影留念。这时我的心情异常沉重，大家一步三回头，像与亲人离别似的，行走在沉重的历史和现实中，不能言语，脚步放慢，挥泪下山。钟山，在这一天虽山清气凉、游人如织、落叶飕飕，可我们有道不尽的秋意，赏不完的秋景，诉不完的离别情啊。

# 与美女记者约会苏州

送走了老兵，又没有重大警卫任务，看来可以休假了，可天不遂人意，领导好像知道我什么时候忙、什么时候清闲，一个电话，打乱了我的休假计划。领导安排我接待《人民公安报》的一个记者，要我到省内南京、连云港、淮阴、苏州、无锡等几个地方采访，主要是了解各地《人民公安报》的发行情况。没有办法，服从命令是军人的天职啊。

第二天在南京火车站接站时，发现对方是一个美女记者，看来我艳福不浅，为期半个月的双人采访兼游历生涯在这天下午开始了。美女记者姓杨，名金华，身高1.77米，28岁，眸含秋水，面带笑靥，长发飘逸，淡雅脱俗，丰盈窈窕，楚楚动人，真如"北方有佳人，绝世而独立。一顾倾人城，再顾倾人国"。她原在公安部篮球队，退役后考入公安大学学习，毕业后进入《人民公安报》任记者。当晚，省公安厅为杨记者接风，下去后，基本上都是各地公安机关车接车送，各地的接待十分热情。我们先后采访了被省公安厅记二等功的连云港市公安局的基层社区民警胡尊祥、赣榆县公安局局长宋继波、淮阳县公安局局长史耀西、泗阳县公安局局长张振学等，了解了各地《人民公安报》的发行情况。

在连云港，我们有幸见到了阔别几年的霍永发司务长，他在部队工作勤勤恳恳、任劳任怨，多次立功受奖，被战士们誉为"好管家""好兄长"和"好朋友"。我们在扬州支队是知心交心的朋友，新兵

76

生活因旅游而精彩

连在一个班，好似亲兄弟。后来又在一个连队，他当司务长，我当排长，配合默契。我们共同谈到了郑运宜政委、熊化银主任、张开新教导员对我们的关心呵护，谈到了在机动队共同战斗的日日夜夜，谈到了今后的人生之路，颇为投机。霍永发充满信心地说："男人最重要的就是事业，没有事业的男人不能算作真正的男人。男人的事业一定要有所成就，要能使自己感到骄傲和自豪，要让关爱过自己的首长放心。一个事业心强的男人，也是一个求胜心与责任心同样强的男人。转业后，一定要不甘平庸、不惧困难，要为了自己的事业和梦想付出一切。"我们握手告别时说的话竟然基本一致："期望事业有成，儿女成才，家庭幸福。"

与美女记者一道的采访兼游历的日子怎么这么快啊，不知不觉10天过去了，我们来到了人间天堂——苏州。

苏州，古称吴、吴都、吴中、东吴、吴门，现简称苏。自有文字记载以来，苏州的历史已有4000多年，其于公元前514年建城，隋开皇九年（589）始定名为苏州，因城西南的姑苏山得名。后来成为中国首批24个历史文化名城之一、中国重点风景旅游城市。苏州也是4个中国重点环境保护城市之一、长江三角洲重要的中心城市之一。苏州是江苏省的经济中心、对外贸易中心、工商业中心和物流中心，也是重要的文化中心、艺术中心、教育中心和交通中心。苏州是江苏人口最多的城市，同时也是经济总量最大、现代化程度最高的城市。

苏州东邻上海，濒临东海；西抱太湖，背靠无锡，隔湖遥望常州；北濒长江，与南通隔江相望；南临浙江，与嘉兴接壤。苏州所辖太湖的水面紧邻湖州，东距上海市区81千米，是江苏省的东南门户、上海的咽喉，也是苏中和苏北通往浙江的必经之地。苏州物华天宝，人杰地灵，因其从古至今繁荣发达、长盛不衰的文化和经济，被誉为"人间天堂""园林之城"。苏州素来以山水秀丽、园林典雅闻名天下，有"江南园林甲天下，苏州园林甲江南"的美称；又因其"小桥流水人家"的水乡古城特色，而有"东方威尼斯""东方水都"之称。现今的苏州"城中有园，园中有城"，山、水、城、林、园、镇结为一体。

苏州园林的名气实在太大。苏州园林是典型的私家园林风景，虽然不如皇家园林般大气，但却是平常百姓向往的居住环境。我们在苏州公干一天半后，政治处的同行要陪同我们参观，我们婉言谢绝了。我们找了个导游，选了留园和拙政园作为游览目标，留园以小巧精致而著名，拙政园以大型秀美而闻名。两个园林也确实名不虚传，很有观赏价值。

这天下午1时许，我们来到留园。留园曲廊是苏州园林三大名廊之一，全长有300多米。廊按位置可分为沿墙走廊、爬山廊、水廊、回廊、楼廊等；按形式又可分为曲廊、波形廊、复廊等。廊是园林建筑中独立的有顶的通道。过了水涧、小桥，来到可亭，可亭的周围有一些图案，包括铁拐李的葫芦、汉钟离的扇子、吕洞宾的宝剑等，这就是通常所说的"暗八仙"图案。亭中有个桌子是用灵璧石做成的，灵璧石产于安徽灵璧县，是石中上品，"石本磐材，叩之有声"，这在苏州园林中也是比较少见的。对面的涵碧山房、明瑟楼与可亭形成了一个对景。从这儿望去，明瑟楼就像画舫的前舱，涵碧山房犹如船舱，两座建筑组成了一艘形神兼备的写意抽象式画舫，微风吹拂，波光荡漾，这艘船就像在水中缓缓航行一般。

从远翠阁往下走，看池中有一小岛，名小蓬莱。导游引经据典，说："《史记》中讲，瀛洲、方丈和蓬莱三座神山在渤海之中，据说山上有仙人和长生不老之药，秦始皇曾经派徐福去寻药，并在宫苑中叠造三神山，此后三神山也就成为造园中常见的题材。在曲溪楼，书圣王羲之曲水流觞，写下了天下第一行书《兰亭集序》，从这个名称也可以看出园主对书圣的景仰。"

风风雨雨400多年，留园历经沧桑，几度兴废。当时园主所期望的"名园长留天地间"，只有在人民当家做主、国家繁荣富强的今天，方才变成了现实。游览结束后，我们想，留园给人一种古朴凝重的石文化的感觉。那些用湖石、黄石堆叠的假山，营造了留园的山林气氛；那些湖石名峰，增添了留园的传统艺术氛围；那些大理石座屏、鱼化石等，充满了清新而朴素的自然气息；那些墙壁上的书条石，记录了留园的昔日风采。这些作品林林总总，从具体到抽象，无不将中国传统文化的精华表现得淋漓尽致，看来人们把园林比作"立体山水画""无声山水诗""综合艺术博物馆"是很到位的。留园是苏州人民的骄傲，是中华民族的骄傲，是当之无愧的世界文化遗产。

出了留园，我们来到拙政园。

拙政园，苏州名园之一，明嘉靖时（1522—1566）御使王献臣创建，太平天国驻守时期（1860—1863）增加修建，拙政园保存有太平天国的彩画、石刻等遗物。全园以水池为中心，环池有远香堂、小飞虹、见山楼、香洲等，并与漏窗、回廊相互联系，有山水亭台交相掩映之胜。拙政园是我国古代造园艺术的杰作，也是全国重点保护单位。

拙政园大致可以分为三个景区。在第一个景区，我们看到是以池岛假山为主，包括假山山塊的"梧竹幽居"，假山山顶的"待霜亭"和"雪香云蔚"等景点。池岛假山，也称为水陆假山，是中部的主体假山。这"一池三岛"基本上是苏州假山的传统格局，好似"池岸曲折，水绕山转"，假山设计极佳，确实是"大手笔"，完全符合我国山水画的传统技法。从东面看，一山高过一山；从南面看，一山连接一山；从西面看，一山压倒众山。用绘画术语来讲，分别是"深远山水""平远山水"和"高远山水"，表达的是宋代苏东坡诗中"横看成岭侧成峰，远近高低各不同"的意境。

苏州园林的美丽和别致让我们目不暇接，给我们带来了幽静脱俗的快感。诗情画意的青山绿水洋溢着温情脉脉的家庭气氛，体现了淡泊明志、志存高远的人生哲理，真是当今人们苦苦追求的"人间天堂"。她的每一块石头、每一处走廊，甚至是每一棵树、每一丛花都经过设计者的巧妙安排和摆设，像诗，像画，像音乐。正像叶圣陶老先生在《苏州园林》中的描写："我国的建筑，从古代的宫殿到近代的一般住房，绝大部分是对称的，左边怎样，右边也怎样。苏州园林可决不讲究对称，好像故意避免似的，东边有了一个亭子或一道走廊，西边决不会来一个同样的亭子或者一道同样的走廊。"

晚上，我们来到观前街。

观前街是苏州的繁华闹市区，这是一座有着 1300 年历史的道教建筑群，主殿是九开间的三清殿，还有其他十多座殿宇，南面正山门前的长街就是观前街。店招林立，商贩和百戏杂陈是玄妙观臃肿的旧日景观。据说 1982 年 6 月，观前街改为步行街时，人们可以安步当车、赏心悦目地观赏街景。此后又开辟了夜市，每当夜幕降临，观前街上亮起串串珍珠般的电灯，沿街两侧透迤成一条龙的形状。摊位上，服装裙衫、头花首饰、鞋帽巾袜、果品食物、盆景艺品、玻璃器皿等应有尽有，这里果真是人山人海、热气腾腾，绘出了一幅繁华观前夜游图。

我们投身于街道上的喧闹中，商场都在这里扎堆，不少沿街的名店名铺已逾百年历史，悬挂着"百年老店"和"中华老字号"的标志，世人仅闻其字号便足以将其经营特产、特色联系到一起。在 20 世纪 30 年代初，观前已呈空前繁荣景象。据有人统计，当时设在观前的金融机构有中国、交通、上海等七家银行，有保大、义康等四家钱庄，有景德、泰丰等四家百货公司，有青年会、中央、东方等影剧院，有上海老正兴、味雅等菜馆酒楼。在这里，杨记者为父母购买了苏州特产，为自己购买了华丽的裙子，我为爱妻购买了一套服装。

第二天上午，政治处的王毓强同志陪同我们到寒山寺和虎丘山游玩，下午送我们去无锡。

寒山寺位于苏州阊门外的枫桥镇，建于六朝时期的梁代天监年间（502—519），距今已有 1400 多年的历史。寒山寺最初的名字叫妙利普明塔院，后来在唐代贞观年间，这里来了两位天台山的高僧寒山和拾得，才改名为"寒山寺"的。传说寒山、拾得分别是文殊、普贤菩萨的化身，后来被人识破，两人就双双乘鹤而去。又传说拾得和尚乘了寒山寺里的一口钟，漂洋过海东渡日本，到了一个名叫萨堤的地方，传播佛学和中国文化。

素有"吴中第一名胜"之称的苏州虎丘山风景区，已有 2400 多年的悠久历史。景区内人文景观丰富，自然景色幽绝，是驰名中外的旅游胜地。宋代大文豪苏东坡曾叹曰："到苏州而不游虎丘乃憾事也。"这脍炙人口的赞誉，千古流传，使虎丘成为游客在苏州的必游之地。虎丘有三绝九宜十八景之胜，最为著名的是云岩寺塔和剑池。高耸入云的云岩寺塔已有 1000 多年的历史，是世界第二斜塔，古朴雄奇，早已成为古老苏州的象征；剑池幽奇神秘，埋有吴王阖闾墓葬的千古之谜以及神鹅易字的美丽传说，风壑云泉，令人流连忘返。

中华人民共和国成立后，由于重视，政府投入了大量资金用于虎丘的建设、保护和发展。改革开放以来，虎丘又新建了万景山庄盆景园等，修复翻新了大量著名的景点，大规模种植了绿被植物，形成了宜人的绿岛小气候，成为鸟类争相栖息的场所，更是现代人远离尘嚣、回归自然的绝妙去处。

美哉！苏州园林。她是世界文化艺术的瑰宝，集中体现了东方造园艺术的精华。苏州园林现保存完好的古典园林有 60 余处，中国四大名园中，就有拙政园、留园两座，其迷人的风光、美丽的景色，让我们乐不思蜀。此次到苏州公干和旅游，有美女记者相伴，不仅可以领略吴文化的博大精深，体验一步一景的奇妙幽情，还可以尽情畅谈，真乃人生一大幸事。离开时，我仍意犹未尽。既然无法将苏州园林的美景装入背包，那么，只能装进心里。下午，我们抵达无锡。3天公干和游历后，我们在南京深情握手告别，结下了难忘的友谊。

# 北京之旅

三月的京城，寒气逝去，春光融融，草木复苏，晨风轻轻吹起天安门前的薄雾，又将紫禁城的面纱一并掀起。一轮红日从东方冉冉升起，古老而青春的北京城，在今天焕发着蓬勃的迷人魅力。来自全国各地的崔兰凤、孙仰慧、王世标等17名《半月谈》首届特约评刊员齐聚北京，备感惬意。我是3月20日赶到北京，当天和次日参加了《半月谈》编辑部召开的评刊员会议，在参观了新华社及《半月谈》编辑部后，《人民公安报》的朋友安排好车辆和导游，我与同行的游览开始了。

## 故宫——好一个位列世界五大宫之首的宫殿

北京城内古迹多如繁星，其中最耀眼、最璀璨的就要数故宫了。故宫又称紫禁城，是具有中国特色的典型的古代宫殿群，也是世界上现存规模最大、保存最完整的皇宫，她与法国凡尔赛宫、英国白金汉宫、美国白宫、俄罗斯克里姆林宫等并称五大宫，而且名列首位。

故宫是明清两朝的皇宫，共有14个明朝皇帝和10个清朝皇帝曾住在这里，西有碧水粼粼的中南海，东有王府街，北有天然屏障景山。故宫南北长961米，东西宽753米，面积72万平方米，有9000

多间房子。故宫一共有四个门，南有午门，北有神武门，西有西华门，东有东华门。

午门的城台上东侧陈钟，西侧置鼓，在皇帝祭祀、文武百官上朝用。导游说："午门是皇帝下诏书、下令出征的地方。每遇宣读皇帝圣旨、颁发年历书，文武百官都要齐集午门前广场听旨。午门当中的正门平时只有皇帝才可以出入，皇帝大婚时皇后进一次，殿试考中状元、榜眼、探花的三人可以从此门走出一次。文武大臣进出东侧门，宗室王公出入西侧门。"

进了故宫一道又一道大红门，我们来到了太和殿前。故宫有 3 大殿，其中最大的就是太和殿了。明清两朝 24 个皇帝都在太和殿举行盛大典礼，如皇帝登基、皇帝大婚、册立皇后、命将出征。此外每年万寿节、元旦、冬至三大节时，皇帝在此接受文武官员的朝贺，并向王公大臣赐宴。清初，太和殿还曾举行新进士的殿试，乾隆五十四年（1789）始，改在保和殿举行，"传胪"仍在太和殿举行，这就是太和殿的作用。太和殿边上放着两口铜制大缸，据说是装水消防用的。

故宫里最引人驻足和瞩目的地方应当是珍宝馆了，这里展列了大量的清宫珍宝，是故宫博物院的精华之处。从九龙壁进去，我们依次经过皇极殿、宁寿宫、养性殿、乐寿堂等殿堂，每个殿堂里面都可以近距离看到各类珍宝器物，金银玉翠、珍珠玛瑙、名贵宝石，应有尽有，让人目不暇接。进了宫殿，无论来自南北中外，大家都会不约而同发出"哇"的叫声。

我们由御花园折回，西到咸福宫、储秀宫、长春宫、翊坤宫、永寿宫、太极殿等宫殿参观。西六宫中的储秀宫和长春宫，慈禧太后曾居住过。导游告诉我们，现在的故宫博物院其实是不完整的，这主要指的是故宫的文物流散到了民间及国外私人收藏家手中，国外的很多博物馆，如大英博物馆、美国大都会博物馆等，都藏有故宫的文物。

我想，如果有一天台北故宫博物院的文物能回归北京故宫，那就是自中华人民共和国成立以来最大的文化盛事，值得全中国人高兴；如果不能回归，他们毕竟也还在中国的博物馆里，享受着世界顶级博物馆的照顾，我们也可以欣慰了。有人把台北故宫博物院与法国卢浮宫博物馆、英国大英博物馆并誉为世界三大博物馆，这也能说明台北故宫博物院的分量了。我们看着故宫，故宫也看着我们。

置身闪耀着神秘色彩的三层基台重叠石雕的"御路"，感受帝王的威慑力量，近距离鉴赏每层周围雕刻的汉白玉栏板、望柱和龙头，其壮观的布局、严谨的规划，尽显几千年文化传承和 500 多年前匠师们在建筑上的卓越成就，也意指封建社会人分三六九的等级制度。

故宫是中华民族不可缺少的一部分，也是世界著名的古代文化遗产，我们要保护故宫，让中华民族的历史流传千古。

## 圆明园——中华民族奋发图强的见证

上午 10 时许，我们游览了闻名中外的圆明园。

她坐落在北京西北郊，始建于 1707 年前后，是清朝鼎盛时期兴建的帝王御园，由圆明、长春、绮春三园组成，占地 5200 余亩，有著名景群上百处。导游说："清代康熙四十六年（1707），康熙皇帝将圆明园赐给皇四子胤禛（雍正）。1722 年雍正即位后，依照紫禁城的格局，大规模建设。乾隆年间，清朝国力鼎盛，是圆明园建设的高潮，乾隆以倾国之力扩建圆明园。后经嘉庆、道光、咸丰年间的续建，5 个皇帝前后耗时 151 年，将其建成，费银亿万。"

拾级而上，我们到达万寿山的最顶峰"智慧海"。智慧海语出佛教的《无量寿经》中的"如来智慧海，深府无崖底"一句。其实，最大的智慧都来自最朴素的生活，也就是老子所说的"不争"。而今，太需要一位古圣先贤出世来治理一下我们现在的浮华社会了！曾有人说过："五百年必有才人出。"现在多少个五百年都过去啦，唉，斯人已去，来者之可追哉？出谐趣园，来到了东宫门，她是颐和园的正门。在院子中央，有一只很大的青铜制成的麒麟。另一只在火烧圆明园时，被英法联军掠走，不知去向，于是就将这一只移放到这里。

在颐和园东宫门的庭院里，有许多是圆明园里的遗物，因园子被毁而迁到这里。走出园门时，看着门前的一对青铜狮子，威严中带有几分无奈。

圆明园体现了我国古代造园艺术的精华，是当时最出色的一座大型园林。乾隆皇帝说她："实天宝地灵之区，帝王豫游之地，无以逾此。"她在世界园林建筑史上占有重要地位，其盛名传至欧洲，被誉为"万园之园"。法国大文豪雨果这样评价："你只管去想象那是一座令人心神往的、如同月宫的城堡一样的建筑，夏宫（指圆明园）就是这样的一座建筑。"人们常常这样说："希腊有帕特农神殿，埃及有金字塔，罗马有斗兽场，东方有圆明园，中国的圆明园是一个令人叹为观止的无与伦比的杰作。"

在大水法遗址旁，断壁残垣，一片狼藉。遥想1860年的10月，圆明园遭到英法联军的野蛮洗劫，成为我国近代史上的一页屈辱史。昔日的辉煌园林，遭受外国列强的蹂躏，国人却无力抵抗，可悲，可叹！今天看到的圆明园，已经成为并将继续成为中华民族奋发图强、繁荣昌盛的见证。

## 长城——你不到长城非好汉

雄伟的万里长城，是中华文明的标志和骄傲。说起来，到过北京无数次了，而爬长城，我还是第一次。带着新奇，带着憧憬，带着圆梦的兴奋，经历了长长的车流，跨过道道山梁，我们来到了群山环绕的山谷下，遥遥看见了漫山遍野的人群，看见了神圣雄伟的长城就在眼前。

中饭后的下午3时20分，我们开始登长城。

从山谷里仰观长城，在那些崎岖的蜿蜒中，人群无法阻碍她的骄傲，矗立在高高的山巅，如巨龙盘旋在碧蓝的天空。我凝视着这斑驳的身躯，聆听着长风的倾诉，用心去体会和感觉长城。是的，在这一刻，我亲临长城，才更加仔细、更加深刻地触摸到了长城的心跳。那些风化在时间长河中的城砖，几乎每个缝隙都蕴藏着一颗心灵。爬上了长城，在城垛上凝视塞外：北端群山盘旋，郁郁葱葱，大好的河山，在眼下延伸。长城没有了当年的烽火，没有了狼烟，没有了喧嚣的战斗。在这宁静的瞬间，我品味着民族的融合。转身望向关内，繁华的都市在群山的怀抱里安详地微笑，以宽容的姿态超然于世界的纷争。遥遥高城，巍巍长山，在这个微不足道的华夏一隅，竟然凝缩了五千年的历史。

这天，人真多，在拥挤的人群里，我们慢慢来到了长城上，站立在长城的脊梁上，用手触摸着长城沧桑的脸庞。人们在快速地移动，从一段长城上来到另一段上。在这段长城外，还有另外一段更加陡峭的长城，那就是因为毛主席的那句"不到长城非好汉"而得名的好汉坡。八达岭，顾名思义就是四通八达的意思。想当年成吉思汗曾带领着他的蒙古铁骑攻入金中都；明成祖朱棣也率领着明朝的大军由此七出漠北，扫荡北元的残余势力；清朝的皇太极，也曾被袁崇焕的"关宁锦"防线拦住去路，不得已借道蒙古，才能够兵围北京城。其实，八达岭城关就设在一个很小的通道之中，这个通道就叫关沟。关沟是北京北部的燕山和西部的军都山在北京西北部交汇形成的峡谷，而居庸关就设在此峡谷中，关沟因此得名。当时，贸易和战争不断地上演。历史已经过了很久，现在，它的军事用途已不再有了，但是作为一处风景，还是十分够格的。但凡兵家必争之地，大都奇险绝丽，如四川的剑门关、甘肃的嘉峪关和河北的山海关，无不是历史悠久，景色壮观！

我们脚踏长城的青砖，手抚长城的青砖，眼观巍峨的长城。长城在万山峻岭上，千峰耸立，古代战斗的场景仿佛就在眼前，真让人心潮澎湃。长城，多么宏伟的工程，她展示了中华的千古文明。长城，多么壮观的风景，她展示了中华民族的伟大智慧。长城，多么伟大的壮举，她展示了中华民族的浩瀚力量。长城是那么神圣、壮观而又伟大，眼前这些登长城的人，就像在攀天梯一样。

爬了长城，圆了我的梦。离开长城，又开始了新的梦。历史不会风化在时间的长河中，望着渐渐远去的长城，我仿佛听到了每块城砖都在呼唤一个共同的诉求：和平，和平。

## 十三陵——保存完好的地下宫殿

第4天上午9时20分，我们游览了雄伟的十三陵。过大石牌坊，就到了大红门，这是陵园的正门，门分三洞，旁边一块石牌上刻着"官员人等至此下马"八个大字。路两边整排笔直的杨柳树，杨柳依依。此趟我们进入的地下宫殿是定陵，即明神宗朱翊钧的宫殿。明神宗在位48年，是个荒淫无耻的暴君。地宫里有三口大棺材，中置朱翊钧，左右分别置孝端皇后、孝靖皇后，除此之外，还有三十箱陪葬品。走出地宫，我们又到珍宝馆去参观，只见各种金银珠宝，价值连城。水能载舟，亦能覆舟，最后农民起义的熊熊大火烧毁了皇帝万万年的梦。

长陵规模宏大。祾恩殿内的金丝楠木大柱两人合抱都抱不拢。大殿内设有永乐皇帝朱棣铜坐像，殿内陈列着金杯、金碗、金冠等部分定陵出土的历史文物。定陵为万历帝的陵寝。当年建十三陵水库取土时，人们偶然发现了定陵地宫的金刚墙，经国家文物部门发掘，定陵出土了大量极为珍贵的文物，其中最珍贵的是万历帝的金冠，除此之外，还有常冠、朝冠，以及皇帝即位、祭天佩戴的旒冕，皆为稀世之宝。过棂星门，导游叮嘱："这是过鬼门关，入门迈腿时一定要男左女右，千万别迈错了，错了就回不来了。返回时，男右女左，迈步出门的同时要高叫一声'我出来了'，意为有去有回，以图吉利。"宝城前有一石建筑物，形如供桌，称石五供，是古代石雕祭器；中间是石香炉，三足圆鼎式，炉盖雕云龙；两侧是石烛台和石花瓶。明楼前立一块朱棣的功德碑。楼后的东边有一竖井，是普通宫女殉葬的地方。西边对应有一口横井，与东边用途同样。朱棣初封燕王，21岁时就藩北平，守土镇边，战功卓著。史传燕王"龙形虎步，声如洪钟"，有帝王之相，而朱棣的实力和野心也最大。朱元璋死后，他发起靖难之役，终以武力从其侄建文帝手中夺取了皇位。朱棣的文治武功在明代历史上留下了浓重一笔，如正式迁都北京；扩大领土，南至贵州，西至西蕃，北方平定蒙古元军，势力达黑龙江奴尔干地区。

在定陵里有万历皇帝的陪葬品，从这些奢侈极度、精巧异常的器具、衣物、刀剑上，我们可以看出当时科技、经济、生产力的发达，但他们的子子孙孙的恶政，最后导致了明的败亡。朱由检、朱棣、朱元璋大概是明朝仅有的比较英明的君主了。

在定陵的宝顶上远望，四面青山都在烟雨缭绕中。如此的山川秀色间，让我恍惚间想起明朝兴衰，不由叹息。青山不改，绿水长流，今日人间已换。不变的只有那些石翁仲和石兽，或者只有它们是干净的，默默地注目着历史的更替，注目着时代的变迁。


## 天坛——祭天之园


11 时许，我们来到天坛。

天坛是明清两代皇帝祭天的地方，始建于 1420 年，经明嘉靖、清乾隆两次扩建、增建，规模宏伟壮丽。坛内遍布古柏，环境庄严肃穆。天坛为五坛之首，即天、地、日、月，外加社稷坛。天坛北边的围墙是圆的，南边的是方的，代表了天圆地方；北边的墙高，南边的墙矮，表示天高地矮。天坛的祭台在南边，地坛的祭台在北边，这叫天南地北。祭台上接东、西、南、北、中五个方位，铺着青、红、白、黑、黄五种颜色的土。这土从全国各地采挖，青土从山东挖，红土从两广挖，白土从陕西挖，黑土从北京挖，黄土从河南挖。天坛在建筑史上有着极其重要的地位，1961 年被定为"全国重点文物保护单位"。园内重要建筑有祈年殿、圜丘、皇穹宇、斋宫、长廊等，还有三音石、七星石、九龙柏等名胜古迹。祈年殿殿高 38.2 米，直径 24.2 米，内部的圆木柱寓意四季、十二月、十二时辰以及周天星宿。天坛周围绿树成荫，绿色草坪郁郁葱葱，令人心情舒畅。我们到钟楼敲了一响吉祥钟，并在此合影留念，祈祷平安。

我们从南门进去，向北走，首先看到的就是昭亨门西面的三座高大的石台，它叫作台。台上有长杆，叫望灯杆，该杆始建于明嘉靖九年（1530），杆长九丈九尺九寸。祭天时，三根灯杆上各吊一只直径六尺、高八尺的大灯笼，并铸有凸龙花纹。燃点时不灭，不流油，不剪蜡花，可燃烧12个小时，名为"蟠龙通宵宝蜡"。

此刻在我们眼前的便是圜丘坛，俗称祭天台。这是名副其实的天坛，建于明嘉靖九年（1530），清乾隆十四年（1749）扩建，是一座四周由白石雕栏围护的三层石造圆台，通高五米，明、清两代，每年冬至日皇帝都会亲临此坛，举行祭天礼仪。圜丘坛在建筑形式上有着许多神奇有趣的说法。这是我国古代人民巧妙运用几何学原理设计的一座杰出建筑，各项建筑材料的数字计算极其精确，其中"九"的含义与运用深为中外广大游人称奇。

从南门进入圜丘坛，看到内墙南隅有一座用绿琉璃砖砌成的燔炉，这是祭天时焚烧松柏木和祭祀后烧祝版、祝帛的地方。燔炉旁有一座瘗坎，祭典结束后，人们把供牛的尾、毛、血等埋在坎内，以示不忘祖先的意思。在燔炉前排有八座燎炉，在坛东、西门内还各有一对，这些是专为祭天时焚烧松柏枝、松花、松塔等用的。

我们来到了皇穹宇，它已有400多年的历史。我们从皇穹宇的西面出去，这里有一株古柏，名为九龙柏，树干扭结纠屈，宛如九条盘旋而上的蟠龙，故此得名。据传这棵古柏生长于建坛之前，已有近千年历史。在西面是斋宫，坐落于西天门内大道南侧的松柏绿树丛中，这里原是封建皇帝来天坛祈谷、祀天前进行斋戒沐浴的地方。斋宫占地40000平方米，建筑呈四方形，内有正殿、寝宫、钟楼等。四周筑有两重围墙和一道护城河，建筑讲究，警卫森严。走进斋宫正门，迎面便是气势巍峨的正殿，红墙绿瓦，甚为壮观。据说绿瓦表示皇帝至此，不敢妄自尊大，而只能"对天称臣"的意思。殿分五间，呈拱券形，为砖砌结构。整个殿堂不用梁枋大木，因此也叫无梁殿。殿前丹墀上有两座石亭，右边的一座较小，是放时辰牌位的地方；左边的一座呈正方形，名斋戒铜人石亭。走着，看着，我们来到东门，天坛的游览告一段落。

# 清华、北大——当今中国的两所"龙头"大学

下午 3 时，我们来到清华、北大两所著名学府。

导游介绍说："清华大学是中国著名高等学府，其前身是清华学堂，成立于 1911 年，最初是清政府设立的留美预备学校，1912 年更名为清华学校。为尝试人才的培养，1925 年设立大学部。同年开办研究院。1928 年更名为'国立清华大学'，各系设研究所。1978 年以来，清华大学进入了一个蓬勃发展的新时期，逐步恢复了理科、工科和文科类学科，并成立了研究生院和继续教育学院。目前，清华大学设有 13 个学院，54 个系，已成为一所具有理学、工学、文学、艺术学、历史学、哲学、经济学、管理学、法学、教育学和医学等学科的综合性、研究型大学。"

"北京大学创办于 1898 年，初名京师大学堂，是中国第一所国立综合性大学，也是当时中国的最高教育行政机关。辛亥革命后，于 1912 年改为现名。作为新文化运动的中心和五四运动的策源地，最早传播马克思主义和民主科学思想的发祥地，中国共产党最早的活动基地，北京大学为民族的解放和振兴、国家的建设和发展、社会的文明和进步做出了不可替代的贡献，在中国走向现代化的进程中起到了重要的先锋作用。爱国、进步、民主、科学的精神和勤奋、严谨、求实、创新的学风在这里生生不息、代代相传。据不完全统计，北京大学的校友和教师中，有 400 多位两院院士，中国人文社科界有影响的人士有相当一部分也出自北京大学。"

在清华漫步，荷塘离西门不远。荷塘是那样的美，水不是很多，荷塘边上有人在那儿很悠闲地钓着鱼，还有卖纪念品的，卖自己写的书的，总之，跟朱自清先生笔下的荷塘一点都不像。我一直以为只有一个荷塘，没想到有很多个，有一个大一点，边上还有朱先生的石像，无怪乎叫水木清华了。校园里存在了几十年甚至百年以上的树很多，走在树荫下感觉很幽静，也使得校园显得有深厚的底蕴。走在校

园里，你一眼就可以分清楚哪些是清华人，哪些是像我们这样的游客了，游客走得都很慢，在里面闲逛着，而清华人的步伐很快，显得很匆忙。我们到了清华的一个操场，正好有足球比赛，看了十多分钟，观之水平一般，就离开了。

出了清华西门往南走六七分钟，到了北大东门，进门要登记。进门后，看到路标上右边的方向标着是未名湖。首先走进我们视线的是博雅塔，一看才知道是一座水塔，博雅塔是燕京大学 1924 年修建的水塔，由美国人博氏出资修建，所以命名"博雅"。博雅塔坐落在未名湖的边上，未名、博雅遥相呼应。我本打算接下来就好好逛逛未名湖，没想到正好旁边的足球场也有比赛，我们在场边看了会儿就离开了。北大的游客没有清华多，传言北大美女很多，一看果真不少，北大人不像清华人那样争分夺秒，他们显得很悠闲，北大人悠闲时会在未名湖畔作诗。

在清华，开阔的绿化地，流畅的"山坡"，明朗的色调，这一切都让人觉得很务实，让人心境开阔。在那里人会觉得自己是那里的主宰，心中很舒坦，最难忘的还是几条两旁种有高大笔直白杨树的林荫道，还有那些行色匆匆的学子们。

而在北大，一切都是不同的，古树参天，高低凸凹的山坡，若隐若现的崎岖小道，还有几声不知从何处传来的鸟鸣。这里是深邃的、神秘的，寂静、幽深，人是大自然的一个组成部分，来到这里你被她包容、吸收，似乎我也理解了北大出现这么多的哲人和文学家的原因！自从蔡元培先生为北大制定了"兼容并包"的办学方针以后，北大就一直成为中国学术界最具包容性、最多元的地方，那些哲人、文学家们当年或许也是坐在未名湖畔去思索人生、探讨生活的吧！

## 八宝山革命公墓——一部浓缩的中国近现代史

北京的八宝山在中国有相当的知名度，在世界的知名度或许可以与美国的阿灵顿公墓比。那是一个神圣而神秘的地方，可不是一般的人离世后能去的地方。离清明不远了，去八宝山扫墓，探究一下是值得的，我想了，而且去了。第三天上午，因为同行的评刊员定了当天的飞机或火车回去，《人民公安报》的几位朋友要上班，我只好自行前往了。

从北京天安门前的长安街西行 15 公里，石景山路北有一座古朴的门楼，门口有两尊石狮和四棵古柏，这里就是著名的八宝山革命公墓。9 时 40 分我进了公墓第一道大门，穿过松柏森森的院子，来到一处像庙宇山门式的大门口。进了这座门，我发现院中的建筑全是古代大屋檐式的庙堂建筑，原来这里早先是座护国寺，是一处有上千年历史的古庙——从院中一株粗大的古柏树便可判断出此庙的岁月。穿过巍峨的中国传统古建筑群，有一座殡仪馆，她的东面是八宝山革命公墓。革命公墓有自己独立的向南的大门，颇有气势，虽有保安人员，但进入没有干预，可以随意参观。公墓在功能上分为墓葬区和骨灰安放区。骨灰安放区在几个大大小小的传统的院落里，曲折回旋的墙体，布满了抽屉式的骨灰存放位。已经安放好的骨灰，都是黑色的面板，金黄色的死者名字、死者照片、子女名字等，密密麻麻，令人眼花缭乱，粗略观察后也可以发现它们遵循着一定的规划和规矩。

资料记载："1970 年周恩来提出八宝山葬有全国的烈士和中央领导人，而不仅仅属于北京市，此后批准更名为八宝山革命公墓，编号一、二、三墓区。20 世纪 50 年代末，中国实行火葬，原褒忠护国寺第一、二大殿及配殿改建成骨灰堂，划分为 11 个室。中一室存放有朱德、董必武、林伯渠、谢觉哉、徐特立、陶铸、谭震林、廖承志等老一辈革命家的骨灰，也有陈赓、谭政、王树声、许光达、罗瑞卿、萧劲光等大将的，有李宗仁、张治中、傅作义、陈明仁的，还有文化名人以及外国友人的。"

这时，我才意识到第一陈放室是级别最高的国家领导人的遗骨存放室。于是我想到了朱德。朱德委员长是 1976 年去世的，后于陈毅、林伯渠等人，于是在北墙柜前加一长条木案，特制一玛瑙玉石骨灰盒端放大殿正中。彭德怀这位前国防部长受迫害最重，1979 年平反冤案之后，遗骨才得以移放此堂，紧靠他生前的老战友，并列而置。而另一位在"文革"中蒙难的元帅贺龙，他的骨灰盒则放在北墙东侧上方，与董必武的骨灰盒相距不远。

在朱德骨灰匣的右边，是著名科学家吴有训和工人王进喜的相片和名字。这种排列和安放让人感到：在共产党人的心目中，科学家和普通的工人农民有着多么重要的地位。王进喜原是大庆油田的一名工人，后担任石油钻探队的队长，60年代为开发大庆油田立下了汗马功劳，成为全国工业战线学习的楷模和榜样。今天，他与中国革命的功勋元老并卧一室，令人感慨不已。

随后来到墓区，这里没有了城市的嘈杂和人群的喧嚣，在苍松翠柏之间，一个人慢慢地行走在一排排林立的墓碑前，看着各种各样的墓碑和墓地，读一读碑上的主人姓名和碑上的文字，会有很多不一样的感触。因为这里是革命公墓，在这里安息的人都是为共和国的建立和发展做出杰出贡献的人，仔细地看过去，这里几乎就是一部与共和国建立和发展有关的历史人物谱。

任弼时墓前顺坡而下的甬路，将第一墓区分为东、西两区，东区多为党和国家领导人，西区多为民主人士。1955年2月9日，中华人民共和国副主席、中国民主同盟领导人张澜逝世，葬在任弼时的墓右。1955年6月18日，瞿秋白烈士牺牲20周年，他的遗骨从福建长汀迁葬在任弼时的墓左，形成占地150亩的第一墓区主体。在这一墓区，墓主有党和国家领导人李先念、李富春、彭真、姚依林、耿飚等，也有元帅罗荣桓、聂荣臻，大将黄克诚、徐海东，上将王平、萧华、杨得志、宋任穷、李克农、赖传珠等。他们有20世纪50年代初逝世的，也有改革开放之后逝世的。墓碑各不相同，相同的只是一棵树或一块青石，但这些各不相同的墓碑几乎涵盖了中国共产党的历史。

在这里，我一一拜见了多年来只是在书籍、报纸、杂志、电视、广播和人们的话语中知晓、耳熟、面熟、赫赫有名但没有见过的大人物：领袖、将军、高官、文学家、艺术家、学者、杰出重要人士。一下子面对这么多的大人物，我一阵阵兴奋，也勾起一阵阵的记忆。终于和这些人见面了，只不过是我在外头，他们在里头。后来越看越多，有些忙不过来，只好根据自己的学识来判定。一些人不认识或知名度不高的，只好对不起他们，一晃而过，匆匆一瞥。对认为重要的、知名度很高的人物，当然就放慢脚步或停顿一会，认真地多多看望。这个过程是一种荣幸、一种了结、一种慰藉，也带来些许思考。

从八宝山革命公墓的南大门进门后，是第二、三墓区。这两个墓区的白色花岗岩墓排列得比较整齐，墓主大都是20世纪五六十年代去世的人物，有烈士，有民主人士，有外国友人，也有普通人。"高山仰止！"我想起诗经中的这句话，再次向先辈们鞠躬致敬，带着缅怀之情向先烈们告别。我将永远记住这个春天，永远记住这里的人。下午，我又一次瞻仰了毛主席遗容。

晚上，《人民公安报》的苏传庚、田军、刘志刚、唐桂荣、杨金华等几位朋友在王府井附近请我吃饭，喝了少许的酒，把我送到车站。北京，再见了，这么好的景点，这么多的朋友。北京，再见了，我们真的有缘，真的依依不舍。

生活
因旅游
而精彩

# 江南小景亦精彩

我们部队担负江苏省委省政府、省级重要目标单位的警卫守卫任务，责任重大。今年是我在部队当宣传股长的第三个年头了，宣传文化工作岗位光荣，责任重大。我时刻牢记使命，拼搏奉献，锐意进取，以坚定清醒的政治信念、奋发有为的精神状态、求真务实的工作作风，创造性地抓好宣传文化各项工作的落实，为加强部队思想政治建设做出了重要贡献。这三年我十分忙碌，但成效显著，这三年是我引以为自豪的三年。

在这三年里，我与政治处领导一道带领宣传股同仁，组织开展了基本理论、基本路线、基本纲领的学习教育，每年分批对营连以上干部进行理论轮训；组织了"学习《邓小平文选》第三卷知识竞赛"等10余场比赛竞赛活动，教育引导官兵全面深刻理解把握其内容体系、精神实质和重大意义；撰写了"新形势下加强奉献精神教育之管见""领导干部是加强武警部队党风廉政建设的关键"等30余篇学术论文，得到有关领导和专家的好评。

在这三年里，我与政治处领导一道带领宣传股同仁，制定颁发了《二支队思想政治教育大纲》，组织开展从"小康教育"到"使命教育"，从"四个教育"到"重大时事教育"等活动，引导官兵充分认清大力培育"忠诚于党，热爱人民，报效国家，献身使命，崇尚荣誉"这一当代革命军人核心价值观的意义，有效地统一了部队思想，增强了部队凝聚力、战斗力。在提高课堂教育质量的同时，广泛开展

"传播优秀军旅短信""研讨征文"等活动，影响力和吸引力不断增强，使听党指挥、服务人民、英勇善战的优良传统不断发扬光大。同时我主持编印了 200 余万字的《警营生活简报》，发到全省内卫部队，受到广大官兵的欢迎。一位同行这样赞叹：《警营生活简报》无疑是空前绝后的。

在这三年里，我与政治处领导一道带领宣传股同仁，坚持实做实抓、务求实效，尊重规律、科学指导，面向基层、服务官兵，树好形象、建强队伍；提高舆论引导能力，始终把宣传报道的聚焦点，放在宣传警卫部队的典型经验上，放在广大官兵展现的良好精神风貌上，始终保持正确的舆论导向；从战士中培养了徐雅君、蒋玉兵、韩伟等一批新闻宣传干部；先后撰写了《金陵卫士竞风流》等 10 余篇共计 40 余万字的报告文学，每年在中央省级主流媒体见报 300 余篇。

在这三年里，我与政治处领导一道带领宣传股同仁，用先进军事文化占领军营思想文化阵地，积极开展格调健康、昂扬向上的文艺创演和文化活动，组织开展科学文化教育和体育工作，组织官兵参加中央党校等军地院校联办的大专、本科学历教育，先后举办了 10 多场篮球、足球、乒乓球、棋类等比赛，并在地方和上级举行的军营革命歌曲大赛中多次获奖。

这年 3 月 30 日，武警江苏总队宣传工作会议在张家港召开，总队副政委尤根发、主任熊化银、副主任陆令寿、总部转业办主任程跃进等参加并主持了会议，全省各单位政治处主任、宣传股长参会。会议传达了武警总部宣传工作会议的精神，布置了四个教育总体方案，组织开展了讨论。这是我在宣传股长岗位站的最后一班岗，随后，我被提拔为政治教导员。

在张家港期间，我们参观了市区的步行街，走访了报社，光顾了妙桥羊毛衫市场。第二天下午，我们来到张家港沙钢集团参观访问。

张家港历史久远，距今 7200 年，那时南部地区就有人类活动。商末，属勾吴之地。春秋时期，属吴国延陵郡。秦代，属会稽郡。晋代，置暨阳县，县治杨舍镇。梁代，在暨阳之墟建梁丰县。唐以后，分属常熟、江阴两县。清代至民国，常通港以北属南通市。抗日战争时期，中国共产党曾一度在北部沿江地区建立沙洲县，南部及常熟、江阴两县的边界地区设立虞西县。中华人民共和国成立后，东部属常熟市，西部属江阴市。1962年，常熟划出14个公社和国营常阴沙农场，江阴划出9个公社，建立沙洲县，隶属苏州地区。1986年9月，经国务院批准，撤销沙洲县，设立张家港市，隶属苏州市。

沙钢集团是江苏省重点企业集团、国家特大型工业企业，是1975年靠45万元自筹资金创办的钢铁企业。集团领导介绍说："我们的主导产品宽厚板、热轧卷板、不锈钢热轧和冷轧板、高速线材、大盘卷线材、带肋钢筋、特钢大棒材已形成数十个系列、500多个品种、2000多个规格，在中国制造业500强中，沙钢名列第29位，经济总量在江苏省名列第1位。"

集团领导的介绍让我们大开眼界，我与苏州支队王平安、郝国文、张鸣，一支队李苏明、常州支队吴开细、镇江支队夏民强、南通支队聂新清、指挥学校叶兆祥、淮阴支队周朝俊、徐州支队顾再生、盐城支队吴德胜、连云港支队谢庆宇、直工处陈士发、总队医院葛宝根、秘书处宴翠跃、后勤处王义等同志在集团的厂区内边走边看，对企业的发展赞不绝口。4月2日，参会人员陆续离开，我与南京的同行开始了为期一天的江南小景的游览。

我们首先来到沙家浜。

50多年前，新四军"江抗"的36名伤病员来到了阳澄湖畔的沙家浜养伤，当地人民为保护伤病员与敌人斗智斗勇，这便是京剧《沙家浜》的故事原型。而一出京剧《沙家浜》却带动了一个地区经济发展的朝阳产业——旅游业，这大概是当初剧作者始料不及的吧？其实《沙家浜》当时的名字叫《芦荡火种》，毛主席看后幽默地说："芦荡里都是水，革命火种怎么能燎原呢？再说，那时抗日革命形式已经不是火种，是火焰了嘛！"毛主席拍板剧名改为《沙家浜》，后改编为京剧，在大江南北、长城内外一唱就是10多年。

沙家浜风景区是全国爱国主义教育示范基地、全国百家红色旅游经典景区、华东地区最大的生态湿地之一，占地1000多亩，已建成革命传统教育区、水生植物观赏区、红石民俗文化村、芦苇水陆迷宫、美食购物区等功能区域和竹林幽径、阡陌苇香、柳堤闻浪、隐湖问渔、双莲水暖等一批景点。

瞻仰广场占地1.33万平方米，以郭建光、阿庆嫂等形象为主创作的大型主雕屹立于广场中央，生动地揭示了军民鱼水情深的主题。象征新四军伤病员的18根柱雕以形态各异的块面造型和强烈的肌理淋漓尽致地表现出新四军伤病员泰山压顶不弯腰的革命精神。两组锻铜浮雕以细腻、生动的构图和丰满的人物形象，呈现了鱼水情深的主题。

不一会，我们来到了刁家大院，就是刁德一当年的家。刁家果然富丽堂皇，正门之上是砖瓦小芜殿顶，门楹上是砖刻的"天赐纯嘏"四个字，门的左侧悬挂着一个标牌，写有"忠义救国军第五支队司令部"字样。进入里间，正堂的柱子上有一副对联："千堤碧柳映湖水，十分烟雨簇渔乡。"建筑主要是木建构的，桌椅的材料看上去都是红木一类。这是一座两层高的木楼，站在楼上，环顾四周，只见楼道相通，雕栏相望。刁家每个人都有专门的房间，有刁德一和他妻子的，有刁德一的孩子的，甚至有专门的房间安放着刁德一在日本早稻田大学学医期间与之同居的日本护士田中富子23岁的照片。那女孩看上去温柔妩媚，抗日战争爆发后，刁德一回到中国，与之失去了联系，但始终保持着对她的眷念。木楼里还有专供刁德一的母亲念佛经的经堂和看戏、听书、赏月及宴请宾客的花厅。我们走马观花地看了一下，可以想见刁家当年多么有权势，别说刁老财打死一个沙六龙，就是打死再多的贫苦人，他也能够轻易摆平。

沙奶奶家叫作江南小渔村，草屋茅舍临水而筑，下湖捕鱼捉蟹十分方便。小渔村也是新四军伤病员的家，在这里，新四军的伤病员曾受到乡亲们无微不至的关怀，过着"一日三餐九碗饭，一觉睡到日西斜"的惬意日子。我们到沙奶奶的家和屋前转了一圈，屋子破败不堪，屋里铺着的稻草变得乌黑，只有墙上还依稀可见用石灰水写的"反清乡，反围剿""打倒日本帝国主义"的标语。屋前是一大片芦苇荡，当年的新四军就是在芦苇深处把身藏的。

看了刁家大院，再看沙奶奶家，那真是一个在天堂，一个在地狱。一个富得冒油，一个穷得叮当响。他们怎么不会成为势不两立的敌人呢？一个社会可以有贫富差距，但如果差距悬殊，社会就会潜藏着极不稳定的因素，最终引起革命性的暴动。

景区内到处是绿树鲜花，一座座造型别致的直桥、拱桥和曲桥，引领着熙熙攘攘的游人从此岸走向彼岸。这里所有的一切，与普通公园没有什么两样，唯一不同的是，这里的湖中有芦苇。芦苇荡中，不时可以看到一只只小木船，船上坐的人与当年时刻准备应付危险、神情严肃的新四军战士完全不一样，他们个个都很喜悦，不断发出爽朗的笑声。这一点也不奇怪，因为时代变了，角色变了，这些人是从全国各地来的快乐旅游者。

"人人都说江南好，游人只合江南老。"江南是四季都有风景的地方，就犹如这春天的沙家浜，一弯静水能给你无尽的感受。如今的沙家浜，已变成了旅游胜地。那深情的芦苇，那灵性的湖水，让生活在和平年代的人们，永不忘记那段难忘的岁月。当大家还沉浸在芦荡的幽幽风光时，我们的旅程已经告一段落了。

下午 1 时许，我们来到周庄。

孕育了浓郁的吴文化的周庄，以其灵秀的水乡风貌、独特的人文景观、质朴的民俗风情，成为东方文化的瑰宝。周庄，成为吴地文化的摇篮、江南水乡的典范，被联合国教科文组织列入世界文化遗产预备清单，荣获迪拜国际改善居住环境最佳范例奖、联合国亚太地区世界文化遗产保护杰出成就奖、美国政府奖、世界最具魅力水乡和中国首批历史文化名镇、中华环境奖、国家卫生镇、全国环境优美乡镇等殊荣。

"小桥流水人家"，经过几百年来人们的吟诵，这句话几乎成了江南的代名词。号称"天下第一水乡"的周庄，自然少不得江南特有的小桥。只见老街上店铺鳞次栉比，工艺品琳琅满目，尤其是几家手工作坊、纺纱、织布、绣品。

看着看着，我们来到周庄博物馆参观迷楼，体味柳亚子先生所说的"楼不迷人人自迷，夭桃红换蘼芜绿"的意境，我们感受到了古镇周庄厚重的文化底蕴，难怪著名女作家三毛来周庄后感慨万千。如

江
南
小
景
亦
精
彩

今，三毛已身故，以其名命名的"三毛茶楼"同样吸引了许多游客。茶楼傍水，共两层，楼下窗明几亮，楼上别有天地，四周贴满了有关三毛的故事和文人雅士的墨迹。屋中的梁柱旁还挂着两本厚厚的、精致的簿子，专供游人一抒情怀。略微翻阅，竟发现上面写满了诗词、散文之类的文章，或语周庄，或致三毛。颇有雅兴的主人还在横梁处张挂了两幅以双桥为景的照片，一冬一夏，冬则白雪皑皑，夏则碧波盈盈，两种景致，一种乡愁，无不让人感叹双桥之美。

人们常说，江南水乡的古镇，宛如一颗璀璨闪光的明珠。周庄，一个诗一样的名字，浩瀚无垠的水面，桃红柳绿的景色，小桥流水的风格及她的沈厅、张厅、迷楼、双桥、富安桥等诸多景点早已被世人知晓。她是一个无所不美的地方，有些风景只用眼睛去欣赏是不够的，甚至会抹杀那些诗意、那些浪漫。面对她，我们却不愿浸泡在历史与时间的洪流中，因为她经历了近千年的风雨洗礼后，依然如同一个妙龄的姑娘一样，娴静、幽雅地停驻在每个经过她身旁的人面前。我们悄悄告别了梦里水乡，走上了工作岗位。

# 瞧天津名人故居

原扬州支队的老政委、时任指挥学校政委的郑运宜知道我当上教导员后语重心长地说："一支部队有没有战斗力，除了武器装备、有无人才以及人与武器装备的是否结合等因素外，部队的精神塑造也起着极大影响力。活跃的军事新闻宣传和正确的舆论导向，可以激发广大官兵的光荣感、责任感和使命感，鼓舞部队士气。作为部队培养的新闻宣传人才，必须要有敏锐的政治嗅觉、厚实的理论素养、开阔的思想视野、较强的调查研究能力和文字表达能力等。你必须经常学习，深入实际，研究问题，贴近生活，对军营生活的方方面面有全面的了解和正确的认识，将部队一个时期、一个阶段的中心任务，用官兵喜闻乐见的形式加以反映出来。生活是永不枯竭的新闻源泉，一切有价值的新闻都是对生活中发生的最新鲜、最生动事实的记录和反映。到基层后，你在做好本职工作的同时，不能丢下手中的笔。要保持一双善于观察的眼睛和一颗敏感的心，做到人无我有，按新闻规律办事，运用各种生动活泼的新闻手段宣传基层官兵大智大勇的典型事迹。小李，继续努力吧。"

二支队的历任领导王祝庆、李恩堂、张道祥、高裕民、杨建中、吴志山等同志的谈话与郑政委的话如出一辙，他们的厚爱之情令我深为感动。在基层教导队当教导员的这两年，我完成了三个月的新兵集训、三个月的骨干集训、三个月的驻训任务后，我又花了三个月时间为新闻宣传工作而奔忙，积极向《人民日报》《解放军报》《光明日报》《法制日报》及省内新闻主流媒体写稿、发稿。这一年，我的稿子又被中央省市媒体采用260余篇。

10月底，应北京媒体之邀，我踏上了北上改稿的征程，返回时途经天津，慕名造访了这座名城。贸然来天津，联系的同学此时正好休假，同学安排了专车驾驶员兼导游陪我，并告诉我一天时间只能到名人旧居和平津战役纪念馆看看，下次有机会再陪我去其他景点。我很是感动，并在电话中表示了谢意。

生命因运动而长久，生活因旅游而精彩。刚见到驾驶员兼美女导游小张，她就送我一本关于天津的旅游书。

天津是国务院公布的第二批历史文化名城，"名"在既有建于1404年的天津卫古城遗韵，又有1861年开租界后的万国建筑荟萃。在中国甚至在世界，这样的城市并不多。天津作为北京门户、海防重地和北方商贸金融中心，在中国近代史上占有重要的地位，许多著名的历史人物在此留下了他们的足迹，这些人物的生平经历无不深刻地折射出天津乃至中国近代历史的印迹。一个时代已离我们远去，然而许多名人故居至今仍保存完好，这些故居不仅是历史的见证，而且许多造型别致的小洋楼也是难得的人文景观。

"她们是沉静却又鲜活的历史雕像，你选择在天津游览名人故居，选对了。"小张表扬道。

天津，一座容易被人遗忘的城市，除了马三立的相声、狗不理包子、十三街麻花，还有那口抑扬顿挫的天津话外，这座城市似乎缺乏给人留下深刻记忆的印记。不过，天津因为特殊的地理位置，在近代中国历史上扮演了重要角色。近代的天津一度是北京的"政治后院"，下野的总统、总理大臣、皇宫的遗老政客、革命先驱纷纷迁入天津，在这个进可攻、退可守的战略要地构建着他们各自的政治梦想。众多名流巨子、富商政客、文人大豪在京城遇挫后，或大隐于斯，或蛰伏于此，这些名人的故居构成了天津独特的历史文化资源。这些故居有：梁启超饮冰室、曹锟故居、霍元甲故居、张学良故居、段祺瑞旧居、冯国璋故居、马连良旧居、顾维钧故居、吉鸿昌故居、张自忠故居、段祺瑞公馆、曹汝霖寓所、梁启超故居、阎锡山宅邸等，有的对外开放，有的正在整修。下面我们开始参观吧。

美女的车技真的不错，一会儿工夫到了吉鸿昌故居。

吉鸿昌故居坐落在和平区花园路5号，是一座三层小洋楼，初建于1917年，共有楼房11间，平房2间，建筑面积1000多平方米，砖木结构，红机砖清水墙。

不一会儿，我们又来到霍元甲故居陵园。精武元祖霍元甲，以其精湛的武术技艺、强烈的爱国精神享誉中外。天津西青区小南河村的一座农舍便是霍元甲的故居，内有一明两暗的3间土坯房，房屋内陈设着当年的生活用具，堂屋内霍元甲的遗像是1909年在津拍摄的，两侧的暗联"一生侠义，盖世英雄"是他的次子霍东阁所写，东间为霍元甲生前的卧室。

张学良故居坐落在和平区赤峰道78号，是一所西洋集仿式楼房，在二三十年代他来津常住此处。

张学良，字汉卿，辽宁省海城人，1901年生，东北讲武学堂毕业，历任旅、师、军长，军团司令、东北保安司令、东北边防司令长官、全国陆海空军副总司令、北平绥靖主任、军事委员会北平分会委员长、西北"剿匪"总司令等职。1936年张学良与西北军杨虎城发动了震惊中外的"西安事变"，扣押蒋介石，逼蒋抗日，奠定了第二次国共合作、全民抗战的基础。张氏故居有前后两幢砖木结构楼房，前楼建于1921年，后楼有2层，建于1926年，两幢共有楼房42间，建筑面积1270.4平方米。其故居造型豪华、美观、大方，室内宽大考究，内部楼梯、地板、门窗等均采用菲律宾木料，卫生设备俱全，院内广植草坪。该楼以张寿懿（张作霖五夫人）名义购自法国领事馆，1949年张寿懿去香港后，由其子张学铨管理出租，1956年进行私房改造后由国家经营，1960年改按公产掌管。

美女导游小张声情并茂地说："那时张学良喜欢跳舞，他和赵四小姐从北平跳到天津，而在天津经常去跳舞的地方是利顺德饭店。1929年的一天，张学良与赵四小姐的心情格外好，他们从当时天津租界里最高级的维多利亚餐厅出来后，又来到利顺德跳舞。舞终曲散时，已近子夜。那天晚上繁星满天，春风拂面，在这样怡人的春夜里，春情满怀的少帅挽着赵四小姐的腰，沉浸在欢快的布鲁兹舞曲中。汽车在他们的身后慢慢跟随着。在这样难以平息的情绪中，两个人难免会做出激动人心的决定，'赵四失踪事件'肯定是在这样一个美妙的夜晚酝酿出来的。"

在徐世昌故居，我了解到：徐世昌，字卜五，天津人，1855 年生。清末曾两次出任军机大臣。辛亥革命以后，于 1918 年任北洋政府大总统，1922 年被曹锟逼迫下台后隐居津门。

不知不觉我们来到黎元洪故居。他是湖北黄陵人，1864 年生。武昌起义后被拥戴为领袖，借此声誉，先后于 1916 年与 1922 年出任民国政府大总统，下台后隐居天津。在梁启超故居，我们知悉他字卓如，号任公，又号饮冰室主人，是戊戌变法的主要成员之一，与康有为齐名，近代史称"康梁变法"。辛亥革命后先后出任北洋政府司法总长、币制局总裁、财政部部长等职。10 时许，我们来到张自忠位于和平区成都道 60 号的故居。看到主楼两层，后楼两层，共 16 间房，院内另有平房 14 间，建筑总面积 1400 余平方米。主楼一楼有会议室，二楼设两座平台，三楼有屋顶平台，后楼为餐厅、书房、会议室。

顾维钧故居坐落在和平区河北路 267 号，是 1927 年以顾少川名义购英租界工部局土地 2 亩，建造成的一所三层带地下室的西洋古典式楼房。混合结构，木屋架起脊，二楼和三楼设有平台，整所建筑设备考究，共有楼房 45 间，平房 2 间，建筑面积 1400 多平方米。段祺瑞故居坐落于和平区鞍山道 38 号，建成于 1920 年。这所住宅是曾任北洋政府陆军总长吴光新（段祺瑞的妻弟）的私产，后让段祺瑞居住，故被人称为"段公馆"，是当年日租界最为豪华的私人公馆式住宅。

有些故居，因时间关系，没有一一参观。11 时许，我们来到义和团纪念馆。

这是中国唯一一处保存完好的义和团纪念馆，为国家重点文物保护单位。原是供奉仙人吕洞宾的道观，1719 年修葺后，定名为"吕祖堂"。1900 年义和团运动兴起，著名的义和团首领曹福田在吕祖堂设总坛口，使这里成为当时义和团活动的中心。吕祖堂的主要建筑有山门、前殿、后殿和五仙堂，占地面积1300平方米，建筑面积600平方米。1985年修复后改为"天津义和团纪念馆"。馆内有吕祖堂义和团坛口复原陈列、五仙堂义和团首领议事厅复原陈列、义和团运动发展简史陈列及义和团天津运动陈列等。

　　天津保护了对全国乃至全世界有影响的名人故居，丰富了天津的历史文化内涵。名人故居是向中国和世界展示天津的一个重要窗口。

　　12时40分，我们都感觉有些累了，吃了狗不理包子，稍事休息，我提议到海河上的金汤桥看看。

　　这是一座造型独特的桥，中间部分的桥面是用木板铺就的，两边却是用厚玻璃铺的桥面和楼梯，围栏也是玻璃，很有些特色。过了金汤桥就是古文化街，古文化街原称宫前大街，全长580米，海河水就从它身边流过。在南北街口，各有一座造型精致、色彩绚烂、庄重典雅的大牌楼。步入古文化街，看到那风里摇动的牌儿幌子，看到繁荣的文化市场，看到满街的古玩、玉器、陶瓷、珠宝、雕塑、字画、碑帖、文房四宝、乐器和民间工艺品，我们高兴极了。饮誉海内外的具有浓郁天津地方特色的杨柳青年画、"泥人张"彩塑和"风筝魏"风筝等，在古文化街最为著名。然后我们到了解放北路的金融一条街，这里以前全是各国旧时代银行，如今都是现代各大银行。一幢幢建筑物造型独特，哥特式、罗马式、罗曼式、日耳曼式、俄罗斯古典式等，让我们领略到异国的风采与情趣。我们不得不相信，解放路是天津的"华尔街"。

　　带着对昨日的追忆，我们走进了平津战役纪念馆。烈士们曾经用过的遗物和武器，曾经驾驶过的飞机、战舰和坦克，都活生生地屹立在面前。还有那些我们永远不会知道名字的平凡战士，让人有一种难以言喻的感情，让我们铭记历史。

　　纪念馆位于天津市子牙河桥西侧的植物园预留地内，主体建筑雄伟挺拔，气势磅礴，既蕴含中国传统韵味，又富有现代审美风格。前区是暖灰色花岗岩饰面斗拱造型的三层展馆，古朴庄重；后区是金属材料构成的巨大银灰色球体建筑，恢宏壮观。聂荣臻元帅亲笔题写的

"平津战役纪念馆"七个金色大字，镶嵌在展馆的巨大牌楼式眉额上，为纪念馆增添了光彩和神韵。

我们走进大厅，看到正中央的铸铜雕像《走向胜利》。雕像表现了毛泽东、刘少奇、朱德、周恩来和任弼时五位中共中央领导人的领袖风采。墙屏上毛泽东主席关于平津战役作战方针的浮雕手迹熠熠生辉。环周巨幅壁画《胜利交响诗》反映了东北、华北两大地区军民英勇奋战、夺取战役胜利的宏大场面。

在战役决策厅，通过对中共中央九月会议和全国与华北战略形势的发展变化，通过对平津战役的方针和部署等诸多重大历史事实的追溯，我们看清了平津战役发生的历史背景。厅内设置了毛泽东主席西柏坡办公室旧址，复原了大量历史文物。蜡像将毛主席驾驭战争的伟大气魄，运筹帷幄的高超指挥艺术，形象生动地表现了出来。战役实施厅里通过大量照片、文献、实物等史实材料与图表、绘画等辅助展品结合，全面、真实地展现了平津战役从发起到胜利结束的光辉历程。本厅设置的巨幅塑型电动图、大屏幕电视、战场景观、电动沙盘等，运用现代化的手段和形式，逼真地再现了战争场面。

我们在人民支前厅看到大量的史料，史料翔实地展现了东北、华北各级党组织、政府和解放区广大人民群众踊跃支前的历史场景，深刻地揭示了兵民互助是胜利之本这一革命战争规律。

伟大胜利厅陈列了平津战役取得的辉煌战绩和全国各地欢庆胜利的场面，并设置了缴获武器陈列台。同时伟大胜利厅将平津战役胜利后，中华人民共和国成立前发生的一些重大历史事件作了概要介绍，这些介绍反映了平津战役连同辽沈、淮海等重大战役的伟大胜利在中国革命历史演进中所起的重要作用和影响。

在英烈业绩厅，陈列着党的三代领导核心毛泽东、邓小平、江泽民和其他领导同志的题词，介绍了平津战役中牺牲的32位著名烈士和团以上干部、26位战斗英雄和109个英模群体的事迹，悬挂着英模群体的锦旗，展出了大量奖章、证书和英烈所用物品。英烈名录墙将战役中牺牲的6639名烈士姓名镌刻在上，寄托了对烈士的深切怀念和敬仰。而多维演示馆里运用现代声、光、电高科技与多元化视听的技术手段，把全景式超大屏幕环球电影、背景画与战场微缩景观结合起来表现战争时空氛围的音响合成，创造出新颖、独特的视听艺术形式，气势恢宏地演示了平津战役多维空间历史画面。

不知不觉我们来到了纪念广场，广场上两根高大的花岗岩圆柱构成胜利门，柱顶分别伫立着人民解放军东北野战军和华北军区部队战士雕像。反映军民团结奋战、欢庆胜利的花岗岩浮雕墙分列胜利门两旁。广场中央竖立着高60多米的胜利纪念碑，不锈钢三棱刺刀直插云霄。广场东西两侧的大型煅铜群雕，烘托出人民战争的磅礴气势。在广场东西两厢布列着火炮、坦克、装甲车等重型兵器，渲染出军事纪念馆的浓重色彩。

历史是一条长河，一个个曾经生活在其中的人物是汇成这条长河的水滴；历史是一幅投影，一件件曾经发生的故事组成这幅投影的画面。对待历史文化遗产，必须采取科学的态度，对于优秀的传统文化，要着眼于新时代需求，注意挖掘整理。这一次游玩名人故居和参观平津战役纪念馆，加深了我们对天津这座历史文化名城的了解，我们从中受到了历史唯物主义、革命英雄主义、爱国主义的教育。随着时间的流逝，一天的游玩在下午5时50分告一段落，晚上7时30分，我与张小姐在火车站挥手告别。

# 参观周恩来纪念馆和故居

　　淮安是江苏省省辖市，地处江苏北部平原腹地，全境处于黄淮平原与江淮平原的结合部。京杭大运河、淮河贯穿全境，全国五大淡水湖之一的洪泽湖镶嵌其中。淮安是全国历史文化名城，秦时置县，至今已有2200多年历史。淮安人文荟萃，名人辈出，历史上诞生过大军事家韩信、汉赋大家枚乘、巾帼英雄梁红玉、《西游记》作者吴承恩、民族英雄关天培、《老残游记》作者刘鹗等，近代著名京剧艺术大师王瑶卿、著名雕塑家滑田友、著名导演谢铁骊、著名作家陈白尘等都是淮安文化名人中的杰出代表。淮安也是革命老区，苏皖边区政府、新四军军部曾在此设立，刘少奇、陈毅、粟裕、谭震林、彭雪枫、李一氓、张爱萍等老一辈革命家都曾在淮安留下光辉的足迹。

　　淮安，是敬爱的周恩来总理的故乡，是一座历史古城、文化名城、生态水城，也是一座适宜创业、适宜居住、适宜旅游的新兴城市。这里寸土寸金、资源富集。金秋十月，天高气爽，踏一路清香，怀一腔幽思，我与朋友登上豪华大巴，沿着平坦的公路，第四次前往淮安，瞻仰一代伟人周恩来的纪念馆及其故居。一路上，窗外的电线杆不断地向后倒去，公路两旁的地里，一片片金灿灿的稻穗腾起千重细浪，果园里成熟的苹果透出阵阵清香。当我还沉浸在丰收的喜悦里，不知不觉中汽车徐徐停在了周恩来纪念馆门前。

周恩来纪念馆坐落在楚州区东北桃花垠的一个三面环水的湖心半岛上，总面积 35 万平方米。纪念岛三面环水，岛上建有主馆和附馆，总建筑面积为 3265 平方米，其中主馆 1918 平方米，附馆 1347 平方米。整个建筑既吸收了中外古建筑的风格，又极具鲜明的时代气息；既突出了宏伟壮观的建筑气势，又深蕴周恩来胸怀宽广的精神气质。周恩来纪念馆是一座展现周恩来伟人风采的丰碑。

　　导游说："纪念馆因独具特色的纪念性建筑、丰富的馆藏文物、优美的馆区环境、规范的管理服务，成为江苏省和全国重要的爱国主义教育示范基地和旅游胜地。正式开放以来，共接待了国内外瞻仰观众 800 多万人次，其中包括党和国家领导人江泽民、李鹏、胡锦涛、温家宝、贾庆林、习近平、贺国强、乔石、张震以及 37 个国家和地区的几万名外国朋友，接待了 80 多万人次的青少年学生团体和军人。纪念馆 1995 年被中国文化部、人事部授予'全国文化先进集体'称号，1996 年被中国文物局授予'全国文物系统优秀爱国主义教育基地'称号，1997 年被中国人事部、国家文物局授予'全国文博系统先进集体'称号，1998 年被中宣部确定为中国爱国主义教育示范基地、江苏省文明单位、江苏省文明风景旅游区示范点。"

　　西花厅门前停放着周总理生前一直乘坐的红旗轿车，车玻璃是防弹和隔音的。导游说："总理工作繁忙，经常在车上办公，为了给总理安静的工作环境，车玻璃就做成隔音的了。"

　　走着走着，我们来到纪念馆正门，只见门楣上邓小平同志亲笔题写的"周恩来纪念馆"六个镏金大字醒目耀眼。一楼是陈列大厅，用图片、实物和电视显示屏集中展示出周恩来伟大光辉的一生。我们踏着 51 级台阶到了二楼，"51"意指总理在 51 岁时担任中华人民共和国的总理。二楼的纪念大厅中间，安放着一尊周恩来汉白玉坐姿塑像。塑像连基座在内高 4.7 米，是目前国内最大的周恩来坐姿塑像。塑像表现了周恩来生前的习惯动作：左手抚膝，右手握拳，端坐在一块岩石上，目光炯炯凝视着前方，思索着祖国的今天和明天，运筹着共和国的四化大业。柔和的灯光和敬仰的目光一起包裹着总理的塑像，塑像仿佛真人一般，让我们感到亲切自然。三楼是开放式的观景平台，站在平台上，近可观馆区风光，远可眺古城新姿。

我们来到底层的展览大厅，大厅陈列着图片199幅、实物48件和5台电视显示屏，分8个部分展示了周恩来光辉灿烂的一生。第一部分展示了周恩来少年时期立志"为中华崛起"而读书，青年时东渡日本寻求真理，回国后积极投身"五四"爱国运动，在旅欧期间参加共产主义小组等重要经历。

是啊，周恩来的一生实际上是高度的原则性和高度的灵活性相结合的一生，他的一生让我明白了人为什么活着这一生命的真谛。生命其实不在于长短，一生庸庸碌碌、畏畏缩缩的人，活到一千岁又能怎样？周总理只活了78岁，可活得有意义、有价值，人们永远景仰他。

我们随后来到周恩来故居，这已经我是第四次来参观，第一次是在武警扬州支队当战士探家时专门下车前来，另两次是陪记者来的。

故居位于淮安城西北隅的驸马巷内，有东西相连的两个宅院，系清咸丰到光绪年间所建的青砖瓦木结构平房，共32间。周恩来在这里出生、成长、学习，直至12岁。东大院有周恩来的祖父的住房、继母的住房和乳母的住房，有周恩来的读书房，有他提过水的水井和浇过园的菜地。西大院原为周恩来的二祖父的住房，现为陈列室，展出照片近200幅，内容分为5部分：周恩来童年、家世和故乡、人民的怀念、党和国家领导人题词、周恩来书画苑和周恩来墨迹碑廊。

周恩来生前一直反对整修故居，曾多次叮咛赴京的中共淮安县委负责人："要把我住过的房子拆掉。"他逝世后，中共淮安县委根据淮安人民深切思念的愿望，并经有关方面批准，才对故居进行了初步维修，并基本保持原貌。

导游说："周总理出生时生母因病无奶哺育，家中特请了乳母蒋江氏。周总理一直亲切地称她为蒋妈妈。她住在淮安府城东郊，家境清寒，但她勤劳俭朴、心地善良，常常带周总理走门串户，访亲拜友，看庙会，赶集市，还手把手地教幼年的周总理从事一些简单的家务和生产劳动。"

一代伟人的躯体虽然离我们远去了，但他的灵魂、精神永恒！他高大光辉的形象永远活在我们心中，我们要以他为榜样，为中华崛起而努力学习和工作。敬爱的周恩来同志永垂不朽。

# 上海，好一座迷人的大都市

时间真的过得挺快，我在基层教导员的岗位已战斗四个年头了。年底，上级党委认为我工作成绩尚可，提拔我为团职干部，将我调到了南通武警支队任政治处主任。

在任教导队教导员的任期里，我与方乔川、王良昌、王中云等同志，在思想工作上注重发挥刘支援、周晓春、庄进、李猛等指导员、排长、班长等骨干的作用，以吃饭看饭量、走路看精神、来信看表情、说话看情绪、睡觉看动静为方针，及时发现新兵的思想变化。在训练中，我们立足于新兵的身体素质和接受能力，科学地制定新兵训练教育计划，遵循"循序渐进、按纲施训、科学组训"的原则，因人施教，保证了训练的系统性和连贯性。由于"知兵了如指掌、爱兵情同手足、育兵感人肺腑、管兵严之有度"，两年的新训工作成果斐然。数百名新兵打起背包，兴高采烈地走上了警卫守卫的光荣哨位，开创了二支队新训"没有打、没有跑、没有不安心"的崭新局面，地方政府和新兵家长赞叹："这个新训队是一个育人的学校。"

在任二大队教导员的任期里，作为大队党委书记，我始终与大队长徐国华、副大队长王德余共同面对困难，取得成绩不陶醉，始终保持勤政廉洁的工作作风和高昂的斗志。我按照"抓班子、带队伍、谋发展；想问题、抓落实、找规律；重基层、打基础、强基石"的工作思路，以求真务实的作风、敢于创新的气魄带队伍，注意抓好大队、中队两级党组织的思想、组织、制度、作风和党风廉政建设，充分发挥党组织的战斗堡垒作用和党员的先锋模范作用。吴晓庆、陶勇、徐文蔚、花志坚、顾忠卫、刘军强、滕德义、周庆权等基层干部敢抓善管，使全部队上下拧成了一股绳，激发了广大官兵的工作热情，人心思进，凯歌频奏，部队建设呈现出健康发展的良好态势。我们公平公正地发展党员40余名，改转士官60余名，圆满完成了武警总部押运试点、总队"三互"现场会、全国主要演员来宁演唱会、货币押运、电台、中国第二历史档案馆守卫等4000余件急难险重任务，赢得了官兵的一致肯定。

在这几年的业余宣传报道工作中，我围绕部队的重点特色工作，精心策划，及时跟进，充分发挥主观能动性，不断提高新闻宣传工作水平。针对部队涌现出来的先进典型，我坚持正确的舆论导向，唱响主旋律，打好主动仗，运用报告文学等新闻手法，塑造了一批武警战士的良好形象，发表了一批叫得响、影响大的文章，推出了一批"新训工作成功经验启示录""押钞守钞兵传奇"等报告文学，受到机关和基层的好评。

10月初，闲暇之余，因一篇报告文学要修改，我应邀前往上海。

上海是中国近现代史的缩影，许多重大的历史事件和革命活动在这里发生。上海是新中国的"窗口"，50年的艰苦创业，上海已成为国际大都市及海内外来华投资的热点；上海是历史文化名城，有70余处国家和市级重点文物保护单位，还有风格各异的建筑群及千姿百态的新建筑，上海已成为一座融古色古香和现代潮流为一体的旅游中心城市。我一直想去上海看看，一直没有机会。其实，上海的朋友真的不少，有两个很要好的同学，有10多个在《文汇报》《解放日报》《法律咨询》《上海法苑》等五家新闻媒体工作的编辑记者，我的几篇报告文学都是在上海首发的。一些熟识的朋友几次约我到上海玩，都因时间安排不过来没有成行。

对于50岁出头的人而言，上海就是三个"代表"：优秀、先进和名牌。上海代表着最正宗的现代工业文明，代表着时尚和前卫，上海货比什么书面的说教更靠得住。的确，在那个物资匮乏的年代，人们生活中每一点小小的改善都是上海和上海货赋予的，那个时候中国人对上海货情有独钟。一块上海牌手表、一辆永久牌自行车、一架蝴蝶牌缝纫机，就是当时的结婚三大件。这年10月的一个周六，我没有与同学、朋友联系，而是利用周末，跟旅游团游了一趟上海。

上海，简称"沪"，别称"申"。大约在6000年前，西部即已成陆，东部地区成陆也有2000年之久。中华人民共和国成立以来，上海进一步发展了轻纺工业，同时迅速发展了重工业、冶金、石油化工、机械、电子等工业。近十几年来，上海的航空、航天、汽车工业崛起，已成为能生产高精尖产品的综合性工业基地，工业总产值占全国的十分之一，税利约占全国的五分之一。

路上，导游对上海的历史和现状做了全面介绍。

上海是中国最大的商业、金融中心，内外贸易额均居全国各大贸易中心首位，社会商品零售总额也居全国三个直辖市之首。上海旅游业发展迅速，主要名胜有豫园、玉佛寺、龙华寺、中共一大会址、孙中山及鲁迅故居、嘉定孔庙、古猗园、松江方塔、醉白池、吴淞口炮台等。

我们是周六的下午5时去的上海。宽广的高架桥，耸立的楼群，各具风格的万国建筑，一切尽显繁华大都市的气派。高楼耸立的上海是名副其实的钢筋水泥之林，车辆穿行其中，给人一种很压抑的感觉，不知常年生活在这里的人们要承受多少生命之重。

城市旅游是各国旅游业发展的重要组成部分，城市化已成为推动旅游业发展的重要引擎。要让旅客在上海的旅行精彩、难忘，就需要有更多美景能让他们流连忘返。晚饭后，我们在导游的引领下步行在熙熙攘攘的南京路上，深切感受到上海大都市展现出的繁华和美丽。我们的城市风光游开始了。

南京路步行街是上海商业的象征，素有"中华第一街"的美誉，她集购物、旅游、商务、文化等五大功能为一体，全长1000多米，成为名副其实的购物天堂。路旁遍布着各种上海老字号商店及商城，其中还包括永安、先施、新新、大新等四大公司。她西起西藏中路，东至河南中路，东西两端均有一块暗红色大理石屏，上面是江泽民亲笔题写的"南京路步行街"6个大字，大理石屏也成为上海一处靓丽的城市新景观。

步行街的路面铺设彩色砖石，并以4.2米宽的金带为主线。金带所使用的材料是意大利进口的印度红花岗岩，金带上另有37个雨水窨井盖，盖面刻有上海不同时期的建筑。路面还设有无障碍盲道。

道路两旁设有座椅、花坛、电话亭等公共设施。在河南中路、浙江中路和西藏中路口分别摆有3座雕塑，主题分别为："三口之家""少妇""母与女"。步行街的中部是一座世纪广场，广场为演出需要设立了一个舞台，广场内还有重4.5吨的东方宝鼎和景观钟。

走在步行街上，时时能够体会到一种莫大的快乐。熙熙攘攘的人群，人们或从容信步，或匆匆疾走，或闲坐休息，或饶有兴致地转进一家家商店。街上跟人一样多的就是各种商店了，这些商店都是上海店家中的"大腕"：华联商厦、第一食品商店、第一百货、新华书店南京东路店，"麦当劳叔叔"和"肯德基爷爷"当然不甘落后，而哈根达斯、天使冰王、必胜客也为有闲阶层提供了世界各地著名的美食。

街上的主角当然是女孩子，边走边吃零食，行色匆匆的样子，眼睛绝不旁视。驻足于路边的街景，那些长条凳上坐着的多是这个城市的过客，偶尔也有属于这个城市的，其中大多是些成双成对当街亲昵的情侣。女孩子们打扮得都很精致，与这条著名的街道相得益彰。这样的精致收入我们眼里，就成了美丽，或者说女孩子本身并不见得有多美丽，但自信和得体的修饰让她们富有魅力。

夜晚的步行街是一座不夜城，彩灯齐放，错落有致，流光溢彩，步行街成了灯的海洋。而在世纪广场中，五光十色的彩灯、激光映射在东方宝鼎和音乐喷泉上，动静相宜。

上海的夜晚是美丽的，我不由想起周璇的《夜上海》：

> 夜上海，夜上海，你是个不夜城，
> 华灯起，车声响，歌舞升平；
> 只见她，笑脸迎，谁知她内心苦闷，
> 夜生活，都为了，衣食住行；

上海，好一座迷人的大都市

酒不醉人，人自醉，胡天胡地，蹉跎了青春，

月色朦胧，倦眼惺忪，大家归去，心灵儿随着，

转动的车轮。

换一换，新天地，别有一个新环境，

回味着，夜生活，如梦初醒。

而今的夜上海要比那时的夜上海强上千倍万倍。

第二天上午 8 时许，我们的大巴行驶在延安东路高架上，只花了17 分钟，我们就到了上海著名的外滩。

外滩位于上海的母亲河黄浦江与苏州河的交汇处，与东方明珠景区隔江相望，它北起外白渡桥，南至中山东二路地区，全长 1800 多米，地形呈新月形。她是一个城市的标志，也是历史的凝聚，体现了上海作为中国最大的经济中心城市、现代化国际大都市的特点，又体现了上海作为历史文化名城的特点。外滩景区是自然景观和人文景观相融合的风景区，又是西方古典风情与中国现代风情相得益彰的风景区，也是中国近代文化与现代文化交相辉映的风景区。

外滩原在上海城厢外的沿江滩地，旧时俗称"黄浦滩"。1843 年上海开埠后，英国第一任驻沪领事巴富尔看中了这一地区，于 1845 年以《上海土地章程》为依据划定外滩在内的 800 亩土地为英租界。1849 年法国也在英租界的南面划定了一块法租界。随后两国沿江开筑道路，称黄浦路。100 年后，也就是 1945 年，为了纪念伟大的革命先驱孙中山先生，黄浦路才改名为中山东一路。

漫步外滩，我们不知不觉已进入了黄浦公园。提到这个公园，每个中国人都忘不了昔日外国列强挂在公园门口的那块"华人与狗不得入内"的牌子。那块臭名昭著的牌子，让当时的中国人民蒙受了极大的耻辱！如今，60 米高的上海人民英雄纪念塔矗立在临水之处，威武壮观的三柱黄岗岩塔体仿佛告诉人们，人民永远缅怀为洗刷民族耻辱、为革命事业而献身的英雄们。

黄浦江有两个"孩子"，一个叫浦东，一个叫浦西。新中国诞生以前，一家子深受"三座大山"的压迫，母亲河停泊着的尽是外地

军舰和商船，"两个孩子"也被压得喘不过气来。"跳黄浦"这句上海人的口头禅，就是指旧社会实在无法活下去的老百姓，来这里投江自尽。

远眺对岸，浦东陆家嘴金融贸易区与浦西外滩遥遥相望，其功能为金融、贸易和对外服务。东外滩滨江大道总长 2500 米，集旅游、观光和娱乐等为一体，沿道设有 6 个颇具特色的广场，现在虽然只闻到隆隆的打桩声，但声声入耳。这是五线谱上最华丽的乐章，预报着外滩更美好的未来。

游完外滩，我们来到东方明珠广播电视塔，排完长长的旅游队伍，坐上电梯直升到了主观光层。我们站在玻璃球里鸟瞰整个上海滩，迷人的风景尽收眼底，真是惬意无比啊！

东方明珠广播电视塔以其 468 米的绝对高度成为亚洲第一、世界第三的高塔。她由太空舱、上球体、下球体、五个小球、塔座、广场和三根直径为 9 米的擎天立柱组成。可载 50 人的双层电梯和每秒 7 米的高速电梯乃目前国内独有。立体照明系统绚丽多彩，美不胜收。

东方明珠塔下的国际游船码头，有"浦江游览"旅游项目，我们登上邓小平同志当年南行视察上海时乘坐的游船，饱览浦江两岸美景，颇为惬意。

吃了中饭已是下午 2 时 20 分，导游安排我们到浦东等地游玩。我没有去，而是利用这次到上海的机会，去寻访党的一大会址足迹。

一大会址位于上海兴业路与黄陂南路的交汇处，该幢住宅为上海共产主义小组的发起人李汉俊的寓所，人称"李公馆"。一大会议是在 1921 年 7 月 23 日召开的，各地的 7 个共产主义小组派出了 12 名代表出席，他们代表了全国的 53 名共产党员，这些代表是：上海代表李达、李汉俊，北京代表张国焘、刘仁静，武汉代表董必武、陈潭秋，广州代表陈公博，长沙代表毛泽东、何叔衡，济南代表王尽美、邓恩铭，旅日代表周佛海，共产国际代表马林和尼柯尔斯基列席了会议。党史中被称为"南陈北李"的陈独秀和李大钊没有参加会议，但陈独秀派包惠僧代表自己参加了会议，让包惠僧向他汇报会议情况。

在纪念馆的二楼是展览厅，展览厅面积450平方米，共陈列展示革命文物、文献和历史照片148件，文物原件有117件，其中24件是国家一级文物。

参加一大会议的15人中，正式代表有12个人。当时年纪最长者为何叔衡，已44岁；最年轻的为刘仁静，时年19岁。去世最早的是山东代表王尽美，1925年8月病故，年仅27岁；去世最晚的要数北京代表刘仁静，1987年8月遇车祸身亡。当然这12个人的政治人生也都各不相同。

中国共产党第一次全国代表大会的召开，宣告了中国共产党的成立，是开天辟地的大事变。中国出现了完全新式的、以共产主义为目的、以马克思列宁主义为行动指南的、统一的工人阶级政党，从此，中国革命的面貌焕然一新。魂牵梦绕无数年，今天来了，看了，了却了心愿。

每个城市有每个城市的象征，比如法国巴黎的埃菲尔铁塔，埃及的金字塔，纽约的世贸中心。上海高层建筑已经有4000多幢，在中小型城市有一两幢高楼就不错了，上海却有这么多。我们的汽车就好像行驶在高楼大厦的海洋中，看不到大楼的尽头，这里的每一幢高耸的建筑、每一条崭新的马路都是上海用了十几年建设起来的，了不起啊。

记得1992年，邓小平同志南行视察了武汉、深圳、珠海、上海等地。在上海，他公开承认了自己的失误，说："我的一大失误就是搞四个经济特区的时候没有把上海加上，要不然，现在的长江三角洲、整个长江流域乃至整个中国改革开放的局面，就会大不一样。"他要求上海要"一年变一样，三年大变样"。1992年，江泽民在十四大报告中提出"以上海浦东开发为龙头，进一步开发、开放长江沿岸城市，尽快把上海建成国际经济、金融、贸易中心之一，带动长江三角洲和整个长江流域地区经济的新飞跃"。现在长江三角洲的经济可以说是已经超过了珠江三角洲和京津唐地区。预计在不久的将来，上海将成为继纽约、伦敦、巴黎、东京、中国香港之后的国际金融中心。

上海，是中国共产党第一次全国代表大会召开的地方，而今，她是改革开放后迅速再度崛起的城市，是一座极具现代化而又不失中国传统特色的都市。有人说："七十年代看深圳，八十年代看海南，九十年代看上海。"我觉得很有道理。晚上，旅游团返回了南京，我在一个杂志社修改稿件，两天后返宁。时隔一个月，我怀着愉快的心情到外地走马上任了。

上海，好一座迷人的大都市

# 南通，让我站在了新世纪的门槛内

1999 年底，武警江苏总队总队长顾惠琪、第一政治委员李明朝、政治委员温凯宾签发命令，任命我为南通支队政治处主任，这年，我 37 周岁。来南通报到时是即将跨入新世纪前夜的 2000 年 1 月初。

我站在了新世纪的门槛内，必然会有一番畅想。

南通市是我国首批对外开放的 14 个沿海城市之一，"据江海之会，扼南北之喉"，隔江与我国经济最发达的上海及苏南地区相依，被誉为"北上海"。

来到这么个风水宝地履职，在为美好明天而憧憬的时候，我更当思奋斗，我要以不懈的奋斗赢得"开门红"。"千里之行，始于足下。"新世纪，开局很重要，美好的明天要靠奋斗来创造，一切工作要靠奋斗来落实，一切问题要靠奋斗来解决，一切成果要靠奋斗来实现。当了领导，在新世纪里，不仅需要"畅想曲"，更需要"奋斗歌"。马克思有一句名言："一步实际行动比一打纲领更重要。"要勤于思考、不懈求索，把本职岗位作为成就事业的舞台；要干一行，爱一行，钻一行，勤思敏行，紧跟世界进步的潮流，奋斗到点子上；要勇于创新、敢为人先，用创新思维指导创新实践，瞄准一流，追求卓越，使工作充满生机和活力；要永不停步，弯下身子，甩开膀子，发扬打硬仗、恶仗的顽强作风和啃硬骨头的精神，聚精会神鼓实劲，出力流汗干实事，苦干巧干求实效。新世纪的奋斗歌，需要用自己的心血与汗水谱曲，一步一个脚印地去填词。

历史老人，一路披荆斩棘，风雨兼程，饱经沧桑，从旷古走来，把喜庆、祥和、文明和昌盛带给了人类，寰球即将进入一个全新的世纪！人与人之间和睦相处，人人爱我，我爱人人，互相协作，情谊长存。这将是一个充满神奇、充满希望的世纪，一个高岸为谷、瞬息万变的世纪，一个让人不可思议、遐想无穷的世纪！我要在新世纪的门槛内一展宏图！

我站在了新世纪的门槛内，务必要勤勉敬业地奉献。

南通市支队按照先进性要求，始终站在时代的制高点上。基层正规化建设水平不断提高，支队狠抓战备训练，执勤处突击能力大幅度提高，部队的反应能力、综合保障能力、反恐怖能力不断增强。部队多次参加上级组织的比武考核，次次总评成绩优秀，并夺得了18个第一。能到这个先进集体里工作，我的身心颇感愉快。可政委、副政委高升，政治处原主任、副主任调离，政治处4个处长有3个转业，基层政治指导员基本都是新手，这些现状又让我忧虑。我在工作中按照党委意图，扎实抓好政治工作和日常事务，铆足力气，真抓实干，尽职尽责地完成组织赋予我的职能。

——主持"南通支队首届政工干部业务会操"，进行了笔试、现场作业、拟写教案、同题擂台赛、抽题演讲、知兵一口清、个人才艺展示等比赛、竞赛，发现了一批人才，促进了部队政治工作的开展，受到总队领导的关注和好评。

——组织开展"讲雷锋故事、唱雷锋歌曲、做雷锋传人"等活动，使雷锋精神成为部队建设的精神支柱，全支队形成了个性鲜明的"英模文化"，涌现出了一大批雷锋式典型。

——提倡军政干部交叉任职，提倡战士定期岗位轮换，举办各职各类培训班，坚持不懈地抓好干部的一专多能训练。广泛开展业务竞赛、课题研究、难题会诊等活动，使干部综合素质普遍得到提升，造就了一批善创新、能指挥、会管理和军政兼通、技指合一的复合型指挥员，有力地支撑了部队的战斗力，部队全面建设水平得以提升。

——为基层购买了10多万元的图书，在基层开通了电子书库、音像放映室、游戏娱乐中心及"战友之家""读书论坛"等学习服务中心，形成了充满时代气息的网络文化。编排了搏击韵律操、百人踢踏舞等多项多人参加的文艺节目，形成了具有浓厚警营色彩的"操场文化"，活跃了部队的氛围，在迎查中受到总部检查组的高度评价。

——借助地方人才优势，加大"内引外联"力度，针对部队建设的需要和官兵不同的学习兴趣，有计划地开办了电脑、外语、法律、种养殖等15种专业培训班，邀请专家、教授、讲师到部队授课辅导，培养出了一批科技练兵小教员、革新发明小专家、科学种养小能手，有效提高了人才培养效果，开辟了一条依靠人才带人才的路子。

——负责组建了南通首家威风锣鼓队等文化队伍，在建队规模、组训单位、初定目标、培训方法等问题上提出了主导意见。经过三个月培训，文化队伍登上了南通城乡舞台，多次受到上级和地方政府奖励，成为南通文化建设的一大亮点。

——组织南通主流媒体16人到部队开展"警营一日"活动，全面介绍了武警支队发展的历史进程和光辉业绩，让媒体亲身感受了武警部队的职能作用，让他们与官兵"零距离"接触，搭建了相互交流的平台，让他们了解了中队警务化标准宿舍和先进警用器械等现代警务装备的情况，让他们亲身体验了警务化管理的统一规范和科技强军的丰硕成果。

——组织市政府及军转办领导与转业干部见面会，就转业干部安置问题进行座谈协调，市政府有关领导出席了会议。会上，我提出："军队转业干部是党和国家重要的人才资源，是社会主义现代化建设的重要力量，把军转干部作为南通现代化建设重要的人才补充，纳入南通人才发展势在必行。"协调会决定充分发挥军转干部的专业特长、兴趣爱好，合理配置军转干部人才资源，实现军转干部与工作岗位的最佳配置，形成干好干坏不一样、干长干短不一样的评估方式，确保军队转业的优秀干部得到重点安置。

——在党委会议上提出了直属大队应有专门经费、配备车辆，机关警通中队、勤务中队机构重叠，应予以合并等合理化建议，得到党委的一致首肯，随后予以实施，受到机关和基层的广泛好评。

——编发了海门、如东等3个中队预防事故案件的经验材料，撰写发表了4万余字的《来自江海之滨的时代报告》这篇报告文学，在部队进行了"革命军人必须保持崇高的革命气节""努力增强干部抓部队建设的能力"等8个方面内容的演讲，受到上级和基层官兵的好评。

——组织每周党委中心组理论学习，组织三讲正面教育，组织政治指导员、团支部书记培训，组织机关干部电脑培训，组织《南通史志》武警篇的编撰，接待大江南北的同志来部队参观见学等，整天忙得不亦乐乎。

在这一年里，我感受到了南通支队党委班子的坚强团结和奋发进取的精神；在这一年里，我明白了"智慧源于勤奋，伟大出自平凡"的道理；在这一年里，我知晓了先进单位再创新的甘苦和接待任务的繁重；在这一年里，我记住了机关和基层贾正余、沈洪江、蔡思峰、王宁如、蔡新民、韩毅、毛耀富、蔡敏剑、张银荣、王峰、扬志刚等默默无闻的干部的名字。

当我站在了新世纪的门槛内，休闲游玩是一种放松。

这一年，回家的次数很少，没有去其他任何地方，在南通的游览几乎都在周末，几乎都是"三陪"——陪吃、陪打扑克、陪游。

3月的一天上午，我与陈健、刘跃进、陈建华、高景银等部下陪《人民武警报》的记者到了狼山。

狼山，又称紫琅山，海拔104.8米，面积18公顷，位于南通市南郊，由狼山、马鞍山、黄泥山、剑山和军山组成，通称五山，南临长江，山水相依。她们玲珑娇小，秀丽多姿，狼山居其中，最为峻拔挺秀，四山如众星拱月，狼山成为五山之首，千百年来，为多少文人墨客所赞颂。狼山名胜古迹众多，法堂内陈列着艺术珍品十八高僧瓷砖壁画。拾级而上，金刚殿、大悲殿、藏经楼、三贤祠、葵竹山房，直至山巅的大观台、圆通宝殿、千年古塔、大圣殿，鳞次栉比，加上星罗棋布、如珠宝串缀的平倭碑、初唐四杰之一的骆宾王的墓以及康熙御书碑亭等，这些古迹令人目不暇接。

我们登上狼山之巅，俯瞰广教寺的主体建筑群，庙门前大观台，视野开阔，山水田野尽收眼底。在长江大观台眺望，只见眼前是10多公里宽的浩瀚的长江，江面在阳光的照射下雾气霭霭，波光粼粼。偶尔有船只驶过，一声笛鸣，使长江多了一份沧桑。"滚滚长江东逝水，浪淘尽千古英雄。"长江流到这里已接近了终点，突然想起这里的菩萨很灵验，特别是外地祈福众生，往往都能如愿。所以狼山道上，远来的香客熙熙攘攘。去狼山的大多是虔诚的善男信女，背着碗口粗的香，到山顶的广教寺、支云塔去进香，山顶上的香炉里黑烟滚滚，人都不能立足。

下山我们不想走回头路，听说狼山的后山更有趣。我们上山没花多少时间，以为"无限风光在险峰"，最美的景色一定在山顶。没想到下山这条路格外地蜿蜒曲折，曲径通幽，柳暗花明。绵延的山路，望到山下的小河、水塘，在春季的林木映衬下，别有一番韵味。这一路，有陡峭的山崖、郁郁葱葱的林木，原来狼山后山也这么美。

在山下，有鉴真东渡纪念馆、骆宾王衣冠冢、张謇墓等景点。狼山旅游度假区以其山水景观和历史人文景观为依托，正在建设成一个融旅游、度假、娱乐、休闲、保健、会议、商务为一体的综合性旅游度假村。

六月上旬的一个周末，我与副支队长樊富俊、后勤处副处长张锁明、教导队大队长黄健等同志来到张謇的纪念地。

张謇是一部史诗，是一首战歌，是一方基石，是一股激流。身在南通不能不走近张謇，不能不了解张謇。我们首先来到南通博物苑参观。她位于风光秀美的南通城东南濠河之滨，由张謇于1905年创办，是中国首座地方综合性博物馆，1912年改称南通博物苑，1981年南通市人民政府决定将附近的张謇故居划归博物苑范围，1988年博物苑被定为全国重点文物保护单位。苑内有4个陈列馆，陈列自然、历史、美术、教育四部分文物与标本。藏品具有地方特色，如新石器时代遗址出土的石器、陶器、玉器和骨角器，以及汉代的煎盐工具盘铁、明朝万历年间南通名医陈实功特制的研药用具等。我们在南馆张謇的故居可以看到一座西式二层楼房，走进里面，只见红木的框架加上黄墙，又配上了柔和的灯光，美极了！这里记录了张謇的生平和成就，在展馆二楼的阳台有副对联——"设为痒序学校以教，多识鸟兽草木之名。"这就是张謇创办博物苑的宗旨：辅助学校教育，普及科学文化知识。

　　而后我们去了张謇的出生地海门常乐镇。常乐是个不大的小镇，走过状元街，张謇纪念馆就到了。刚进门是张謇手握一卷书的铜像，再往里是张謇史料陈列室，我们看到张謇日记的手稿，看到一些当年出自张謇之手的石碑、匾额，还有学生送他的匾额，橱窗里有他一生事业的介绍。他创办的企业多达数十个，涉及纺织、垦牧、盐业、蚕桑等许多方面，他兴办了社会福利院、体育场，为了慈善事业，昔日的状元居然不得已靠卖字来筹集资金。他还创办了中国第一所师范学校、第一所博物馆、第一座气象台等等。他先后请进来的人物，可谓大腕云集，请胡适的老师、美国哲学大师杜威来讲学，请京剧名家梅兰芳来剧场演出，请刺绣大师沈寿来主持女工传习所。

　　一个人可以如此深刻地影响一个地方，影响历史的进程，如此拳拳爱国心让人不得不敬佩。我们走进了张謇，了解了一个伟人成长的足迹，聆听了一位伟人的爱国心声，感受了一位伟人的救国情怀。让我们学会像张謇一样自强不息，像张謇一样树立民族自尊心。

　　10月的最后一个周末，南通一年一度的民间艺术节在濠河附近举行，支队派队参赛并获得亚军，我与顾建华、王天星、戴旭光、沈卫东、吴贵新、王加如、苏卫星、扬宏达、周陈忠等应邀参加。而后，我们逛了一下濠河。

　　濠河环绕南通老城区，形如葫芦，宛如珠链，被誉为南通城的"翡翠项链"。濠河原为古护城河，史载后周显德五年（958）筑城即有河。现周长10千米，水面1080亩，水面最宽处21.5米，最窄处仅10米，是国内保留最为完整且位居城市中心的古护城河，距今有千余年的历史。濠河水清如镜，自然风光优美，拥有江鸥、野鸭、鱼鹰等生物群落。整个濠河弯曲迂回，绕城流动，水城一体，现在的城市扩大到濠河以外的周边，形成"水包城，城包水"的独特景观，因此有人赞美南通为"东方威尼斯"。

濠河两岸有光孝塔、天宁寺、北极阁、文峰塔、南通博物苑等名胜古迹，有张謇、李方膺、赵丹等名人故居，还有濠东绿苑、濠西书苑、环西文化广场、文化宫、文峰公园、映红楼、体育公园等新兴的文化娱乐场所和旅游景点，以及28座桥和各种名木古树。清澈洁净的濠河与亭、台、楼、阁、塔、榭、坊等交相辉映，人文景观与自然风光融为一体，千百年累积的历史遗迹、园林艺术、乡俗风情奠定了濠河古朴凝重的文化底蕴，而现代城市的崛起，又赋予它朝气蓬勃的时代风采。

夜游濠河又是另一种惬意。走走停停看看，小城风貌尽收眼底。

一天晚上8时20分，我与樊富俊、陈向东、陆文杰、施善兵等来到濠河渡口，放眼望去，两岸已是一片灯火辉煌。我们迫不及待地登上游艇，制作精美的画舫游艇长约6米，宽近3米。艇的两侧全开窗，两岸夜景可以尽收眼底。热情的导游刘小姐待我们坐稳后，开始用婉转悠扬、略带南通口音的普通话向我们介绍濠河的历史变迁，在游艇行驶过程中，她还穿插介绍岸边的景物。曲水回环，绕城而流，游艇则以每小时10千米的速度缓慢地行驶在濠河上，不时有其他的游艇与我们相对而过。河水波光粼粼，岸边倒映的霓影五光十色，霓影在波光中摇曳和变幻，一会儿伸手可触，一会儿又遥不可及。亭台桥榭掩映其间，画舫游艇荡漾水中，水中灯光喷泉犹如五彩的水幕，水气迎面扑来，使人如痴如醉。濠河迷人的风情，只有乘坐游船才能深切感受到，站在岸边观景与乘船赏景的确不可同日而语。美丽的濠河夜景，是人与自然和谐的杰作，是南通人的骄傲。

我站在了新世纪的门槛内，了解了南通的历史和发展。

南通是由长江北岸古沙嘴不断发育、合并而成，属长江下游冲积平原。6000多年前，长江水从上游夹带大量泥沙不断沉积在江口，南通由此成陆，并逐渐自西向东、市区一带向南延伸扩展。南通在距今五六千年开始就有人类在当地居住，在晋朝以前为江口海域，南北朝时始成沙州，初名壶豆洲，后名胡逗洲，隋代初为沙洲，属海陵郡（今泰州），唐朝时为盐亭场，玄宗开元十年（722）设置盐官，属扬州海陵县，隶淮南道。

12月28日，接到高中同学王开云通知，21世纪之初举行初中毕业20周年聚会。我于当天下午从南通赶回徐州，参加了这次难得的初中同学聚会，这些同学不少都是20年来首次见到，暖心的话语一天都说不完。游览了徐州的一些美景，照完合影便开始聚餐，我在酒桌上首先向胡瑞栋老师和女同学王新华、卢兴英、迟玉珍、陈凤娥、乔玉书、王开云、金开侠、杨美玲、张书萍、齐文兰、王淑云敬酒，而后，又向第二桌、第三桌、第四桌的任继良、刘维芝、王公前、丁全喜、王化柱、魏义武、齐文良、叶振乾、王公义、邢厚平、旮盛堂、曹新军、潘广华、邢传金、孙兰保、齐广雨、乔祥六、马建东、王公强、张广武、王化振、乔祥文、乔斌、张庆金等同学一一敬酒。半小时后，我连夜赶回南通。

# 镇江"三山"任尔行

镇江市位于江苏省东部,长江下游南岸,古称"宜""朱方""丹徒""京口""润州""南徐州"。她雄踞在祖国两条黄金水道的十字交汇处,京沪铁路横贯东西。镇江三面环山,一面临水,自古以来就是长江下游的重要商埠和兵家必争之地。年初,我从南通调到镇江武警支队任副政治委员兼纪委书记。这一年中,我严格履行了自己的职能。

——抓教育,促学习。工作中,我把维护党的政治纪律作为纪检工作的首要任务,坚持把党风党纪教育作为党风廉政建设的基础工作常抓不懈,自觉高举旗帜、铸牢警魂,严格落实政治纪律"十不准"要求,狠抓党风党纪教育,筑牢了党员干部拒腐防变的思想防线。始终把共产党员先进性、思想政治教育、历史使命教育和"一个党员一面旗,一个党员一道岗"等活动贯穿于党风党纪教育、党委中心组和干部理论学习之中,突出抓了《党内监督条例》《中国共产党纪律处分条例》和《纪律条令》的学习,认真抓了先进典型的示范教育和反面典型的警示教育,广泛开展向廉政建设先进典型学习活动,大力弘扬正气,深刻剖析重点案例,吸取教训,逐步打牢党员干部拒腐防变的思想基础,进一步强化了广大党员干部的政治意识、警魂意识和纪律意识。

——抓管理,堵漏洞。在财务管理、工程招投标和经费开支使用等敏感工作中,坚决按照《党风廉政建设措施》《党员干部廉政公约》《财务管理规定》《大宗物资采购暂行办法》等规定办事。一年来，纪委在大宗物资采购、工程招标过程中，全程参与，全程监督，使党员干部遵规守纪的自觉性明显增强，部队风气进一步端正。党风廉政建设取得了新的进步，有效保证了部队的高度集中统一和纯洁巩固，为促进部队的全面建设提供了有力保证，部队党风建设和反腐败工作成果斐然。

——抓制度，明责任。严格落实《支队（团）以上领导机关蹲点、调研、帮建工作规定》，坚持面向基层、服务官兵的指导思想，积极争取地方支持，加强部队建设，使官兵生活条件得到了较好的改善。坚持重大事项公开制度，尤其在事关官兵切身利益的敏感问题上，严格按照指标、条件、程序、要求、结果五公开原则参与组织实施，增强了工作透明度，畅通了监督渠道。坚持对领导干部和重要岗位干部的监督，特别是加强了对管人、管钱、管物等要害岗位干部的管理，使广大党员的纪律观念、纪律意识和自我约束的能力都有了明显的提高，组织制定了《重大、敏感问题纪委全程监督实施办法》，使纪检工作渗透到部队各项工作的全过程。一年来党委发展党员 50 余名，改转士官 60 余名，提拔使用干部 40 余名，推荐使用团职干部 5 名，官兵人人赞不绝口。

"李书记讲党性、重品行、做表率，有着良好的思想、工作、领导和生活作风，坚持原则，忠于职守，遵纪守法，公道正派，廉洁自律，以身作则，我们需要这样的好领导。"这是官兵对我一年工作的最高评价。对此我豪情满怀，信心倍增。

一天上午，我带领马洪金、郭海军、王维勇、蔡登祥、贡银锁、原勇、徐恒功、陈汉忠、夏魏峰、刘俊、宦正刚等基层和机关的一批干部来到许杏虎、朱颖烈士纪念馆。她坐落在丹阳市河阳镇高甸村后北洛自然村，占地 6000 平方米，纪念馆展出了关于两位烈士生平的图片、遗物等 300 多件。

这里记载着烈士成长的足迹、战斗的身影。许杏虎，男，汉族，1968 年 3 月生，1983 年入江苏省丹阳中学读高中，担任高三（5）班的团支部书记、班长，年年被评为三好学生。1986 年考入北京外

镇江「三山」任尔行

国语学院东欧语系塞尔维亚语专业，担任班长、团支部书记，系团总支组织委员。许杏虎在学生时代是个品学兼优的好学生。

1991年，大学毕业的许杏虎到光明日报社工作。他工作认真，精耕细作，肯动脑筋。1995年，许杏虎被任命为光明日报国际新闻版副主编。1998年7月，许杏虎被派往南联盟任贝尔格莱德首席记者，妻子朱颖也一同前往。科索沃局势急剧恶化，战争的阴影立时笼罩在巴尔干半岛上空。3月24日，北约轰炸开始。从这天起，许杏虎全天候处于高度亢奋的紧急状态，炸弹往哪儿落，他就往哪里赶，以大量的事实为依据，再现了南斯拉夫在以美国为首的北约狂轰滥炸之下，山河破碎，家毁人亡的悲惨情景。许杏虎共发回照片37张，新闻报道、战地日记等90余篇，共64000余字。

参观后，我要求大家记住1999年5月8日这一天。这一天以美国为首的北约悍然用导弹袭击中国驻南使馆，朝气勃发的许杏虎和他美丽聪慧的妻子朱颖顷刻间以身殉职。这一天"人民的好记者""南斯拉夫之星"坚守岗位，表现出惊人的毅力和勇敢献身的精神。向英雄学习，就要临危不惧、高度敬业、主持正义、恪尽职守。

11月一个周五的下午5时，18年未见面的泰兴籍战友黄新、李国祥、张同林等三人来镇江看我。我及时告诉老教导员张开新，老教导员原是我们在扬州军分区独立营当兵时的教导员，后调任镇江武警支队政委，转业后在润州分局当政委，时任市局政治部副主任兼公安学校校长。第二天一早8时许，老教导员找了导游，我们开始了镇江的游玩生活。

镇江名胜众多，风光旖旎，具有真山真水、雄伟俊秀的独特风貌，山、水、古、洞、港、泉等各具特色。山，是指绮丽的金山、雄伟的焦山、险峻的北固山，三山风姿各异，人称"京口三山甲东南"；水，是指扬子江、古运河；古，是指古城风貌和悠久的历史文化古迹；洞，是指市郊的彭公水晶洞、金山白龙洞、法海洞、焦山三诏洞、南郊莲花洞、茅山华阳洞等洞天奇观；港，是指西津古渡、镇江港等港口；泉，是指金山"天下第一泉"等一系列泉址；塔，是指江天禅寺慈寿木塔、甘露寺卫公铁塔、西津古渡昭关石塔等一系列古塔。镇江的景点有四个"天下第一":"天下第一江山"——北固山,"天下第一泉"——中泠泉,"天下江山第一楼"——多景楼,"江山第一亭"——凌云亭。自然与人文的融合,山水与文化的融洽,大自然的鬼斧神工,造就了"金山之雄,焦山之秀,北固之险",堪称江南建筑艺术瑰宝。

我们的第一站是金山。

金山,原名氏无山,又名金鳌岭,也称浮玉山,唐代起通称金山。金山高60米,占地面积10公顷,原系屹立于长江的江心,有"江南诸胜之最"的美誉。历代以来相继建成了芙蓉楼、塔影湖、百花洲、镜天园等诸多景点,景区内陆水相连,泉、湖、洲、园、寺等相得益彰,呈现出一幅"楼台两岸水相间,江北江南镜里天"的诗情画意。我们来到金山寺山门,只见山门上悬挂着一块"江天禅寺"的横匾,这是清朝康熙皇帝来金山观光时亲笔题写的。山门气象森严,两只明代石狮雄踞两旁,寺门向西,站在寺门口可以看到"大江东去,群山西来"的壮观气势。金山寺最初建于东晋,距今已有1600多年的历史,全盛时期有和尚3000余人,参禅的僧侣有万人之多,在佛教禅宗寺庙中有着卓著的地位。

进入公园,是一条笔直的大道,左边是莲池,右边是一条水道,进入山门,我们来到天王殿。这是一座单檐歇山顶的五开间宫殿式建筑,中间供奉的是笑口常开的弥勒佛,背后是佛门的护法神韦驮,两侧是四大天王。走出天王殿就是大雄宝殿,我们从大殿后侧登山,进入夕照阁。阁内有乾隆南巡金山时留下的保存完好的7块御碑。这些石碑记载着乾隆六下江南对金山胜景的评价,还留下了一个颇有趣味的传闻:乾隆不是雍正皇帝所生,他6次来到金山寺,就是来寻找自己的生身父亲。从夕照阁登山而上,南面正中为观音阁,由观音阁朝南沿石阶而上,我们来到了妙高台。从妙高台往南,来到了位于金山东南侧山腰上的楞枷台,又名苏经楼。这座傍山驳石的楼阁,建筑奇巧,由下而上要经过三重楼阁,每上一层,就难寻去路,但一开洞门,忽见有楼梯可登,真有"山重水复疑无路,柳暗花明又一村"的感觉。在最高层的两间宽敞的休息厅里,我们看到许多古代红木家

镇江「三山」任尔行

具、名人书画。中央有座玲珑的四方亭，亭内曾陈列过苏东坡遗留下来的雪浪石，故取名雪浪亭。据说苏东坡晚年受老友佛印法师相托在此写过《楞枷佛经》。

我们朝西北沿路西行，就来到了七峰亭，该亭又称七峰阁。据说岳飞当年被十二道金牌催返临安，途经镇江，到金山寺拜访道月方丈，告诉他自己昨夜宿营瓜洲时，梦见两犬讲话。游完金山不一会，我们就赶到第二站焦山。黄新说他现在在一个镇当副镇长，李国祥在黄桥纪念馆当馆长，张同林下海经商发了财。黄新原在连队当卫生员，李国祥、张同林原来都在我的班里，一个是副班长，一个是战士。我们三人感情甚笃，无话不谈。

"焦山自古以来名称很多，有樵山、谯山、狮子山、狮岩、双峰山等。这些名称均是根据当时特定的情形或山体的自然特点而命名的。如樵山，取自于樵夫砍柴；谯山，取自于在此设有海防和瞭望哨所；狮子山、狮岩、双峰山等则取其形。只有焦山之名来得最具传奇色彩和人文情趣，因而千百年来一直沿用。"导游说。

我们由吸江楼向西来到了别峰庵，之后又去了宝墨轩。宝墨轩又叫焦山碑林，是江南第一、中国第二大的碑林，分为序馆、史料碑刻馆、文苑碑刻馆和瘗鹤铭碑刻馆四部分。

第三站北固山是上午 11 时开始游览的。

路上，老教导员问起其他战友的情况时，李国祥把陈国华、孙荣、何克斌、黄留生、殷东寿、黄久生、肖新民、扬春发、赵华俊、叶玉宝等战友的近况一一做了回答。这些战友大都在我的班里当过战士，我听后非常高兴。张同林兴奋地说："老班长，你的同年兵霍永发转业后开办公司，自主创业，造福一方，在连云港已经声名远扬了，不少战友都参观过他的公司，听说他又要开办医院了。""霍永发为人诚恳，办事有板有眼，富有百折不挠的创新意识，事业成功是可以预见的。他致富后辅助乡亲，捐资助学是有远见的。有时间看到老霍，替我向他问个好，恭祝他事业蒸蒸日上。"我由衷地说。

北固山位于市区东侧江边，北临长江，高 53 米，是京口三山名胜之一，与金山、焦山成掎角之势。在古代，北固山更为游人所乐道，故有"京口第一山"之称。远眺北固，横枕大江，石壁嵯峨，山势险固，因此得名北固山。1400年前，梁朝梁武帝登临北固山，赞其形胜，改"固"为"顾"，更名为北顾山。进了大门，两块高约一米，似刀砍剑劈的巨石位于凤凰池内，这就是传说中刘备与孙权的试剑石。千古江山，往事悠悠，这些石头仍在叙说着古老的故事。我们来到山脚下的太史慈墓，碑上刻着"东吴太史慈之墓"。太史慈有勇有略，对母亲孝顺，对朋友重义气，却安息在这不起眼的山脚下。横江将军鲁肃之墓就在不远处，英雄们在九泉之下还是有伴的。

在北固山后峰东南清晖亭旁，我们看到一座四层铁塔，她又名卫公塔，是我国仅存的六座铁塔之一，也是江苏省境内唯一的铁塔，为省级文物保护单位。

中饭，老教导员安排得十分丰盛，王新辉、周玉杭、王德兴、周晓宝、张百和、徐义敏等同志陪同进餐。下午又陪看了沿江的一些景点。当晚，他们返回泰兴。

镇江从外表上看朴素平实，城不大，可历历往事不再返，青山依旧在。金山绮丽，焦山雄秀，北固山险峻，三山丰姿各异，人称"京口三山甲东南"，因此我们把"三山"作为战友相聚的主要目的地。镇江自古是军事要地，又是山水名城。刘备甘露寺招亲、宋江智取润州城、韩世忠大败金兀术、梁红玉击鼓战金山等历史传奇妇孺皆知，流芳百世。镇江还有肴肉不当菜、香醋摆不坏、面锅里煮锅盖这"三怪"。镇江，看似一本制作得很粗糙的书，可大家如果驻足、翻阅、审视，肯定会得到历史的启迪。这里的寺庙、楼阁、山石、草木仿佛都凝聚了历史的瞬间。

镇江「三山」 任尔行

# 人说山西好风光

年初，我从镇江调回南京，任南京武警指挥学校政治部副主任兼学校团委书记，主管宣传保卫和团委等工作。

军事院校是军队以培养军事人才为主要任务的学历教育院校，是培养军事人才的主要场所，对于国防和军队建设具有十分重要的作用。南京指挥学校始终把人才培养摆在突出位置，时刻更新教育观念，着眼学校长远建设，有计划、有步骤地推进人才建设工程，把提高干部队伍尤其是教员队伍的素质能力作为重头戏来抓。学校投入10万元设立"人才培养基金"，借助联合办学的师资力量，提高干部教员的任职任课能力和学历层次。学校先后被总部评为"绿化先进单位""爱国卫生先进单位"，连续四年被省委、省政府授予"江苏省文明单位"，被南京市评为双拥共建"十佳单位"，被国家绿化委评为"全国绿化模范单位"。自1984年招生以来，南京指挥学校为部队培养了2000多名学员，有的已经走上团职领导岗位，基层80%以上的大中队主官都毕业于这个学校。

能来这么优秀的院校任职，我深感荣幸，这又是一次角色转变，我不能辜负领导的信任。

一年来，我在宣传保卫的工作岗位上大显身手、纵横驰骋。组织了学校第十届运动会、武警江苏总队后勤专业比武、总队军事技能汇报表演、总队基层大中队主官集训等活动；组织了学校代表队参与全省公民道德知识竞赛、南京市元旦长跑比赛、"向着太阳飞扬"迎国庆专题晚会、栖霞区十五届人大选举、学校广播站筹备等活动；拍摄了《燕子矶畔的警营奇葩》电视专题片，撰写了《南指18年育兵爱民写真》3万多字的报告文学，在国家级出版社出版了50余万字的《踏浪行》报告文学专著。国庆期间，在全校组织开展了篮球、歌咏、演讲、书法、橱窗等系列比赛活动，受到领导和同志们的高度评价。当然，这些成绩与校领导的支持密不可分。

这年3月，在充分调研的基础上，我向学校党委和领导建言："近年来学校广泛运用启发式、开放式、案例式和网络、模拟、基地等教学方式方法，加大实践教学环节，建立健全了图书电子检索系统、教学资料信息管理系统，有效发挥网上电子阅览、网络教学功能，整合完善教学专修室，新建了综合训练场，实现了战术、勤务训练模拟化。学校坚持科研牵引，加强学术研究和学术队伍建设，学校累计发表论文300余篇，其中有120多篇学术文章获奖，撰写论著6部，参编教材9本，自编辅助教材8本，先后有2名教员获全军'育才银奖'。6名教员被评为武警部队优秀教员，发明的手枪固定瞄准架、液压式校枪器、炊事制作台被部队推广，学校先后两次接受总部教学考评，都取得了总评优秀的成绩。下一步我们要注意发挥文化育人功能，建立军乐队、舞狮队等有特色的文化队伍，坚持用优秀文化占领校园思想阵地，广泛开展以'读名著、听名曲、唱名歌、看名片、赏名言'为主要内容的人文教育活动，抓好校园文化、廉政文化、网络文化和政治环境建设，有计划地举办重大节日文化活动，丰富第二课堂，营造朝气蓬勃的校园文化氛围，以拓宽学员视野，提高综合素质。"

学校党委对我的建议十分重视，经过认真研究，党委决定年内，学校组建军乐队、舞狮队、快板队、声乐队和威风锣鼓队等五支文化队伍，政治部李德合同志全权负责筹建和组织训练，力争年内形成规模。为建好五支队伍，我在干部会议上提出要想把五支文化队伍办出特色、办出质量、办出水平：一是靠活动推，在开展活动中发现人才，鼓励各类文艺人才积极参与文艺演出、比赛活动，促使他们在实践中得到锻炼，在学习中不断提高自身能力；二是靠培训带，通过聘请省市文艺界知名人士来校举办专题讲座、参加上级组织举办的文艺培训班等途径，帮助他们系统掌握专业知识，进一步提高表演水平；三是靠业余练，"曲不离口，拳不离手"，要求他们靠自己持之以恒的学习、训练，提高水平；四是靠关心，努力营造一种让文艺人才感到温暖、受到重视的工作氛围，建立一个让文艺人才对参加文艺活动热心、舒心、尽心的保障机制。

在决定学员一队组建威风舞狮队、学员二队组建声乐队、警通中队组建快板队的同时，5月2日，我与宣保科干事舒义录飞赴山西，购买威风锣鼓等几支队伍的器材并邀请教练去了。

山西的威风锣鼓从亚运会到天安门广场的国庆大典，真正打出了山西民间艺术的威风，誉享全国，声闻世界。"世界最精湛的鼓艺在东方，东方最好的鼓乐在中国，中国最优秀的鼓艺在山西。"当天，我们在山西太原订购了100人的威风大帅鼓、将鼓、大头镲、小头镲、鼓槌、锣槌、长号、帅旗、龙旗、威风鼓、威风锣等器材和几支队伍的服饰，联系了有"军中鼓王"之称的著名打击乐艺术家、武警山西文工团团长李建平教练。他因在北京公干要逗留4天，而订购的器材和服饰要等4天才能看样品，这样，我们在山西有了4天的空余时间。

悠久而开放的古代文明为山西留下了蜚声海内外的文化旅游资源，造就了山西深厚的文化底蕴。山西是中华民族的发祥地之一，在这片土地上，10万年前就有人类生息繁衍。传说中的"尧都平阳""舜都薄板""禹都安邑"都在山西的南部，后来成了今天的临汾、永济和夏县。全国现存的金代以前的古建筑70%以上在山西境内，被誉为"古代建筑的博物馆"。国家级重点文物保护单位有271处，占全国的11%。其中五台山居全国四大佛教名山之首；大同云冈石窟、平遥古城被列入"世界文化遗产名录"；应县木塔为世界上现存最高、最早的木结构建筑；此外，五岳之一的北岳恒山，保存完好的晋祠古园林、运城关帝庙、庞泉沟、芦芽山、历山、蟒河等自然保护区，也是景致各异，风光秀丽。山西历史文化的完整性、先进性及艺术性，对中华民族的精神、风俗、习惯的形成起了重要作用，对华夏五千年文明史产生了巨大的辐射力、渗透力和影响力，山西成为地方文化特色最浓厚的地区之一。旅游业有句话："十年中国看深圳，百年中国看上海，千年中国看西安，五千年中国看山西。"

刚从武警北京总队调来的屈宏太、山西总队的胡福海等同学其实都是团职干部了。他们颇为热心，为我安排吃住，安排车辆，预订机票，分别陪同参观，愉快的游玩开始了。

第一天，上午在市区参观，下午来到晋祠。

晋祠是一座三开门的门楼，红砖青瓦，属典型的祠堂式门楼建筑。中门上方有陈毅元帅亲笔题名的"晋祠"二字牌匾。晋祠背靠青山，被上覆青瓦的红墙所包围，墙内绿柳葱郁，古槐繁茂。她为古代晋王祠，始建于北魏，是后人为纪念周武王次子姬虞而建。姬虞封于唐，称唐叔虞。虞子燮继父位，因临晋水，改国号为"晋"。因此，后人称为晋祠。北魏以后，北齐、隋、唐、宋、元、明、清各代都曾对晋祠重修扩建。

晋祠环境幽雅舒适，风景优美秀丽，素以雄伟的建筑群、高超的塑像艺术闻名于世。游晋祠，可按中、北、南三部分进行。走进晋祠大门，迎面是一座古代戏台。戏台楼沿间有一块匾额，上书"三晋明泉"四个金色大字。人云："不到晋祠，枉到太原。"晋祠集古代祭祀建筑、园林、雕塑、壁画、碑刻艺术为一体，是世界建筑、园林、雕刻艺术精品。而郭沫若 1959 年写的一首诗，对晋祠的景点和典故刻画得惟妙惟肖：

> 圣母原来是邑姜，分封桐叶溯源长。
> 隋槐周柏矜高古，宋殿唐碑竞炜惶。
> 悬瓮山泉流玉磬，飞梁荇沼布葱珩。
> 倾城四十宫娥像，笑语嘤嘤立满堂。

第二天，我们一早出发，上午 10 时 50 分赶到了五台山。

在我的印象中最早知道五台山是在课本里毛泽东《纪念白求恩》一文："为了帮助中国的抗日战争……去年春上到延安，后来到五台山工作，不幸以身殉职……"白求恩这位"毫不利己，专门利人"的加拿大籍伟大国际共产主义战士的光辉形象，深深印在我脑海里，而五台山同样入脑入心。

五台山，名山宝刹，人杰地灵，古朴典雅，雍容华贵。她建寺庙的年代十分久远，早在东汉永平十一年（68）就开始修庙，至唐德宗时全山佛寺已达360座，历经兴废，至今仍存唐以来的各代寺庙47座，被誉为"中国古建艺术宝库"。1257年西藏名僧八思巴到五台山朝礼，喇嘛教开始传入五台山，从此汉传佛教与藏传佛教并存，"青庙"与"黄庙"同兴。从佛教角度看，五台山名刹古寺依山而建，相对集中，高低有序，鳞次栉比。因丰厚的佛教文化积淀和文物古迹，五台山早已成为研究中国宗教文化艺术的一块宝地。称五台山为中国佛教四大名山之首，名不虚传。

五台山位于山西省五台县，因其东、北、中、西、南五峰突起呈台状而得名。北台海拔3058米，是华北最高峰。在376平方公里的景区范围内，奇石、怪洞、古树、名泉遍布于高山沟壑之间，亭、台、楼、阁等古代建筑巧夺天工。五台山以悠久的佛教文化、辉煌的古代建筑、秀丽的自然风光、凉爽的气候及较多的革命遗址，构筑了融佛教圣地、避暑胜地和革命纪念地为一体的旅游胜地。1982年，国务院审定公布的第一批国家重点风景名胜区名单中，就有五台山的大名。1992年，五台山被林业部批准列为国家森林公园。1995年被评为山西省十佳旅游景点之一。

我们一口气走上了108级台阶，当站在山顶，俯视山下的风景时，有一种豁然开朗的感觉。紧跟着同学，我们来到五爷庙。这是五台山香火最旺的寺庙，来自全国各地的香客，或是来有求于五爷，或是来向五爷还愿。寺庙被挤得水泄不通，更不用说磕头作揖了。听了同学的介绍，又看了庙门前的相关介绍，知道所谓的五爷，并非杨五郎，而是传说中龙王的第五子，也就是五台山文殊菩萨的化身。文殊菩萨掌管着人类的智慧，与观音菩萨、地藏菩萨、普贤菩萨齐名。游五台山，烧香拜佛，不可能每一个寺庙都光顾，但又不能厚此薄彼，所以，在五爷庙烧香，也就可以用来代替五台山的所有寺庙了。

登上五台山，即使是心性狂野、豪放不羁之人，对佛的敬畏也会油然而生，心中的狂傲也会收敛，这或许就是五台山的独特魅力。但我向来不信这一套，在我看来，世间本没有神，也没有能主宰万物的佛，空虚的人把希望寄托给一个不存在的幻想，也便产生了神和佛。要说世间真有神，那便是你自己，只有自己才能主宰自己，命运都是掌握在我们自己手里。我是马列主义的忠实信徒，对佛教所谓的生死轮回之类不是很在意，对任何神灵也缺乏足够的敬重，然而，我非常欣赏五台山相关的神奇的传说故事和钟灵毓秀的风光。因此，置身于历代帝王将相出没与各路英雄豪杰纵横的五台山上，我似乎找到了一种贯穿古今的力量，能助我顺利地走好人生的征程。

第三天，我们到刘胡兰烈士纪念馆和大寨参观。

8 时 20 分，来到纪念馆。刘胡兰是一个传奇式的少年英雄，自幼丧母，8 岁入学，10 岁参加儿童团，12 岁任救妇会秘书，13 岁任第五区"抗联"妇女干事，领导一个村的土改运动。1946 年 12 月刘胡兰得知反动村主任石佩怀为阎锡山军派粮、派款，于是她向武工队递送情报，配合武工队将其处死。1947 年 1 月 12 日，阎锡山匪军突袭云周西村实施报复，刘胡兰因叛徒告密被捕，与所有村干部一起从容就义。

纪念馆建筑总面积 6 万平方米，以纪念碑和陵墓为中轴对称分布，疏朗壮观，端庄肃穆。走进大门，首先映入眼帘的是宽敞的广场，花坛中央耸立着高大的汉白玉纪念碑。碑的正面，有毛泽东同志的亲笔题词"生的伟大，死的光荣"八个大字，这是对刘胡兰一生崇高的评价，也是对一切革命烈士的光辉赞誉。碑的背面，镌刻着《中共中央晋绥分局关于追认刘胡兰同志为中国共产党正式党员的决定》。碑后是近 3000 平方米的槽形建筑，正面栏柱中央悬挂着郭沫若所题馆匾"刘胡兰纪念馆"。周围的火炬象征着中华儿女发扬胡兰精神，献身四化大业的信心和决心。室内陈列着烈士的 74 件遗物、有关刘胡兰生平事迹的绘画、雕塑、照片、文献资料，还有毛泽东、朱德、邓小平、董必武、乌兰夫、郭沫若、谢觉哉、江泽民等同志为烈士题词的手迹。

走出陈列室，映入眼帘的是一座单檐五脊顶的宫殿式仿古建筑——七烈士纪念厅。与刘胡兰同一时刻就义的还有6位烈士：石三槐、石六儿、张年成、石世辉、陈树荣、刘树山。大厅后是陵墓，烈士的忠骨就埋在正面的高台上。台上苍松翠柏，墓上绿草茵茵。墓前耸立着8米高的汉白玉雕像，栩栩如生地再现了刘胡兰当年的英雄风采，令人肃然起敬。雕像西侧是碑亭，东侧生死树下是刘胡兰烈士被捕处，观音庙是烈士受审处，石雕花圈为烈士就义处。

刘胡兰纪念馆是中宣部命名的"全国百个爱国主义教育示范基地"，是团中央、民政部命名的"全国青少年教育基地""爱国主义教育基地"，是国家教委、团中央、民政部、文化部、国家文物局、解放军原总政治部联合授予的"全国百个中小学爱国主义教育基地""德育基地"和"国防教育基地"。一个14岁的孩子，不惜用自己的热血和头颅来祭奠她心目中神圣的事业，万里长空为之垂泪，巍巍太行为之俯首，奔涌的黄河为之高歌，史无前例的少年巾帼，千秋万代放射着万丈光华。

一个小时后，我们驱车向大寨赶去。

第四天，我们光顾了乔家大院和平遥古城。

有专车真方便，9时不到我们就从太原来到乔家。

如果没有张艺谋的《大红灯笼高高挂》，估计乔家大院始终只是"养在深闺人未识"。曾经以为乔家大院有故宫般的壮阔与宏伟，身临其境，才发现原来乔家大院只堪称是小巧玲珑，没有故宫的威严和象征主义色彩，却有着民间的生活情致和细微之处的秀丽。精美的烟囱、玲珑的屋角、精致的影壁、花哨的匾额、价值连城的各种古玩，无不透露出这个大富之家的生活品位与格调。

乔家大院始建于清乾隆、嘉庆年间，占地9000多平方米，建筑面积为4042.4平方米，外观威严高大，宛如城堡，内视则富丽堂皇，既有跌宕起伏的层次，又有变化意境的统一规范，结构考究，选材精良。我们先进入了一号院，这个院子主要展示了乔家的发迹史，屋子里有图片和文字说明，详细地描述了乔家从贫穷到富有再到衰退的过程。

在乔家大院各展厅陈列文物珍品 3700 余件，陈展手法有原状陈列，也有微缩景观，有的还兼用了声、光、电相结合的现代手法，古今结合，雅俗共赏，体现了知识性、趣味性、科学性、艺术性的和谐统一。乔家大院的精美建筑让人惊叹不已，乔家大院的人流让人感叹不已，乔家大院所蕴含的风俗文化大放异彩，置身其中，将会增长许多知识，得到真、善、美的享受，感受到中华民族文化的博大精深。

11 时许，我们驱车赶到平遥，点了制作工艺独特、色泽红润、绵香可口、肥而不腻、瘦而不柴的平遥牛肉及几个当地菜，喝了几两酒后，开始游览古城。

平遥古城始建于公元前 827 年至公元前 782 年间的周宣王时期，为西周大将尹吉甫驻军于此而建。古城是一座具有 2700 多年历史的文化名城，是中国目前保存最为完整的四座古城之一，也是目前我国唯一一整座古城申报世界文化遗产获得成功的古县城。我们从北门进城，城里城外简直是两个世界，漫步在平遥古城，会有时空错乱的感觉。城外高楼林立，宽阔的大道上车流不息；城内青石路面、青砖瓦房，居民幸福地生活其间，游人穿行于时空的隧道。每条街巷，每个店铺的门前，都挂满红色的灯笼。衙门街、校场巷、贺兰桥巷、旗杆街、三眼井街、文庙街、城隍庙街、赵举人街、宋梦槐巷、范家街、邵家巷、葫芦肚巷，每个街巷都各具特色，古老的建筑，现代的生活；古代的风貌，现代的居民。历史和现实并融交汇、和谐统一，徜徉于此真让人扑朔迷离。

不一会我们来到城隍庙，她初建于北宋年间，以城隍正殿为中心，由六曹府、土地堂、灶君庙、财神庙四大部分组成，坐北朝南，前后四进院落，是中国道教庙宇殿堂的典型建筑形式。门外的牌坊、戏楼、献殿、正殿、寝宫，以及两边的灶君庙、财神庙层层叠进，各不相同。城隍与灶君、财神爷同祭在城隍庙中是不多见的。这个城隍庙是目前国内为数不多的保存完整的城隍庙之一，其建筑规模宏大，在国内县级城隍庙中当属珍品，从一个侧面展示了平遥县在明清代商帮经济的发达程度和雄厚财力。

古城如酒，愈陈愈醇。深幽的巷道、古老的房舍、城中散步的老人、匆匆的行人、玩耍嬉戏的孩童，构成了一幅完整的古城市井生活画卷。在这座城里，没有一栋现代化的建筑，全部是中国传统的砖木结构平房。立柱横梁、画栋雕栏、飞檐斗拱、石礅木扉，处处散发着中国传统文化的韵味。而在城区的结构布局上，整座城的街市、商铺、县衙、文庙、民居、学堂、钟楼、佛寺，应有尽有，前铺后坊，左阁右藏，廊厅厢堂，一切建筑都保持着原汁原味的中国古城风貌。

平遥人无疑是幸福的，他们安守着祖宗的遗留，坐在家门口却观望着整个世界。这里的空气都充斥着文化气息，这里的一切都在静静诉说着那传承了数千年的历史。来平遥旅游，一日太短，十日不长，来这里就应安心住下，过过古城里的现代生活，细品博大精深的文化。走进平遥，就如同走进一座大型的历史博物馆，我们4个多小时的游走，也只能了解些皮毛。让我们祝福平遥，因为平遥古城不仅是平遥人的古城，她也是中国的平遥，同时也是世界的平遥。

第四天晚上，订购的器材和服饰做好了，我们逐一细心验货，完全符合要求，办理了托运事宜。第五天上午，李建平教练从京飞回，中午，屈宏太、胡福海、成五虎等三个同学为我们践行，晚上6时许把我们送上了太原飞往南京的直达航班。

# 走遍金陵不商量

2003 年 1 月初,在组织学员队参加"南京市元旦迎春长跑"比赛后,总队政治部熊化银主任来学校宣布转业干部名单。我终于要走上新的工作岗位了,这是去年年底总队工作组在征求团职干部走留意见时我主动提出的。当晚我最后一次作为学校领导参与值班。

我在学校的操场上漫步,回忆起 22 年并不完美的军旅岁月。军营是一本书,读懂的是思念,读不懂的是留恋,挥手告别之际,留下多少美好的记忆和憧憬,在昨天,在今天,也在明天。即将告别这绿色的军营,告别火热的军营生活,告别朝夕相处的战友,谁说男儿有泪不轻弹?此时唯有滚滚而落的热泪才是军中男儿表达友情的最佳方式。军营是一所学校,也是一座熔炉,她把一个懵懂的初生犊子,练就成一个敢向虎山行的汉子;她把一个粗糙的毛坯,锻造成一块合格的好钢。她铸就了军人钢铁长城的性格,处事雷厉风行的秉性。军营是一首澎湃的歌,也是一首激扬的歌,没有在军营生活过的人,就没有那种难以忘怀的激情,就如没有见过大海,就不知大海有多么辽阔,不知海水有多么湛蓝。

留恋军营,是因为军旅生涯使我明确了目标。部队的政治思想工作,点点滴滴,细致入微。记得刚当兵的时候,军营严格的纪律,充满艰苦的磨炼,曾经一度使我为自己的选择而懊悔。可随着部队生动活泼、形式多样的政治教育,我渐渐懂得了战士的使命是保卫祖国、服务人民,我们是人民子弟兵,是祖国的召唤,是人民的需要。这就是我们的目标。我纠正了自己的错误想法，虚荣心渐渐淡去，责任感不断强化，在以后的工作中，我总是顾全大局，自觉履行职责。军营是一片圣土，飞扬着正气，展示着坚强，充满着激情，洋溢着友爱。军旅生涯表现的不是一时的绿军装，而是永恒的力量、奋进的勇气、真挚的情感。留恋军营，就是留恋军魂，重温军魂赋予的教益，我懂得当兵的意义。我身上流淌的永远是军人的血液，也对成为军人的今生无怨无悔。

留恋军营，是因为军旅生涯使我读懂了人生。要学会微笑。人生如画，有了微笑的画卷便添了亮丽的色彩；人生如酒，有了微笑的美酒便飘着诱人的醇香；人生如歌，有了微笑的歌声便多了动人的旋律；人生如书，有了微笑的书籍便有了闪光的主题。给自己一个微笑，让心情开心，微笑面对人生，将会有微笑的回报。人只能活一次，应该活得舒心、快乐和潇洒。要学会知足，学会随遇而安。快乐要懂得分享才能加倍快乐，美好的生命应该充满感激，不要总在过去的回忆里缠绵，不要总是想让昨天的阴雨淋湿今天的行装。一个人应该永远同时从事两件工作：一件是目前所从事的工作，另一件是真正想做的工作。如果你能将该做的工作和想做的工作做得一样认真，那么你一定会成功。在此后的岁月里，无论我的工作岗位和生活环境发生怎样的变化，军营之恋总是陪伴、激励和鼓舞着我，引导我在人生的旅程中奋勇前行。

留恋军营，是因为军旅生涯使我知道人生没有如果。人生有许多经历，唯有当兵的经历最难忘；人生有许多情结，唯有当兵的情结最难舍。人生没有如果，只有后果和结果。过去的不再回来，回来的不再完美。生活有进退，输什么也不能输心情。生活最大的幸福就是坚信有人爱着我。对于过去不可忘记，但要放下。因为有明天，今天永远只是起跑线。一个人的话语决定其修养，一个人的行为决定其品质，一个人的修为决定其前途，一个人的轨迹决定其命运，一个人的态度决定其心态，一个人的胸怀决定其仕途。生活越简单就越迷人，人心越简单就越幸福，学会简单其实就不简单。专心，使你成就事业；信心，使你永不停步；善心，使你赢得赞赏；恒心，使你百折不

生活因旅游而精彩

挠；爱心，使你高朋满座；热心，使你一生美名。如果有来生，我依然要当兵，让军旅的经历滋润我的一生一世。

留恋军营，是因为军旅生涯使我认识到人生就是一次旅行。人生就是一次充满未知的旅行，在乎的是沿途的风景，在乎的是看风景的心情，旅行不会因为美丽的风景而终止。走过的路成为背后的风景，不能回头，不能停留，若停留将会错过更好的风景。保持一份平和和清醒，享受每一刻的感觉，欣赏每一处的风景，这就是人生。帮助是一种崇高，理解是一种豁达，原谅是一种美德，服务是一种快乐。月圆是诗，月缺是花，仰首是春，俯首是秋。有一种养心的方法叫"放心"，有一种处事的方法叫"放弃"，有一种比赛的方法叫"放开"。战友情是杯白开水，虽然清淡却能解渴；战友情是碗老咸菜，虽然平常却韵味绵长。战友情是寒冬里的一缕阳光，是秋雨中的一把小伞，是生日时的一束鲜花，是夜行中的一颗星星。

"山重水复疑无路，柳暗花明又一村。"脱下戎装重上路，再披战袍显身手。别了，我的军装！别了，我的军旅！我会默默祝福张忠林、党益民等昔日的战友，祝愿你们在各自的事业上走得更高更远！

赋闲在家等待安置的这一年，是我最为清闲的一年，是我接待亲友最多的一年，也是我走遍金陵不商量的一年。

南京是水文化与山文化的复合体，是北文化和南文化的汇合点。南京人质朴但不愚昧，文雅但不虚伪；南京人包容而不排外，博爱而不矫情；南京人聪明而不显摆，性灵而不失坚韧。随口提到的几位南京的名人高士，不是一代宗师巨擘，就是拥有一颗伟大的心灵。东晋书法家王羲之父子、画圣顾恺之，南朝科学巨匠祖冲之，唐朝书法家颜真卿、七绝圣手王昌龄，清代《红楼梦》作者曹雪芹、才子袁枚、爱国思想家魏源，还有近现代的陶行知、徐悲鸿、傅抱石、刘海粟、林散之、胡小石等，灿若群星，不胜枚举。当代南京更是培育和汇聚了太多的杰出人才。中科院院士有43人，工程院院士有28人，大学在校生有40余万，名列全国前茅。开明开放、诚朴诚信、博爱博雅、创业创新，是南京人民得天独厚的精神财富。

2月上旬的一天，同胞大弟李中、小弟李保清来南京。李中是一个青年书画家，准备到桂林写生。保清是一个企业的部门领导，出差顺道。弟兄三人 20 多年来在南京首次相聚，好不亲热，当晚在家，三瓶五粮液被我们喝了个痛快淋漓，妻子西霞劝我们少喝点，才没有开第四瓶。

第二天上午，我陪两个弟弟到中山陵游玩。下午 1 时许，来到南京大屠杀纪念馆。

南京大屠杀纪念馆坐落在南京市江东门，这里是侵华日军集体屠杀南京同胞的遗址和遇难同胞的葬地。为悼念遇难同胞，南京于 1985 年修建纪念馆，1995 年又进行了扩建。纪念馆占地面积 30000 平方米，建筑面积 3000 平方米。它由两院院士、东南大学建筑研究所所长齐康教授担任总体建筑设计，打破了中国纪念性建筑常用匀称堡垒式的传统风格，整座建筑采用灰白色花岗岩垒砌而成，气势恢宏，庄严肃穆，别具一格，被誉为一部用石头筑成的史书，先后获得"中国 80 年代十大优秀建筑设计"和"中国当代环境艺术设计十佳"等殊荣。

大门左侧，镌刻着用中英两种文字书写的馆名：侵华日军南京大屠杀遇难同胞纪念馆。大门中间的立柱上，镶嵌着江泽民亲笔题写的"全国青少年教育基地"的铜牌。

主馆造得很矮，有一部分造在地下，给人造成一种震撼的参观效果。纪念馆的陈列内容共分为广场陈列、遗骨陈列、史料陈列三个部分。我们从门口进入广场，只见一个名为"冤魂的呐喊"黑色立体雕塑，一张张因痛苦、愤怒而扭曲的脸，仿佛在申诉着他们所遭受的屈辱。在广场一角，是一座外形像一个巨大的十字架的标志碑，碑高 12.13 米，象征南京是在 12 月 13 日沦陷的，上端刻着一排黑色的数字"1937.12.13～1938.1"，为大屠杀发生的时间。

我们来到史料陈列馆，这是南京大屠杀的历史资料陈列。第一部分资料具体讲述日军的犯罪行为，第二部分是讲抗日战争后期中国军队取得的一系列胜利。整个陈列馆都以黑色为基调，一进去就会感到一种莫名的压抑，当看到遇难者名单墙时，这种不安更是加深了。他们都曾是鲜活的生命，本应有一个简单幸福的人生，平安地度过一生，可最后却死不瞑目。那密密麻麻的名字亦让我们感到战争的残忍。

顺着通道前进，基本上就在跟着历史的脚步行进：南京沦陷、大屠杀开始、结束、抗战等。在一个没有灯光的小房间，每隔十二秒墙上会随机亮起一名遇难者的照片，意为大屠杀期间每隔十二秒就死去一个人，代表一个生命的消失，战争中生命是如此的脆弱不堪。

苦难的南京和苦难的南京人劫后余生，顽强地生存了下来。牺牲了 30 多万同胞的南京，牺牲了 2700 万同胞的中国，永远不会忘记日本这样一个曾经穷凶极恶的国家，永远不会忘记曾经有一大群野蛮的日本兵在中国的土地上做出最卑鄙、最凶残、最恶毒的事件。前事不忘，后事之师，我们希望和平，但必须有强大的国防才能抵御外侮，保证和平进程。我们默默祈祷整个世界的和平，祈祷一切战争都不要再发生。走出纪念馆，走出那使人感慨不已的地方，再见了，纪念馆，那数十万死于屠刀下的人们永远安息吧。

下午 3 时 20 分，我们来到雨花台烈士陵园。

雨花台位于南京中华门外 1 公里处，占地面积 153.7 公顷，绿地覆盖率达 90% 以上，距今已有 3000 年的历史。民国时期，这里成了国民党屠杀共产党人和爱国志士的刑场，无数革命先烈为了新中国的解放，在这里英勇献身。

新中国成立后，南京人民为缅怀先烈，在雨花台建立了革命烈士陵园、革命烈士纪念碑和革命烈士事迹陈列馆等，使这里成为人们瞻仰革命烈士的纪念地。今天，我们兄弟三人踏入雨花台洒满烈士鲜血的陵园，感受革命先烈那不屈不挠、视死如归的精神，他们的精神无不激励着我们前赴后继、勇往直前地为革命理想而奋斗。

从雨花台北大门正前方向拾阶而上，我们看到一座大型群雕像，这座巨大的石雕由 179 块花岗岩拼装而成，高 10.3 米，总重 1300 多吨，是烈士陵园区的标志。它塑造了 9 位先烈就义前英勇不屈、视死如归的光辉形象。他们有的昂首挺胸，有的镇定自若，有的怒目圆睁，有的咬牙切齿，栩栩如生，神态逼真，充分表现了革命志士视死如归的浩然正气。雕塑后面是当年国民党杀害烈士的刑场之一，称为

"北殉难处"。据统计，在 22 年的国民党统治时期，从全国各地被捕后押解到这里被杀害的爱国志士多达 10 万，其中有恽代英、邓中夏、罗登贤等中国共产党中央委员会委员，有领导江苏人民进行革命斗争的侯绍裘等中共党员，有苏北联军抗日纵队司令兼参谋长卢志英，有前南京市委书记孙律川，还有年仅 17 岁的晓庄师范革命学生沈云楼、湖南韶山第一任党支部书记毛福轩等四五百名知名烈士。

站在平台上举目南眺，烈士纪念馆遥遥在望。只见乳白色琉璃瓦屋顶、花岗石贴墙面、白色大理石窗框，把整个建筑装点得分外巍峨壮丽。馆门庭南北两面均雕有 2.5 米见方的"日月同辉"花岗石浮雕，象征着烈士精神与河山共存，与日月同辉，这便是纪念馆的标志。门庭南上方刻有邓小平手书的馆名。

3 月下旬，已退休 10 多年的岳父赵化臣、岳母周玉英在小女儿赵静、女婿李世会和孙辈赵锋、赵丽、李博文等人的陪同下来到家里，一家人其乐融融。

第 6 天，我们全家陪岳父母他们逛了三个公园。上午 8 时 10 分，来到玄武湖公园。她位于南京东北城外，由玄武门和解放门与市区相连。湖周长约 15 千米，总面积达 444 公顷，其中陆地面积为 49 公顷，占湖水面积的九分之一。湖中有环洲、樱洲、梁洲、翠洲、菱洲等五个小洲，故又名五洲公园。各洲之间有堤桥相通。公园里建有儿童乐园、展览馆、露天剧场、动物园、情侣园等，这里湖水终年清澈，各洲碧草如茵，繁花似锦。湖岸有南京最大的水上乐园，环境幽静，风景迷人，它的名字还是我 10 年前取的，记得那是南京主流媒体为玄武湖公园新开辟的这个园开展征名活动，我晚上在家想了 3 个多小时，题写了"天连水尾水连天——南京水上乐园"。这个园名一举夺魁，还拿到了几千元奖金呢。

女儿说："爷爷奶奶，咱们去爸爸题名的水上乐园看看吧？"岳母说："好啊。"

位于原万人游泳池的水上乐园，占地 200 亩，可同时容纳万人以上，由滑道群、漂流河、儿童戏水池、水景广场、造波池、感人泳池、临水高空观览车等部分组成，是人们休闲、纳凉、娱乐、游览的好去处。我们在水面上享受了快艇、豪华渡轮等，在陆地上享受了造型独特、色彩鲜艳、视野开阔、最高时速16公里的法国式小火车，在空中享受了无污染、无噪音、运载能力达每趟60人、车速为每小时12公里的环湖观光列车。置身其中，我们以全新的角度审视着玄武湖的魅力。

10时10分，我们来到莫愁湖景区。

她位于南京西郊的水西门外，总面积约700亩，其中陆地面积为200多亩，水面约占四分之三。相传南朝宋、齐时，有一名叫莫愁的洛阳女子，生得美丽、聪慧、善良，与父亲相依为命。15岁那年，父亲不幸去世，因家境贫困，无钱葬父，为换取葬父费用，卖身给建康（今南京）的一生意人卢员外，居住在石城湖畔。莫愁乐善好施，长得又标致。有一次，梁武帝路过卢员外的家门口见到莫愁，便起了邪念，先把其夫征去当兵，再下旨选莫愁进宫。莫愁宁死不从，投江自尽。人们为怀念这位美丽善良的女子，就将石城湖改名为"莫愁湖"。

我们来到十里画廊，这里湖水清澈，水平如镜，两侧苍翠青山和着蓝天白云倒映在湖中，可谓湖光山色。而后我们依次参观了胜棋楼、白雪楼、莫愁女雕像等景点。12时10分，我们来到南岸占地370多平方米的粤军殉难烈士墓，她建于1912年3月，毁于抗战期间，1947年重修，1979年再次重修。这座墓是为纪念在与封建余孽张勋企图复辟帝制的战斗中英勇牺牲的粤军烈士而建立，墓碑上有孙中山先生手书的"建国成仁"四字。

湖不在大，有莫愁则灵。在南京，在江苏，在中国，莫愁的名字名扬四方。来到莫愁湖，看到这里的湖光山色，将烦恼、忧愁投向莫愁湖，忧愁就会随之消除。

12时40分，我们来到乌龙潭公园。这是我爱人赵西霞女士工作的地方，她是保卫科员工。我们在附近的稻香村酒楼订了中饭，十菜一汤，颇为可口。

2时许，我们开始在公园内漫步。

乌龙潭公园位于清凉山东麓，方圆5公顷。乌龙潭素有"南京小西湖"之美誉,公园以水光山色取胜,清幽典雅。这里有树桩盆景中堪称极品的"清桂"、有被上海大世界吉尼斯总部认定的世界上最大的景观象棋——"中国象棋桥"等特有景观,这些景观都让游客叹为观止。公园内的龟鳖自然博物馆,是全国最大的龟鳖研究基地,是神奇的"龟鳖世界"。目前,馆中收有中外龟鳖90余种,占世界已知龟鳖品种的40%,活体龟鳖达千只以上。馆内既有日常罕见的蛇龟、白玉鳖、金鳖、元宝龟,也有国家一级保护动物四爪陆龟,还有自然美丽如画的黄额盒龟、龟中珍品——绿毛龟等。馆内最大的龟有100多斤,最小的龟仅几克重。

我们依次看了妙香阁、镇潭神石、南京龟鳖博物馆、放生庵、肥月亭、武侯祠、庇鳞榭、锁龙桥群、鹦鹉螺化石亭等景点。下午4时,我们来到曹雪芹纪念馆。这个纪念馆是由乌龙潭公园管理处自筹资金、自谋用地,于1997年9月建成的,并对外免费开放。这对于曹雪芹来讲、对于历史文化底蕴极其深厚的南京而言,都是一件颇为欣慰的事。

7月下旬的一天,妹妹李雪莲、妹夫赵宝柱、外甥女赵莉、外甥赵艺丰等一家和两个弟媳武春梅、王丽来南京游玩。妹妹心地善良,要强能干,从企业主动辞职后正在经营一个商店。妹夫在一家大型企业工作,儿女勤学上进,这不,孩子放假了,他们抽时间一起来了。两个弟媳亦聪明能干,操持家务井井有条,照顾瘫痪在床的母亲近十年如一日。当晚,我与妹夫来了个一醉方休。第二天,妹夫说先看长江大桥吧。我们欣然前往。

上午8时15分,我们来到南京长江大桥。一看到这座大桥的雄姿,我们就被它宏伟的气势给征服了。大桥分为上下两层,上层是公路桥,全长4588米,车行道宽15米,可容4辆大型汽车并行,两侧还各有2米多宽的人行道;下层的铁路桥长6772米,宽14米,铺有双轨,两列火车可同时对开。其中江面上的正桥长1577米,其余为引桥。它是长江上第一座由我国自行设计、施工的特大型公、铁两用桥梁。站在桥下,仰望大桥,大桥犹如一个巨人守护在长江上,桥头堡上"全世界人民大团结万岁"10个大红字显示出大桥的庄严雄伟。

我们登上桥头堡，站在观景平台上向四周远眺，南京城尽收眼底。眼前的长江水滚滚向东流去，大桥就像一条巨龙横卧长江之上，桥上汽车川流不息。而后踏着盘旋楼梯，我们来到桥面上，体验走在大桥上面的感觉。我们走在人行道上，看看桥头堡的工农兵雕像和桥栏的浮雕。从1968年建成至今，南京长江大桥已经度过了45个年头，她为国家的发展做出了重要的贡献。可自杀者几十年接连不断，让游客十分扫兴，据我2002年统计，自杀者已有1200人。在一篇4万多字报告文学里，我对这1200名自杀者的心理和社会原因做过翔实的分析与思考。目前，这篇报告文学已经引起社会的广泛关注，自杀者明显减少。

10时10分，我们来到夫子庙游览。

夫子庙，又叫孔庙、文庙，是祭祀我国著名的大教育家、思想家孔子的地方。孔子在古代被人们尊称为孔夫子，故其庙宇俗称"夫子庙"。夫子庙是一个庙市合一的活动场所，大成殿孔子画像、雕像和孔子生平事迹壁画堪称全国之最；南京母亲河"秦淮河"的长达110米的高大照壁乃全国最大；夫子庙的工艺美术品、古玩、字画、花鸟虫鱼市场及其他文化用品交易显示出文化的商业性价值，体现了南京人的一种闲适心态和文化品位；夫子庙内秦淮小吃因时更新，各种茶食店铺、摊贩小吃，应有尽有，成为我国东南地区历史最悠久、最独具特色的饮食文化旅游区。而百年老店永和园、六凤居、老正兴、奇芳阁、蒋有记等风味名点和小吃有数百种，极大地强化了夫子庙的区域性特征。游人络绎不绝，熙熙攘攘，煞是壮观。至此，我们凭栏小憩，观览秦淮秀色，心旷神怡。12时20分，品赏了秦淮小吃后，我们赶往其他景点。

9月下旬的一个周六，爱妻的哥哥赵西安、嫂子张兰英、爱妻的姐姐赵西珍、姐夫孙富强、爱妻的三妹赵艳玲、妹夫李自卫及孙娇、孙柯、李坤恒、李斌等驾车来南京游玩。西安兄即将从大型企业退休，西珍姐跑保险发了财，艳玲妹已在一个大医院当了主任，自卫弟在徐州一个企业当一把手，每家人都有一定成就，孩子又很争气，作为东道主的我看来不能小气。晚上，我在京西宾馆摆了一桌，大家一

走遍金陵不商量

起喝了 4 瓶五粮液，热热闹闹过了一个愉快的周末。

第二天和第三天上午，我们游览了南京的 10 多处名胜古迹。

第三天下午我们来到总统府，并请了导游作陪。总统府坐落在南京市长江路 292 号，大门前门楼上挂着"总统府"三个大字，这座大门是典型的欧洲风格、意大利式的建筑，在 30 年代初期建成。总统府西边是一座极为精致的江南园林，称西花园。这里原是 600 多年前朱元璋招降陈理后为其建造的汉王府。明永乐初年朱高煦被封为汉王，在此建造王府，今汉府街地名即由此而来，故花园又称煦园。清代为两江总督署花园，太平天国攻占金陵后，把这里作为天朝宫殿。1912 年元旦，孙中山在这里就任临时大总统，孙中山后来将此作为总统办公室和会议室。西花园东北侧有一座中式楼房，后称中山堂，是孙中山先生的卧室、餐室和浴室，楼下是警卫人员的住房。国民党统治时期，天朝宫殿一度成为蒋介石的办公处。

我们首先进入子超楼参观，整个府邸建筑包括正宅、厅、楼、亭、阁等，共 1000 余间。我们来到西花园西侧的一幢西式平房，原系清末两江总督端方的私人花厅，共 7 间。1912 年元旦，孙中山在这里就任临时大总统。只见正中一间有孙中山先生的石膏坐像，两边墙上是临时政府大事记。平房西边 3 间贯通为总统会议室，东边第一间为会客室，第二间为办公室，最里间是休息室。从西花园东北角走进一个院落，这里是孙中山先生的起居室，楼下是卫士室，楼上中间为餐厅，西边一间是浴室，东边一间为卧室。楼下厢房内陈列着孙中山与宋庆龄的革命史迹照片等。

历史留下的一草一木、一砖一瓦、一道檄文、一方手谕、一张报纸、一枚铜钱、一张木桌、一间陋室，都成了历史的最忠诚的记录员，比天马行空的史书更接近历史的真实。这里展示了一张又一张数据图片，记录了一个又一个历史人物的故事，再现了一段又一段风云际会。南京的风景名胜如此之多，这在全国的城市中是不多见的，也许只有北京才可以与之媲美，真正是"南有南京，北有北京"了。正是有如此之多的名胜古迹，才使得南京作为一个风景旅游城市而闻名遐迩。

自卫弟说："不枉总统府走一趟，历史一页一页翻过去，一页一页撕掉，时间的淘洗将往事纳入历史的洪流，纷扰熙攘的现实生活，仿佛无关紧要了。这次比较感性地了解了'中华民国'的历史。"当晚，我们全家为亲人送行。第四天，他们前往苏锡常和镇江、扬州旅行，邀请我们一道去，我们婉言谢绝了。

　　这一年，同学党益民、张忠林、胡福海，亲友李德胜、姚云霞、李德如、王书侠等亦来南京公干或游历，我都是全程陪同，其乐融融。

走遍金陵不商量

# 心驰神往走浙江

伟大来自平凡。我们普通，如同大海里的一滴水，可我们愿意在阳光下折射出天空中亮丽的彩虹；我们平凡，如同一棵无人知道的小草，可我们愿意贡献所有生命的激情，用我们一颗甘于寂寞、甘于奉献的真诚之心，在平凡的岗位上演绎不平凡的人生。其实，许多伟大的事业都是通过不经意的小事不断地积累而来的，人类社会如此，大自然也是如此。平常人生中，有人是平凡而优秀的，有人却是平庸而无为的，平凡的人乃是无过高期望但又极认真生活的一种人。毛泽东曾言："一个人做点好事并不难，难的是一辈子做好事，不做坏事，一贯地有益于广大群众，一贯地有益于青年，一贯地有益于革命，艰苦奋斗，几十年如一日，这才是最难最难的啊！"一位知名企业家说："把每一件简单的事做好就是不简单，把每一件平凡的事做好就是不平凡。"

我本来转业想进省公安厅宣传处继续干十几年前的老本行《人民公安报》记者的，但是没有如愿。省市政府有关部门、政法系统在军转办知悉我的资料后纷纷主动联系让我去工作，我都婉言谢绝了。这一年，是我从一名部队团职干部走上普通人民警察的一年。年初，军转干部培训在南京公安学校举行，我有幸当选为临时党支部宣传委员，负责创办了《从警之初》简报，组织了象棋、军棋等牌类比赛。3月底培训结业时被学校评为"优秀学员"。4月初我到建邺特巡警报道，一周后被局长、政委抽调到分局秘书科从事信息宣传工作。5月初，全国轰轰烈烈的大练兵活动开始后，我又被市公安局抽调到大练兵办公室从事材料简报、组织指导、宣传报道等工作。平凡的事业，平凡的岗位，平凡的人生，不平凡的是一颗奉献的心，平凡中体现着不平凡的品质，细微处彰显着伟大的精神，人民需要平凡的"警察故事"，时代需要我们这样的"平凡警察"。由此，我平凡而又不平凡的警察生涯在大练兵的历程中起航了。

这年10月初，利用假期，我与老战友相约，走进了心驰神往的浙江。

浙江省地处中国东南沿海、长江三角洲南翼，陆域面积10.18万平方千米，海域面积26万平方千米。大陆海岸线和海岛岸线长达6500千米，占全国海岸线总长的20.3%，居中国第一。1日至3日，我与一同转业的三名同志到了普陀山，去了蒋介石故里，看了西湖。我们一掠而过，浙江也许根本不会记得我们。

我们和同事一早开车从南京出发，沿宁杭高速一路向东南。只见路和路旁的绿化带连在一起，茶树和竹子一片片掠过，空气中满是茶的清香。那一层层的茶树就像是一条条碧绿的毯子覆盖在山坡上，郁郁葱葱，赏心悦目。一路行过美丽的天目湖、莫干山、鲁迅故里、河姆渡、梁祝公园，再经过摆渡，便到达此行的第一个目的地浙江舟山，而后乘船去普陀山。

舟山是中国第一大群岛，舟山市是全国唯一以群岛组成的海上城市，古称海中洲。普陀山位于舟山群岛的东部海域，东临普陀洋，西濒莲花洋，全岛呈菱形，面积13.93平方千米，地势西北高峻，东南平坦。岛上山石林立，金沙滩礁，素塔檐刻，终年涛恒，无不笼罩着佛国的神秘光环。待船渐渐地慢下来靠了岸，我们便来到了海天佛国——普陀山。抬头第一眼我们就看见了高高仁立在海边的观音菩萨铜像。铜像手中托着金轮，身体微微前倾，目光慈祥而宁静。岛上的居民告诉我们："观音菩萨手中的金轮寓意保佑舟山世世代代的渔民，身体前倾是为了能看见来到她脚下祈福的每一个生灵，来此祈福的人大都能如愿以偿。"

心驰神往走浙江

12 时许，我们来到普济寺。

普济寺，共有十殿、十二楼、七堂、七轩等231间，她的前身是有名的"不肯去观音院"。普济寺是普陀山最大的寺院，供奉着男身的观音菩萨像。在中国，观音菩萨可谓家喻户晓，妇孺皆知。据佛经记载，遇到危难时只要念诵其名号，菩萨就能听到，并前往拯救解脱，所以叫观世音。法雨禅寺在参天古木的掩映下，显得静谧而冷静，她是普陀山的第二大寺，因为其位于第一大寺普济寺的山后，所以又叫后寺。佛教清净地，就连前来观光游玩的游客也鲜有喧哗，在一片香火氤氲里，游客都在用心感受着佛家的教化。

下午 2 时 20 分，饭后稍做休息，我们向慧济寺进发。

在去慧济寺的途中，我们爬了 280 米，终于来到普陀山的制高点——佛顶山。好山有好水，这里的水也仿佛通了灵性，哗啦哗啦的流水声从岩缝山间汩汩涌出，汇成一片溪流而去，在斜阳的照耀下，像一道不规则的彩虹，美丽极了。

在风景如画的百步沙、千步沙海滨浴场，我们光着脚，站在水中，对着大海一顿狂吼。放眼望去，一望无际的大海在夕阳下深不可测，当海浪从膝盖下冲过，当脚下的沙子移动，脚会跟着下沉，人们会感到一丝恐惧。虽然只是一点点的深度，要是海水再高些，海浪再大些，估计人是站不住的了。海水退去，人们会期待的是下一波海浪的袭来，这种感觉只有置身海边才能体会到。

太阳缓缓西下，我们结束了普陀山之行，当晚住下。第二天上午朝我们第二站蒋介石故里驰去。

宁波奉化的溪口以剡溪之水而得名。1939 年 12 月 12 日，侵华日军派飞机轰炸溪口，蒋经国生母被炸身亡。1941 年 4 月，日军占领溪口，将蒋氏故居占为司令部。1949 年 5 月，人民解放军粟裕部解放奉化前，毛主席指示："在占领奉化时，要告诫部队，不要破坏蒋介石的住宅、祠堂，及其他建筑物。"因此，也就有了 1959 年著名爱国民主人士章士钊在他致台湾友人的信中说的话："奉化之庐墓依然，溪口之花草无恙。"毛泽东的指示体现了他的宽阔胸怀。改革开放后不久，中央指示修复蒋氏墓宅，历时两年修复一新。在 1981 年

10 月 10 日纪念辛亥革命 70 周年大会上，时任总书记的胡耀邦向国内外宣布："溪口茔墓修复一新，庐山美庐保养如故。"胡耀邦的话引起了世界性的关注。

过武岭门楼、登文昌阁、进小洋楼、入丰镐房、看玉泰盐铺，和所有的名人故居一样，展示在我面前的无非是修缮过的老屋、陈旧的物品、泛黄的图片、简要的文字，但也就是通过这些老屋、物品、图片、文字，我们得以从对蒋介石的固定认识中跳出来，还原出一个也许更为真实的蒋介石。

我们首先来到蒋介石与宋美龄回乡居住的别墅"文昌阁"。尽管，蒋家在蒋氏老宅丰镐房中的东厢为两位贵人准备了西式的房间，但宋美龄随蒋介石回乡，只在丰镐房内待了几小时，其余时间她基本都陪蒋介石住在这文昌阁内。

文昌阁作为蒋介石的私人别墅和藏书楼，曾经遭到日军的炮火摧毁，1987 年文昌阁经重建后恢复原状。绿树掩映中拾级而上，文昌阁飞檐翘角的亭台楼阁，显出几分古朴和庄重。楼阁内有蒋介石夫妇的起居室、卧室，居室雕梁画栋，宫灯高悬，室内家具古色古香，还摆放着钢琴、留声机、棋桌、棋子等物品，墙上挂着宋美龄亲笔画的兰花，其装修之豪华、物品之精美，无不显示出主人的富贵气势和浪漫情调。

下楼我们又来到蒋经国住的小洋房，蒋经国为蒋介石的独子，是蒋介石与原配毛福梅所生。在这幢小楼的厅堂内，我们看到了毛福梅和儿子蒋经国、蒋经国与苏联妻子蒋方良等合影照。当年蒋经国留学苏联 13 年，娶了苏联女子做老婆，在报纸上公然宣布和"反革命的蒋介石断绝父子关系"。等他回国后，蒋介石便让他住在这小洋房里"闭门思过，洗心革面"，把他从共产党的意识形态中拉回到"三民主义"。从小洋房出来，我们来到蒋氏的老宅子丰镐房故居，因蒋介石的母亲王采玉和其原配夫人平日里吃斋念佛，故此宅又名"素居"。丰镐房得名有一段来历：奉化溪口一带各家住的房屋都有房名或房号，蒋介石的大伯父房名为"夏房"，蒋介石的父亲排行老三，起房名为"周房"。

在参观完所有的景点后，我们沿街游览，看街旁山水相依的美丽风光。抬头远望，座座青山绿意浓郁，层林尽染；低头近看，夏日明媚的阳光洒在剡溪的水面，溪水清澈见底，水面微波粼粼，一座大桥横跨溪水两岸。就是这条溪流见证了蒋氏家族的荣辱，见证了蒋氏家族人物传奇般的人生，见证了贤德的毛氏被日寇炸死的惨状。缓缓流淌的溪水，带走了年华岁月，沉淀了历史典故。可叹的是对故乡魂牵梦萦的蒋介石，最终没能魂归故里，只能抱憾而终。

参观完蒋介石故居，我惊讶于经历了国民党的惨败、共产党的胜利、新中国的成立、"文革"的动乱，蒋氏故居竟然还保护得这样完好。"雕栏玉砌应犹在，只是朱颜改。"我们不得不佩服我们党和国家领导人的博大胸怀，在解放军占领奉化时，如果不是毛泽东指示"要告诫部队，不要破坏蒋介石的住宅、祠堂及其他建筑物"，"文革"中，如果不是周恩来下令保护，蒋介石的故居也许早就成了一片废墟。

"古今多少事，都付笑谈中。"岁月更迭，风云变幻，时至今日，看过了蒋氏故居，了解了蒋介石的生平，我深感对一个历史人物的评说应该更客观。在这里我看到的是一位有教养、勤学习、讲孝道、明事理、爱家乡、有理想、有抱负的蒋介石。近年大量的抗日战争的影视作品也都浓墨重彩地描述了蒋介石部队在对日作战中立下的功勋，不论是在主战场上，还是在地下工作中，国民党都不失为一支重要的抗日力量。这无疑使国人对国共两党在抗日战争胜利中所做的贡献有了一个新的认识，共产党领导人民艰苦抗日，这是毋庸置疑的，而蒋介石领导的国民党将士在抗日战争中同样发挥了不可低估的作用。

我觉得蒋介石是一个血肉、灵魂兼具的人物，是一个有文才、有军才的人。他敢作敢为，为人正，为己严，教子有方。回眸历史，沧海桑田，蒋介石的主要贡献应该有：在清末军阀割据的乱世中，两次北伐，统一了乱世中国；推行经济政策，富国强民，取得了很大的成果；大力推广文化教育事业，使得北大、清华、西南联大等学术活动十分活跃；在内忧外患、极度艰难的情况下，稳固边疆，巩固中央政府统治，避免国家分裂；废除晚清签署的一系列不平等条约，收回东北、台湾及澎湖列岛的主权，成为世界反法西斯四大领袖国之一，以中华民族领袖的身份领导中国人民，与日本侵略者进行殊死斗争，并派40余万远征军两次入缅作战，为缅甸独立解放及世界反法西斯战争做出了巨大贡献；坚定维护中国领土统一和完整，后来虽然退守台湾，但他始终把台湾当成中国的一部分，在越南、印度侵害中国主权时，还拍岸而起，大喝一声："娘希匹，大陆不出兵我出兵。"可见他骨子里是一个爱国主义者，也正是由于蒋介石坚定认为大陆和台湾是不可分割的中国整体，台湾才在很大程度上更好地延续了中华民族的传统，长久以来都未改变对自身是中国的一部分的认识。

蒋介石也有过失，诸如发动4·12反革命政变，屠杀共产党和民众，杀害杨虎城、闻一多等民主人员，软禁爱国将军张学良，消极抗日，纵容四大家族巧取豪夺，发行金圆券泛滥成灾、造成恶性通货膨胀，发动内战，撕毁和平协定，席卷大陆财产及国宝去台湾等。但总的来看，我们不应忘记他对中华民族所做的贡献，对他有一个全新的评价，有利于祖国统一大业的顺利进行。

当晚，我们赶到杭州住宿。第三天上午，开始游览第三站杭州西湖。

杭州历史悠久，自秦时设县治以来，已有2200多年历史。杭州曾是五代吴越国和南宋王朝两代建都地，是我国七大古都之一。杭州古称"钱塘"。隋朝开皇九年废钱唐郡，置杭州，杭州之名首次在历史上出现。南宋建炎三年，高宗南渡至杭州，升杭州为临安府。绍兴八年南宋正式定都临安，历时140余年。民国元年以原钱塘、仁和县地并置杭县。民国十六年（1927），析出杭县城区设杭州市，杭州置市始此。1949年5月3日杭州解放，从此揭开了杭州发展新的历史篇章。

素有"人间天堂"美称的杭州，一直是我梦寐以求的地方。杭州美，最美是西湖，历代文人更是留下许多描写西湖美景的佳作，更有《白蛇传》的故事成千古绝唱。

西湖作为著名的风景地，使得许多中外名人对这里情有独钟。毛泽东一生中共40次来杭州，最久的一次整整住了7个月，他把杭州当作"第二个家"。毛泽东常常称赞西湖秀美，但他生前从未正式发表过描写西湖的诗词。中国伟人喜欢西湖，国际友人对西湖更是流连忘返。美国前总统尼克松两次来杭州，赞叹地说："北京是中国的首都，而杭州是这个国家的心脏，我还要再来。"尼克松还把家乡加利福尼亚州出产的红杉树送给了杭州。

断桥的名字最早取于唐代，宋代称宝祐桥，元代又叫段家桥，以前是座苔藓斑斑的古老石桥。她的名字和《白蛇传》故事联系在一起，因而成了西湖中最出名的一座桥。断桥是著名的西湖十景之一，断桥所处的位置背城面山，处于北里湖和外湖的分水点，视野开阔，是冬天观赏西湖雪景最好的地方。每当瑞雪初晴，桥的阳面已经冰消雪化，而桥的阴面却还是白雪皑皑，远远望去，桥身似断非断，"断桥残雪"因此得名。

游玩至此，已是正午，我们一行人便去品尝杭州有名的几道菜："东坡肉""叫花鸡""西湖醋鱼"等。饭后，我们参观了杭州轻工业的翘楚——桑蚕丝。在西湖一茶庄品了西湖龙井茶，购得一罐极品上等龙井。

而后，我们又在苏堤大道上漫步，从南至北坐落着六座精美的小桥，她们依次是跨虹桥、东浦桥、压堤桥、望山桥、锁澜桥和映波桥。这些桥上都有一座亭子，亭子里都有几排石凳，供走累的人们休憩纳凉。我们一路上走来，发现西湖边上寺庙确实比较多，所谓"南朝四百八十寺，多少楼台烟雨中。"四百八十寺，这个数字很夸张，其中留存下来的也就几座，最有名的当属灵隐寺了。穿过一条古街，我们来到"咫尺西天"，预备高香后，便来到灵隐寺烧香拜佛，求得一生平安。之后我们径自出寺往飞来峰方向而去。飞来峰山势较陡，石道纵横交错，我们攀上了飞来峰顶，因四面山木茂盛，难以一览众山小，便在飞来峰顶碑石边留下一影，往峰下遁去。

"上有天堂，下有苏杭。"把杭州比喻成人间天堂，很大程度上是因为有了西湖。千百年来，西湖风景有着经久不衰的魅力，她的风姿倩影令人一见钟情。就连唐朝大诗人白居易离开杭州时，还念念不忘西湖。

"未能抛得杭州去，一半勾留是此湖。"诗人说他之所以舍不得离开杭州，其主要原因就是因为杭州有一个美丽迷人的西湖。"忆江南，最忆是杭州。山寺月中寻桂子，郡亭枕上看潮头。何日更重游？"白居易的这首词是赞美西湖的千古绝唱。苏东坡做杭州地方官时，也曾写了一首赞美西湖的诗："水光潋滟晴方好，山色空蒙雨亦奇。欲把西湖比西子，淡妆浓抹总相宜。"诗人别出心裁地把西湖比作我国古代美女西施，于是，西湖又多了个"西子湖"的雅称。"天下西湖三十六，就中最好是杭州。"啊！西湖是一首诗、一幅画、一位楚楚动人的少女。

　　当踏着小径穿行于梅林，疏影横斜、暗香浮动，我们的心神会感到更加闲适和淡然。晚上 8 时许，我们返回了南京。其实，我们每个人的人生就那么长，或长或短，你我皆无法随心更改。所以，只要时间允许，尽量抽出时间，去欣赏那些近在咫尺的风景吧！

# 回家的感觉真好

回家第一天，我采访了胜阳村的夏志朗书记，而后回家休息几天。

父亲去世后，母亲是家里唯一的老人了，母亲50多岁时患脑出血，已经10多年了。现在60出头的母亲白发已经不少。我每次回家，母亲都会让我拿来影集，翻看以前的老照片，回味以前快乐的时光。我指着一张母亲与父亲的合影照说："妈妈这一张最好，像顾秀莲。"母亲高兴得合不拢嘴："咱怎能与人家省长长得像呢，形似神不似啊。"

随后，我推着轮椅带母亲在大街小巷散步，先后遇见了小兰妈、公社妈、社会妈、小常妈、金枝妈、小宝妈、大个妈、工厂妈、周囍妈、小生妈、大周妈、来喜妈、殷华妈、学芹妈、军喜妈、福军妈、如辰妈、大亮妈、公贺妈、连发妈、建华妈、安生妈、九斤妈、咱生妈、公成妈、王松妈、公夫妈、生产妈、学霞妈等20多个年轻时与母亲一起战斗过的妇女。我们一一与她们打招呼、叙家常、唠子女。11时许，我推着母亲来到几里开外的学校旁，与舍亲老人聊起家常，妈妈幸福的心情溢于言表。11时50分，妹妹李雪莲赶来，让我们回家吃饭，我推着母亲依依不舍朝家里赶去。中饭菜挺丰盛的，妹夫赵宝柱、弟弟李德中提出喝酒，我说："好啊。"小弟李保清拿了两瓶酒，斟满，我说："咱们一起敬一敬母亲吧，母亲不能喝就以水代酒，祝母亲长命百岁，永远有个好心情。"晚上，妹妹一家安排在一个大酒店请我吃饭，两个弟弟、弟媳及佳佳、峰峰、模模、丁丁都参加了，李芳、赵丽因在外地上学没有参加，我妻子的姐妹及两个连襟亦应邀参加。母亲不愿去，就没有勉强。

我家住在徐州市大郭庄机场旁边，这次回家的第三天，我与同学又一起游历了机场。飞机就是航空器，分轻型航空器和重型航空器。气球和飞艇属于轻型航空器，而滑翔机、旋翼机、直升机等则属于重型航空器。飞机作为使用最广泛、最具有代表性的航空器，其主要组成部分有机翼、机身、尾翼、起落架和动力装置五部分。飞机按照用途分，可以分为军用飞机和民用飞机；按照运输种类分，可以分为客机、货机、通用机；按照航线性质分，又可以分为干线飞机和支线飞机。其中，军用飞机的种类就更多了。

大郭庄机场是在日本侵略中国时建造的，到现在已有50多年的历史。它是一所军用机场，机场里全都停着飞机，飞机都穿着"迷彩服"，在阳光的照耀下闪现着迷人的光彩。我们先围着飞机转圈看，发现飞机的尾部有一个像银色小飞机的装置，飞机在空中出现故障或危险时，驾驶员就可以打开它，这个装置会打开一个小降落伞，让飞机下降速度减慢。还有一个备用的降落伞是在飞行员的屁股下，当飞机出现紧急情况时，它就可以带着飞行员降落下来，保护飞行员。飞机的"屁股"上有个瓶子，那个位置滴油，而飞机油会污染大地，所以加了个瓶子用于收集。在飞机左侧的机翼上有个钩，右侧也有，原来这是吊导弹的，只要吊上去，导弹就会自动发射。左侧的机身上还有个盖子，里面装着炸弹，一次只能装两支。飞机的内部构造按键可真多，还有两个指南针、两个导航仪、一个空调、一个导弹开关。这小小的机舱，里面的东西可真丰富多彩。

中午，和初高中的同学王化震、王开云、王公银、李霞、王公力、孙秀玲、王公强、杨秀玲、王公益、乔书香、权学益、权学贵、陈士恒、王公志、魏道德等聚会，本来还邀请程凤军、王公玲等几个20多年未曾见过面的老师同学一起聚聚，他们因有事未能参加。这一天的聚会很是热闹，觥筹交错，一醉方休。

第四天上午，与妻子的哥哥赵西安、嫂子张兰英，妻子的姐姐赵西珍、姐夫孙富强，妻子的妹妹赵艳玲、妹夫李自卫等一道，开着两辆车前往几十里开外的乡下，看望岳父赵化辰、岳母周玉英。两位老人见这么多儿女相约而来，十分高兴。就在本村的四女儿赵静、女婿李世会听说我们到了后很快跑来。中午岳父岳母在镇上摆了一桌，一家人在一起其乐融融。晚上，李自卫安排大家又在徐州的一家酒店聚餐，后辈李成发、李博文、李旭等频频向我敬酒。

第五天，我与弟弟李德中、小弟李保清在表哥刘全喜陪同下，看望了二姑、三姑、四姑、五姑。大姑去世比较早，几个姑姑都是七八十岁的老人了，见到我们这些侄子，很是开心。我们纷纷向姑姑、姑父问好，祝他们健康愉快。中午，在四姑家吃的饭，羊肉是那里的特色菜，姑父忙着买菜烧菜，真是口味俱佳。

回家第六天，我们兄弟姐妹四人相约祭扫了爷爷、奶奶和父亲的墓，这是我每次回家的必要行程之一。

"年年祭扫先人墓，处处犹存长者风。"望着高高的坟头，你们真的在里面吗？一墙之隔，看似贴近的距离为什么我会感到如此遥远？爷爷李荣华卒于84岁，奶奶姚继英卒于73岁，父亲李继叶因病去世9年了。我点燃纸钱，将它放在碑前，火越来越大，烟也越来越浓，团团火苗在跳跃，阵阵黑烟升起。我跪在碑前，双手撑地，一次次地磕头，我不禁沉思："我对你们的絮语，我给你们寄去的东西，我为你们采摘的野花，你们都收到了吗？爷爷，奶奶，爸爸，你们安息吧，我有空就会来看你们的。"抬头时，弟弟妹妹早已是泪流满面了。

是啊，人生漫长的旅途不会停歇，宗脉的延续是一串加粗的省略号，孝顺与赡养是唯一正确的选择，是炎黄子孙对长辈的最佳诠释，逝者已去不可追，请君珍惜眼前人。

回家第七天，25年没有见面的战友黄传江邀我聚聚。晚上，黄传江安排了20多年未见面的老战友见面，杨向阳、朱昌柏、朱震、于空军、樊滨、王钢、王忠、徐伟、陆强、刘永艳、夏继刚、侯振国、房宗海、权学玲等16人齐聚一桌，回味一起摸爬滚打的军旅往昔，思念眷恋之情溢于言表。我们谈天说地，好不惬意。第二大晚上，昨天去南通出差的于新利回徐州，听说我回来了，又安排了一次战友大聚会。我们仿佛又回到了十八九岁的青春岁月。如今我们迈着军人的步伐走向了社会，经历了风风雨雨，迈过了坎坎坷坷，书写了各自的美好人生。这次聚会为我们的交流搭建了良好的平台，创造了和谐友好的氛围，大家在一起坐一坐、聚一聚、聊一聊、喝一喝，回忆一下过去，感慨一下现在，展望一下未来，永葆年轻时的浪漫。曾记否，那人生最瑰丽的时代是在寂寞和枯燥中得到了锤炼，是在煎熬和乏味中得到了升华，是在互相包容和磕磕绊绊中建立了血浓于水般的情感。曾记得我们第一次睡稻草铺的新鲜样，第一次紧急集合的狼狈样，第一次站岗放哨的害怕样，第一次开会发言的语无伦次样，蹉跎岁月中太多的第一次伴随着我们走过青春年华。多愁善感的年龄让我们曾经憧憬过，也迷茫过，激动过，也失望过，但我们都坚强地走过去了。是扬州记录了我们军旅的轨迹与人生的激情，是扬州书写了我们耀眼的光荣与青春的梦想，是扬州承载了我们燃烧的激情和无限的憧憬，是扬州打造了我们柔情的侠骨和永远的期盼。在当今世态炎凉、利欲熏心的社会，在这金钱至上、不顾亲情的社会，也只有我们过去的战友结下的情谊，还算是一块净土。一段流淌的岁月，将我们紧紧地团结在一起，结下了世间最珍贵的战友情结，写就了一段难忘的记忆！

第八天，我返回了南京。

# 零距离触摸名山与古迹

　　这年五一过后，我休假 10 余天。听妻子说她在安徽马鞍山的小姑、姑父身体欠安，我们便于 5 月 2 日前去探望，并住了一晚。当晚在酒桌上，表弟问我们黄山、九华山去过没有，妻子说："没有啊。"表弟说："那我明天陪你们去。"

　　5 月 3 日一早，我们就朝黄山驰去，8 时许已抵达目的地。

　　百闻不如一见。一进黄山，我们简直不知道看什么好了，最先映入眼帘的就是那飞流直泻的瀑布，它像一条银色绸带，从云天里撒落下来，夹带着哗哗的水声，急流奔腾，真是"飞流直下三千尺，疑是银河落九天。"瀑布顺着山沟蜿蜒而流，成了温顺柔和的溪水。

　　我们首先驱车前往山腰的云谷寺。想到登山的艰难，为了保存体力，我们决定先从云谷寺乘缆车直达白鹅岭。随着缆车徐徐爬升，我们置身于黄山的半空中，透过玻璃鸟瞰周围的一切，情不自禁地惊叹："千峰竞秀，万壑峥嵘，峻拔千仞，傲立苍穹。"不一会儿，我们就到了索道的终点站，这里视野十分开阔，可以望到远处的诸多山峰。登上一段石阶路之后，我们就看见著名的天都峰和莲花峰了。在光明顶小憩后，经过"鳌鱼驮金龟"，下至鳌鱼洞，沿着回龙般的登山小道去莲花台，我们抬头望去，青天削出莲花峰。它上顶天穹，高耸雄伟，主峰突兀，小峰簇拥，俨然一朵硕大的亭亭玉莲，仰天怒放。我们尽管身体已很疲惫，依然下定决心，咬紧牙关，一鼓作气地向黄山的最高峰冲刺。功夫不负有心人，我们终于登上了海拔 1864

米的莲花峰。只见峰顶方圆 3 米多，中间低凹呈半月形，被称月池，池中竖一石碑，刻有"莲花绝顶"四字，上去的游人都为自己登上了极顶而感到无比自豪，纷纷按下手中相机的快门，拍照留影。当我们脚踩黄山之巅时，登峰造极之感油然而生，那份酣畅愉悦只有此时才真正体验到。我们依栏环顾四方，山山相连，俯瞰群山，千峰竞秀。

看了黄山不能不说说"松"。她巍然屹立在山岩间，姿态奇秀罕见，苍翠无比，阅尽人间沧桑，饱享山林春色，对天南地北的宾客不亢不卑，落落大方，热情诚恳，平易近人，却不俯首低眉，一味向人讨好。她胸怀坦荡，雍容大度，却不矫揉造作，妄自尊大；她和蔼可亲，安闲自如地陪伴着游人，在微风中不时挥动着手臂，指点江山，引导人们去欣赏那千岩竞秀、万壑含烟的壮丽景色。

看了黄山不能不讲讲"石"。黄山是一座峰林石柱的大观园和巧石怪石的天然陈列馆。她是远古时期火山与冰川留下的纪念品，结构奇妙，造型优美，千姿百态，形神兼备，惟妙惟肖；她遍布前山、后海、幽谷、峰峦；她似人似物，似鸟似兽，情态各异，形象逼真，诸如飞来石、梦笔生花、仙人指路、石猴观海、猪八戒吃西瓜等，可谓"横看成岭侧成峰，远近高低各不同"。

看了黄山不能不谈谈"云"。黄山云海是一种独特的自然景观，她以柔美的姿态、磅礴的气势，缠绕着黄山的雄伟，点缀着黄山的壮丽。山是云的摇篮，云是山的牵绊，云海是装扮这个"人间仙境"的神奇美容师。当云海出现时，天上闪烁着耀眼的金辉，群山披上了斑斓的锦衣，浩瀚奇特，璀璨夺目，瞬息万变。云海表现出来的种种动态美，把峰林装扮得犹如蓬莱仙境，大大丰富了山水风景的神采。人们置身其中，神思飞越，浮想联翩，仿佛进入梦幻世界。

看了黄山不能不论论"水"。水主要是翡翠谷，峡谷长达 6 千米，分布着 100 多个形态各异、大小不同、或方或圆的池群，其间由悬瀑溪流连缀着，若银线穿彩珠，构成池群奇观。在翡翠谷的始端，飞瀑直下，时而像洁白的彩练，时而像银色的珍珠；流淌到蜿蜒的山谷时，又像长长的白绸；流到水池中，清明如镜，美如画屏；流到深

零距离触摸名山与古迹

潭里，又绿得像晶莹的翡翠。溪水与群山相依，与怪石相伴，谷中森林茂密，树倒水中映，水从石上流，真是"人间瑶池仙境，天下第一丽水"。

看了黄山，不能不侃侃日出，但没有看日出景观，就不敢妄加神侃了。

松，奇美隽秀，在断壁悬崖处尽情伸展。石，千姿百态，活灵活现，每一块都流传着美丽的传说。峰，险峻挺拔，景色绮丽。云，扑朔迷离，来去无踪。欣赏完始信峰，我们选择乘缆车由索道下山，真有"五岳归来不看山，黄山归来不看岳"的感觉。

晚上6时许下得山来，住在屯溪。看到古徽州古色古香的建筑，白墙黑瓦，江南水乡，牌楼林立，我们眼前一亮。这就是古徽州的靓影啊，徽州文化、徽州民俗、徽派建筑、徽州三雕、徽州名人、徽州商人都是游人感兴趣的地方，黄山的历史文化沉积丰厚，历代遗留的寺庙、亭阁、盘道、古桥等古迹繁多，千年一叹。可以说，这次黄山之旅给我们留下了不可磨灭的印象，那奇松、怪石、云海、温泉像一副副浓妆艳抹的山水画，牢牢地刻印在了我们的记忆深处。没上黄山的人向往黄山，上了黄山的人更留恋黄山，它会使你高兴而来，满意而归。

5月4日一早，我们开车风驰电掣般向九华山飞驰。

九华山位于安徽南部，在池州市青阳县境内。其西北隔长江与天柱山相望，东南越太平湖与黄山相辉映，方圆120公里，总面积334平方公里，最高峰海拔1342米。九华山主要由燕山期花岗岩构成，以峰为主，盆地峡谷，溪涧流泉交织其中。山势嶙峋嵯峨，共有99峰，其中以天台、天柱、十王、莲花、罗汉、独秀、芙蓉等九峰最为雄伟。十王峰最高，海拔1342米。

当大地已渐离春景，一片骄阳时，五月的九华山却是鲜花盛开，春意盎然。站在景区的大门口已是上午9时许，遥望九华群山，但见群山环绕，满山青翠，近处的苍松翠竹清晰可见，在天幕上留下淡淡的轮廓，群山之巅云雾缭绕，一派佛国仙境的氛围。

久居于城市的喧嚣之中，每日被繁重的工作所包围，已渐渐地失去了那份淡定与从容，但我总想着一个地方可以让自己的心情变得宁静，让自己重回那片质朴与纯真。九华山风光旖旎，气候宜人，是旅游避暑的胜地。她雄伟的魅力和神秘的氛围，使人为之震撼和敬仰。她让人有一种最真实、最原始的感动，或许是因为那神秘的肉身，或许是因为那雄伟的地藏王府，或许是因为那远离世俗、超凡脱俗的虚无缥缈。一路的溪流、瀑布、怪石、古洞、苍松、翠竹尽收眼底，让人产生"无限风光在险峰"的快感和征服大自然的愉悦。在这样充满豪情、洒脱、飘逸的环境里，人们可以完全放松，卸下所有的包袱，去感受生命的赐予与自然的感悟！九华山，不虚此行。

# 心中抹不去的胜景

　　人生路并不在于获取，而在于放下；最快的脚步不是跨越，而是继续；最慢的步伐不是缓慢，而是徘徊；最好的道路不是大道，而是坦荡；最大的幸福不是得到，而是拥有；最好的财富不是金钱，而是健康。春可赏绿，夏可玩水，秋可品菊，冬可滑雪，热爱生活，人生四季永远充满阳光！没有永远的春天，却有永远的春意；没有永远的成功，却有永远的追求；没有永远的年轻，却有永远的青春！人生如画，有了微笑的画卷便添了亮丽的色彩；人生如歌，有了微笑的歌声便多了动人的旋律。快乐的人不是没有痛苦，而是不会被痛苦所左右。微笑面对人生，就会有微笑的回报。生活当中，自己所做的事情不一定都是别人认可的，也许这在当时会成为心中的纠结，可在经历过后，仔细想想，经过岁月的洗礼，自己才能逐渐走向成熟。这个时候，要感谢那些曾经让自己成长的人，是他们让我们走向成熟睿智。有些事无须再回忆，有些人不必再想起，整理一下自己的心情，忘记那些不愉快的往事，听听音乐，玩玩博客，带上微笑，和快乐一起出发吧。

　　感恩是力量之源、爱心之根、勇气之本。感恩父母，你将不再辜负父母的期望；感恩社会，你会轻轻扶起跌倒在地的老人。生活需要一颗感恩的心来创造，一颗感恩的心需要生活来滋养。常怀感恩心，一生无憾事，生活的每一天，我都充满着感恩情怀。我学会了宽容，学会了承担，学会了付出，学会了感动，懂得了回报。翻开日历，一页页崭新的生活会因为我们的感恩而变得更加璀璨，让我们一起学会感恩，收获别样的人生吧！

这一年，我告别了通宵达旦撰写材料的工作生涯；这一年，我走进了披星戴月的基层民警生活；这一年，我到东北观摩了心中抹不去的胜景，了却了一个多年的心愿。

年初，我休假在家，购买了几条南京香烟和本地土特产，怀着感恩之心前往北京，看望几年来为南京公安编发大量大练兵典型经验和新闻通讯的几位老编辑们。当晚酒桌上，有着20多年交情的一位老编辑安排我到东北"黑土地"看看号称世界第一大的冰雪游乐园——哈尔滨冰雪大世界等几个景点，我说："汇天下冰雪艺术之精华、融世界冰雪游乐于一园、场面恢宏壮阔、造型大气磅礴、景致优美绝伦的冰雪大世界是要看看，而且我对辽沈战役纪念馆和铁人王进喜同样情有独钟，三个景点与我计划的不谋而合，去！"他提出亲自作陪，可第二天领导突然安排他南下采访，就这样，一个南下，一个北上，我们分道扬镳了，他只好安排他东北的朋友替他尽力陪伴了。

## 胜景一：走进辽宁，走进辽沈战役纪念馆

辽宁省是中国东北地区南部的沿海省份，是中国东北经济区和环渤海经济区的重要接合部。辽宁南临渤海、黄海，隔鸭绿江与朝鲜为邻；东南隔海与日本相望；东、北、西三面与吉林、内蒙古、河北等省区接壤，靠近俄罗斯。辽宁是连接欧亚大陆桥的要冲，是中国东北地区进行对外贸易和国际交往的重要通道。

第三天中午，坐快车3个小时，我抵达辽宁锦州，入住酒店前购买了第四天去哈尔滨的快车。

下午2时许，我慕名前往辽沈战役纪念馆参观游览。辽沈战役纪念馆位于锦州市中心，馆区内松柏挺秀，绿草如茵，环境幽雅而肃穆。

走进纪念馆，走进新中国第一缕曙光升起的地方，走进几十年前

那个激情燃烧的岁月，走进一部辉煌而又厚重的中华人民共和国成立史诗！

辽沈战役纪念馆始建于 1959 年。1988 年 10 月辽沈战役胜利 40 周年之际，新馆落成开放，叶剑英元帅亲笔题写了"辽沈战役纪念馆"的馆名。2002 年 11 月国家、省、市投资 6000 万元，对纪念馆又进行整修和扩建，极力打造红色旅游基地、未成年人教育基地和军事文化主题旅游景区。2004 年 11 月，纪念馆重新对外开放，改造后的园区由原来的 11 万平方米，扩展到 18 万平方米。

走进纪念馆，映入眼帘的是高 16 米的辽沈战役纪念塔。塔身上镶有朱德同志题写的"辽沈战役革命烈士永垂不朽"12 个鎏金大字。104 级台阶象征着辽沈战役的 52 个昼夜，新中国从这里迈出了具有决定意义的一步，开始从一个胜利走向另一个胜利，展现了一篇气势恢宏的历史长卷。

纪念塔东西两侧林立着一块块革命烈士纪念碑，英名录碑上刻录着密密麻麻的烈士的英名。我们驻足观看，默默读着碑上英魂的名字，静静地感受时光的流逝，心中无不感慨万千。那些在纪念碑上雕刻着的无数英魂的名字，展示了战争年代的壮烈场景。我们轻轻地抚摩着塔身两侧的花岗岩浮雕，在浮雕上寻找烈士的足迹，那些奋勇冲锋的战士，那些英勇无畏的士兵，看着他们前赴后继的身影，我陷入了沉思，这用无数烈士的鲜血浸泡过的江山，如果有一天再次失去颜色，我们必定会像英烈那样，毫不吝惜地重新抛洒。是这无数的烈士铸造了新中国的基石，他们每一个年轻的生命都书写着一段壮烈的故事，每一段故事都可歌可泣，都永远值得后人铭记。

纪念馆分为战史馆、支前馆、烈士馆、全景画馆和电教馆等专题馆。大量的图片、照片和历史文物，讲解员声情并茂的讲解，再配以音响、灯光和战火硝烟等现代特技，形象地再现了昔日的激战情景，而模拟房里指挥所生动的指挥立体图像让我们仿佛回到了波澜壮阔的实战场景，回到了那个硝烟弥漫的岁月。

辽沈战役是解放战争时期中国人民解放军在辽宁西部和沈阳、长春地区对国民党军进行的一次战略性进攻战役，是解放战争战略决战的第一个战役。

走出纪念馆，我的心灵得到了震撼，我的灵魂受到了洗礼！革命先烈用生命和鲜血铸就了一座万世瞩目的丰碑，英雄们的大无畏革命精神将永远激励着我们前进。

白山巍巍，铁流滚滚，鱼水情深，英烈千秋。目睹着烈士穿过的衣服和用过的枪支，我感觉到他们并没有远去；端详着战士们看过的书籍和写过的家信，我感觉到革命先辈们舍生忘死的爱国主义精神会被我们永远发扬和传递下去；望着战士们所取得的荣誉勋章和那长长的牺牲烈士的名单，我感觉到我们的幸福生活来之不易。今天的和谐社会与百姓的生活安定是无数革命战士用血肉之躯铸就的。作为一名共产党员，一名公安战士，我一定要跟上时代发展的步伐，努力学习，严格要求自己，并不断地充实自己，不断地进步，成为对国家、对社会有用之人。只有这样，我们才不会愧对死去的烈士，才能告慰他们的英灵。革命先烈们永垂不朽！

## 胜景二：走进黑龙江，走进王进喜

第四天中午 12 时许，历经 7 个小时车程，我赶到黑龙江的哈尔滨。省厅的一个同志前来接站，陪我吃过饭后，我们去索菲亚大教堂、龙塔、哈尔滨极地馆和建筑艺术馆等地转了转。漫步在中央大街街头，我被眼前的精巧建筑所吸引，极具俄罗斯风韵的建筑，木结构及砖构的教堂、住宅及小餐厅，正是这些充满西方气息的优美建筑构成了"东方莫斯科""东方小巴黎"的风貌。

黑龙江省位于东北边陲，是我国位置最北、纬度最高、太阳升起最早的省份。第五天一早 8 时许，休息了一夜的我由黑龙江朋友作陪，驱车向 160 里外的大庆赶去。

大庆一直是我憧憬的地方，现在，我终于完成了梦想。10 时 15 分，我们来到铁人纪念馆门前，首先映入眼帘的是醒目的"铁人王进喜纪念馆"八个镏金大字。抬眼望去，铁人纪念馆沐浴着朝阳的霞光，巍然屹立在这片肥沃的土地之上。门前是高高的47级台阶，它代表着铁人47年艰辛的人生历程。整个纪念馆雄伟壮观，气势逼人，犹如一座巨大的丰碑，在向人们展示着无私无畏的铁人精神。

随着解说员声情并茂的解说，我们踏着铁人的足迹，开始了意义深刻的参观。进入纪念馆的正门，铁人队伍向我们迎面走来，这是一组铁人带领的石油工人队伍的雕塑，他们形成了排山倒海之势，组成了技压群雄的铁人队伍，他们是祖国石油战线上的一堵铜墙铁壁，是一面面不倒的红旗！

应该说，这个展馆的展览手法是非常现代化的。声、光、电子，无处不在。全景式的展示，实物的再现，雕塑、绘画的穿插，展馆布置大气磅礴，有着强烈的感染力和震撼力。

铁人精神是大庆精神的典型化体现和人格化浓缩。通过大庆之旅，我感触到铁人精神的内涵，那就是爱国、创业、求实、奉献。我们要向铁人王进喜学习，学习他的那种"有条件要上，没有条件创造条件也要上"的奋斗精神；学习他那种"宁肯少活二十年，拼命也要拿下大油田"的奉献精神；学习他那种"石油工人一声吼，地球也要抖三抖"的顽强精神；学习他那种"为国分忧，一定要把贫油的帽子扔到太平洋里去"的爱国主义精神。铁人精神伴我成长！他是我们心中永恒的丰碑。


## 胜景三：走进北国风光，走进冰雪大世界


第六天上午在朋友陪同下，我到东北烈士纪念馆、黑龙江美术馆、东北虎林园等地游玩。下午，带着对冰雪和严寒的期待，开始了冰雪之旅。

冰雪大世界是哈尔滨国际冰雪节的龙头品牌，于1999年底在美丽的松花江畔诞生。当时，哈尔滨市政府为迎接"千年庆典神州世纪游"活动，充分发挥哈尔滨的冰雪时空优势，进一步运用大手笔，架构大格局，隆重推出规模空前的超大型冰雪艺术精品工程——哈尔

滨冰雪大世界。冰雪大世界向世人展示了北方名城哈尔滨冰雪文化和冰雪旅游的独特魅力。她集思想性、艺术性、观赏性、参与性、娱乐性于一体，集天下冰雪艺术之精华，融冰雪娱乐活动于一园，场面恢宏壮阔，造型大气磅礴，景色优美绝伦。

游走在林林总总的冰雪作品之间，我慢慢领会了冰雪艺术品的制作技巧：冰和雪虽然都是雨的精魂、水的结晶，但是制作雪雕和冰雕的手法却迥然不同。雪雕的手法主要为"塑"，而冰雕的手法重点在"凿"。冰雕是将大型块冰切成较小的"方砖"后，相互垒叠，用水黏合，使其浑然一体，然后，运用锯、切、凿、削、磨等技法，或凸或凹或镂空，将其雕成各种艺术形象。而雪雕则不然，因为雪花在纷飞之后，如粉如沙，不易粘连，要制作雕塑品，必须在木箱内将雪夯紧夯实，然后堆垛成结实的雪山，再进行简单地雕镂。因所做制品均是硕大无朋的物体，因而很难有冰雕漏、透、瘦、皱的效果。年年岁岁冰相似，岁岁年年灯不同。此时，夜幕低垂，江面布满闪烁、动荡的灯光，明晃晃、亮铮铮、光熠熠、晶莹莹，端的是迷离变幻的彩灯世界。那些在冰雕制品内安装的彩灯流光溢彩、五彩闪烁，令人目不暇接。而无数映射在雪雕制品上的灯光，通过折射、反射、衍射等手段又给作品涂上奇光异彩，显得深邃玄奥。天上飘着几个淡黄色的气球，飘飘忽忽，似几轮明月在寒空中发出皎洁的清辉，眼前是玉洁冰清、灯月交辉的世界。我们被这江上奇景震撼了，真是"此景只应天上有，人间那得几回看"。

哈尔滨确实是室内室外两重天。不论宾馆、家庭、学校，室内的暖气空调齐开，温度可达 25 摄氏度，但是走到室外，看不见、摸不着的奇寒笼罩全身，冷飕飕、寒森森，穿多少衣服也觉得轻薄。这真是室内如烤炉，屋外似冰窖。人们在这种忽冷忽热的环境中生活，实在是对生理机能的极限考验。为了让我能够抵御寒冷，东道主在出发前，请我喝热酒、吃火锅，并配备了军大衣和绒线帽，这样内御外抵，总不至于着凉。我很感激东道主的良苦用心。

哈尔滨的冰灯确实漂亮，在这方圆几百平方公里的江岸上，冰峰林立，银雕玉砌，令人眼花缭乱。庄严的教堂、华丽的宫殿、壮观的长城……各种各样的冰建筑应有尽有，仿佛这些真实的建筑都如同中了魔咒般变成了凝固的冰雕！每座冰灯都惟妙惟肖，精雕细作，五彩斑斓，晶莹剔透，我们像误入了童话王国，东摸摸，西看看，对每一座冰灯都爱不释手。

走出冰雪大世界，坐在返回市区的车上，回望冰雪大世界，它像海市蜃楼一样变得虚无缥缈。我不禁想起毛泽东大气磅礴的《沁园春·雪》：北国风光，千里冰封，万里雪飘。望长城内外，惟余莽莽；大河上下，顿失滔滔。山舞银蛇，原驰蜡象，欲与天公试比高。须晴日，看红装素裹，分外妖娆。江山如此多娇，引无数英雄竞折腰。惜秦皇汉武，略输文采；唐宗宋祖，稍逊风骚。一代天骄，成吉思汗，只识弯弓射大雕。俱往矣，数风流人物，还看今朝。

第七天上午，我飞回南京，真正开始走上了基层社区民警的生活。

# 三亚，彰显迷人的魅力

  美丽的三亚，我们终于来了。我一直向往三亚的海滩、三亚的潜水、三亚的钓鱼、三亚的海景房和三亚的海鲜，在分局党委关心下，我们江东所一行 26 人在江苏舜天海外旅游公司张国云导游的引领下，乘东方航空公司空客从南京直飞三亚。海南旅游公司吴小英导游全程陪同。

  三亚市位于海南岛最南端，是祖国真正的南大门，冬暖如春，夏无酷暑，四季常绿，风景如画。美丽的三亚湾，犹如镶嵌在南海海面上的一颗璀璨明珠，以其丰富的热带海滨旅游资源享誉海内外，吸引着八方游客。三亚古称崖州，历史悠久，源远流长，是多民族聚居的地方，有汉、黎、苗、回等 20 多个民族。各民族人民勤劳智慧，能歌善舞，创造了源远流长的文化艺术。

  习习椰风，不时掠过眼前的大海，激起了我们想要撩开三亚那神奇面纱的迫切之情。我们乘坐旅游客车飞驰，只见沿途葱茏的林木、蔚蓝的天空、洁白的云朵。在纯净的蓝天白云衬托下，椰林以她特有的仙态神姿尽显热带风情，散发出浓浓的椰香，惹人心醉。吴小英、张国云两导游说："三亚是海南省风景名胜最多最密集的地方，在约 200 公里的海岸线上，密布亚龙湾、大东海、鹿回头公园、天涯海角、海山奇观、南山文化旅游区等闻名中外的旅游景点。她不仅具备现代国际旅游五大要素——阳光、海水、沙滩、绿色植被、洁净空气，而且还拥有河流、港口、温泉、岩洞、田园、热带动植物、民族风情等各具特色的旅游资源，在国内外堪称一绝。"

三亚像朝气蓬勃的妙龄女子，让人轻松。再大的烦恼，再重的负担，只要在这椰岛的阳光下晾晒，在这明净的海水中浸泡，都会烟消云散。三亚就是这样以它博大的胸襟、宽阔的海洋滋润着每一个身心疲惫的灵魂。身心受到洗礼，精神得以重振，那么，还有什么跨不过去的门槛呢？

三亚是个被大自然宠坏了的地方。青山逶迤，绿色环抱，海天一色。山河壮丽，城乡一体，协调发展。到了三亚，我们穿上夏装，带着太阳镜，涂上防晒霜，开始了我们为期一周的行程。到了三亚，没有人不为这里的大海所动容，冲浪、海底漫步、海钓、潜水，与神奇的海洋世界零距离接触，我们尽情舒展身心，探索海底世界，或者静静地躺在沙滩上听听海浪声，让阳光亲吻肌肤。此时此刻，"大肚能容天下之美食"也在三亚得到了最好的回应，生猛海鲜、风味美食，应有尽有。同行的警察诗人毛建中先生诗兴大发，附词"念奴娇·三亚游"赞曰：

> 南海天阔，一游情未了，索然已归。回眸十月秋风里，几番金樽欢酌。乏筋舒骨，疲劳顿蜕，惜警亦非昨。浪涛如许，小憩岂止高卧。
>
> 古为蛮荒夷地，瘴霾蔽琼州，发配边落。今非昔比，旧貌新琢，修葺诗园陶社。青山雨林，异果奇葩，五指觅仙鹤。博鳌论坛，亚龙逐群鹿。

在艳阳高照的三亚，随处可见游客手捧一个绿油油的椰子。他们用吸管吸着，在太阳下悠闲地走着、坐着或是躺着，要是喝完还嫌不够，再去买，3元钱一个。小贩用弯柄刀把椰子皮一层层刮去，直到里面露出白白的椰肉，在露出椰肉的地方再用刀尖一戳，放一根吸管进去，就成了一杯全天然的饮料。如果是一对情侣买一个椰子，善解人意的小贩自然会放两根吸管进去，让二人一块儿慢慢享用。

我们看到，不论是在市区还是海边，椰树到处都是：绿化带里，高速路边，沙滩上面，芦苇丛里。一排排高高的椰树，每棵树上都结满了硕大的椰子。树下也散落着一些熟透后跌落下来的椰子，由于没有人去采拾，已经开始腐烂，自生自灭了。三亚的椰子仿佛永远供大于求，取之不尽，用之不竭。

古人云："近山者智，近水者仁。"距市区往西北大约40千米就是著名的南山文化旅游区。它融中国民族民俗文化、生态环境保护、热带海洋风光和佛教文化为一体，是全方位、多层次的国际性文化旅游园。"千处祈求千处应，苦海常作渡人舟"的观音信仰在中华民族可谓妇孺皆知，影响深远。

大小洞天位于南山西8千米，有着悠久的历史。据记载，唐代高僧鉴真率日本留学的高僧30多人五次东渡日本，在海上遭遇台风，漂流万里至此登岸，并修缮大云寺，传播佛教文化。黄道婆也曾居于此，她把黎家的植棉、纺纱织布的技术带回中原，她的事迹被传为千秋佳话。这里碧波万顷，崖深林翠，岩奇洞幽，海岸奇石嶙峋，山海之间宛若一幅古朴优雅的长卷画图。

在吴小英、张国云两导游带领下，我们一行26人来到黎村苗寨。黎族和苗族分别是海南第一、第二大的少数民族，他们一般生活在海南岛的中部和南部山区。因此您来海南游三亚想体会真正的黎苗风情，或想知道什么是黎族的"放寮""三月三"，什么是苗寨的"五色饭"和"捏耳朵"，就来黎村苗寨吧。不过这些黎村苗寨大多交通不便，山高路远，对于一般的游人来说遥不可及，但是游人可以沿线参观对游客开放的黎村苗寨。这里环境古朴清幽，田园气息浓郁，寨内椰树蔚然粗壮，槟榔树昂然挺拔，翠竹秀颀玉立，棕榈刚毅健美，蒲葵繁茂叶阔，黎村苗寨是海南黎苗民俗风情的缩影。在这里，我们一不小心被站在花丛里面的黎家阿妹拉进她们的寮房，做了一次她们临时的新郎。看着正宗的上刀山、下火海、跳竹竿舞，我们乐不可支。

吴小英、张国云两导游说："呀诺达雨林药膳汇集中华药膳的精华，将雨林中的山药、野菜、野生菌、土鸡、水库鲜鱼、特色蔬菜引入药膳，可有效补充人体所需能量和营养物质，调节机体内物质代谢，增强机体的自稳状态，提高抗病免疫力，促进血液循环，达到滋补、强身、养颜、瘦身、防病、延寿等作用。"我们一行欣然享用了呀诺达雨林药膳，味道真的不错。

来三亚不能不吃海鲜。这里的海鲜不是内地那种冰冻后半死不活的海鲜，而是刚从海里捞上来还活蹦乱跳的海鲜。我们来到春园海鲜广场吃海鲜，在设在海鲜广场的海鲜自由市场购买自己喜欢的海鲜蔬菜，然后在排档加工烹饪。只见经营海鲜的摊位数以百计，规模相当大，热闹极了。据导游说："营业时间从早上九点起，晚上七八点钟的时候最热闹。去迟了，市场摊位上可能有些品种的海鲜就会没有了。"餐桌是火锅桌式的，当地人称为"打边炉"。吃海鲜时，适量喝点白酒和米醋，不宜喝啤酒，因为食用海鲜时饮用大量啤酒会产生过多的尿酸从而引发痛风。吃海鲜后，一小时内不要食用冷饮、西瓜等食品，且不要马上去游泳。

来趟三亚，回去总要带点东西，一些海南特色的食品、热带水果、纪念品等。要购物，在市区有步行街、旺豪超市、明珠广场等地，当地老百姓的日常生活用品也在这些地方购买，游客去购买是没问题的。在三亚购买水果，最好的地方是鸿港水果批发市场，这个市场既做批发，也做零售。

导游说："在三亚乃至整个海南，在任何一个服务场所请不要称女服务生为小姐，否则人家要生气的，没有人会理睬你的，标准的称呼是叫——阿妹或小妹。"

看红艺人表演是三亚之行的必看节目。人妖最早起源于印度，在泰国兴起，全世界只有华人称呼他们为人妖，这是一种不礼貌的称呼，应该叫红艺人。西方人叫他们 ladyboy，翻译过来就是美男女、双面佳人，你既可以说他们是男性化女人，也可以说他们是女性化男人。红艺人表演的起源可以追溯到 16 世纪印度北方莫卧儿帝国时期的阴阳人。战乱时期，他们负责服侍王族中的女眷，类似于中国的太监。战乱结束后，不少谋不到差事的阴阳人转为学歌学艺，并以歌舞技艺、奉媚讨好的手段谋生。历经数百年发展至今，独特的舞美设计，在气势恢宏的演出大厅里，配以一流的灯光和音响效果，其歌舞表演已十分精彩华丽，非常值得欣赏！

博鳌在海南万泉河与浩瀚南海的交汇处，有世界自然生态环境保存最完好的江河入海口。博鳌融山、河、湖、海、岛屿于一体，集树林、沙滩、温泉、奇石和田园于一身。博鳌亚洲论坛会址很有必要去看一看。2001年2月，博鳌亚洲论坛正式宣告成立。论坛的成立获得了亚洲各国的普遍支持，并赢得了全世界的广泛关注。从2002年开始，论坛每年定期在中国海南博鳌召开年会。

冬季到三亚来看海，体验三亚的特色景点，你会发现三亚的海是有特色的海，三亚的冬季是有特色的冬季。看海，我们要敞开心怀，放开胸襟，尽情地放眼看去。蓝天携着碧海，碧海挽着蓝天，海天相连向着远处飞驰而去，瞬间千里。你的目光也如那奔驰的骏马向着远处飞奔，一望无际。

在三亚有个美丽的地方叫南田温泉，也被称为神州第一泉，那里有个温泉池生长着成千上万条小鱼，我们静静地躺在温泉水中，小鱼儿就会成群结队围上来，啃食身上的皮脂屑，让鱼儿咬一咬，真觉得过瘾。据说，这些小鱼能在45度的水温下生存。

蜈支洲岛的美是沙滩的美，是惊世骇俗的美。白沙浸着碧波，蓝天镶着白云，椰树扶海，灵风泛浪，放眼望去，碧海千森，广空浩蓝，银白色的沙滩衬着海水的碧绿蔚蓝，有一种婉约的美。小岛东西长1500米，南北长1100米。在情人桥，可以看到浅海处海底的珊瑚礁。蓝蓝的天空和无边的海连在一起，非常壮观。我们有的躺在沙滩的林荫下，头顶蓝天，海风徐徐，心情特舒服。有的赤足在洁白柔软的沙滩上巧笑轻舞，展臂在清澈洁净的海水中徜徉留恋，将自己埋在沙堆里。阳光、海浪、沙滩，让人迷醉。沙如玉粉，踩在上面软绵绵的，又麻又痒，真刺脚心，海水一波波滚来，抚摸你的脚背，浸入沙中。我们在蜈支洲走走停停，赤脚在洁白的沙滩上。碧蓝碧蓝的大海与蔚蓝蔚蓝的天连成一片，海天一色，由近及远一层碧波一层浪，一层浪花一层蓝，再怎么优秀的画家都不能和我们的大自然媲美。"春江潮水连海平，海上明月共潮生。""白云一片去悠悠，清风浦上不胜愁。""海上生明月，天涯共此时。"一轮明月在海天中升起，天地一片澄净，碧波跃金，静影沉璧，长烟一空，皓月千里，只有如此美景才会产生如此伟大的诗人，才能写出如此美妙的诗句。

第四天，我们一行来到天涯海角游览区。

天涯海角游览区位于三亚市西南 20 多公里的海滨，这里碧海、青山、白沙、巨石、礁盘浑然一体。游览区的天涯石刻区，群石布阵，势态雄奇，刻有"天涯""海角""南天一柱""海判南天"的巨石雄峙海滨，为海南一绝。踏上天涯路，你会对天涯的海、海角的天，赞叹不已。上观海亭，只见碧海、奇石、激浪变化无穷。亚龙湾的美在于她的辉煌。各色豪华星级酒店云集于此，一到晚上，酒店灯火通明，大海银光万点，建筑与自然交相辉映，别有一番壮美。夜晚，大海沉寂在深浓的黑暗中，在远处那无尽的黑暗海面上，时时翻起一道道海浪，如同黑夜中的一条条蛟龙；近处翻滚而来的海波，如同昙花般争相开放，绽放着她那瞬间的美丽。那略带着湿气的海风，那远处沉寂在黑暗中的大海，那更遥远处亮着的灯光，构成了一幅夜间的美景。在这美景相伴下，我们在海边闲情信步向着三亚远处的黑夜中走去，仿佛走进了三亚的灵魂之中。

最后一天的下午 4 时 30 分，我们一行准备去吃饭而后去机场。在吃海鲜时，我们举杯畅饮，周卫平、贺达、曹中峰、房世旭、石彭林、杭敏、董浩、茅善平、吕贤之、李文斌等同志诗兴大发，吟唱了三亚之行的所感所悟：

> 金樽共此时，
> 战友聚三亚。
> 美景引诗题，
> 文豪著文章。
>
> 耳闻海南景色美，
> 身临其境流连秋。
> 山清海阔神仙居，
> 更有佳丽引畅游。

三亚风光畅心游，
兴隆红艺猜不透。
北国男儿多壮志，
苗寨意留情不留。

海南有名雅诺达，
热带风光赛美洲。
千奇百态花草异，
神农若知定身居。


　　美丽的三亚，美丽的三亚潜水，美丽的三亚渔民，美丽的海景
房。三亚，我们还会再来的，再来欣赏你的美丽、你的蓝天、你的海
水，把寒冷抛到九霄云外，感受宝岛的冬日暖阳。
　　愉快的三亚之行舒展了最近的郁闷心情，新的工作又开始了。
"世上无难事，只怕有心人。"巡逻、执勤、守卡……警察生活真的
多姿多彩，一旦投入进去，便其乐无穷。

# 湖南潇湘行

在外工作近一年，年终岁末，鼓楼分局安排了湖南潇湘行，我与机关的王传辉、李涛、赵敦平、赵守权、蒋云颖等 20 人，乘飞机从南京直飞长沙，湖南潇湘行的张家界、凤凰游正式开始。其实，真正的旅行，就是精神上的行走，是心与景的贴近，是情与境的融合，是回归本真，回归自然。旅行时，就像徜徉在大海怀抱里的鱼儿，与属于自己的同伴，自由自在地游来游去，用自己的热情拥抱这个世界，用自己的思想感染这个世界。

"南京的朋友们，我们的湖南潇湘行今天开始了，我是陪同大家的长沙旅游公司导游陈霞，土家族人，大家叫我小陈或阿妹就行了。"刚下飞机，我们简单吃点饭就踏上了为时一天的旅游客车看景、听景的生活。

有人说："到九寨沟看水，到张家界看山。"的确，在世界上其他任何地方，大家都无法看到这样的奇特景观。上亿年前的地壳运动，大自然的鬼斧神工，造就了张家界不可复制的神奇和美丽。三千奇峰拔地而起，八百溪流蜿蜒曲折，张家界被誉为"扩大的盆景""缩小的仙境""世外桃源"。

"凤凰古城天生注定是矮小的，它的矮小注定了它只能对巍峨的明长城高山仰止。它也是窄瘦的，窄瘦得让人油然而生一种悲悯。它还是寂寂无闻的，它能进入人们的视觉、听觉，得益于几年前的一次发现。这一点，使它难与早已名冠天下、为中华民族象征的明长城分庭抗礼。"导游阿妹把凤凰古城介绍得栩栩如生。

"苗家原先有个非常奇特的规矩，不准与汉族通婚。为保证自己的民族部落不会衰亡，所以规定男女必须在赶集市的时候，以对歌来传情。如果双方有意，男方可踩女方的鞋跟，拉拉女方的衣角给予暗示，然后谈恋爱怀孕生子。生完孩子说明你有孕育孩子的能力，男方才会迎娶新娘入门。所以有'背着娃娃谈恋爱'这么一说。而土家族的民俗相对比较保守，不允许青年男女自由恋爱，必须奉父母之命，媒妁之言。女孩出嫁时的习俗为哭嫁，一定要哭得很伤心，边哭边唱很多歌来骂狠心的媒婆，这样才被视为好姑娘。土家族和苗族在服饰上唯一的区别就是衣领，土家族有衣领，苗族没有衣领。"导游又把这里的民俗介绍给我们听。

从古希腊雄伟的卫城到江南飘雨的小镇，从撒哈拉的新月沙丘到南极大陆绵延的冰壁。与这颗星球相比，我们每日所居住的城市，不过是一口枯井上的天空。一生只有短短几十载，能拥有走遍全国各地机会的人是稀少而又幸运的。不过，即使不能亲临，我们的心也可以架上网络的翅膀，先一步抵达只在书本上见过的地方。旅行，也可以是在地图上。

导游告诉我们，旅游要注意这样几件事："不要相信珠宝店的名贵珠宝。旅游景区的珠宝店多是精通游客心理的欺客专家开的，这些奸商走南闯北，能够牢牢把握各种不同游客的心理，经常以包厢购物、套老乡等方式引得游客心甘情愿地掏腰包，屡屡出手，屡屡成功。不要私自在陌生的地方沾色惹事。不论是按摩，还是洗脚，都戴上了色情欺诈的黑幕。不要烧香。烧香本是个人祈福的一种美好愿望，但某些和尚与尼姑会利用你天真无邪的愿望赚取黑心钱。不要在景区随便买药。一些江湖郎中恶毒攻击正规医院，他们在湘西大山的背景下，号称其药材可包治百病，世界上哪有这样好的事情啊？不要随便背新娘。在张家界核心景区，那些打着土家婚姻民俗招牌的表演场所，打着免费观看的招牌，套人进去后半强迫地让你戴上新郎的帽子，等成亲的时候，你不得不装作有钱人掏腰包付给新娘子见面礼。不要让陌生人进房。半夜三更不管是服务员还是小姐什么的，不要轻易开门，弄得不好，你会进入一场色情陷阱，令你苦不堪言。"

有人说："人忘却自己有许多情境，交美是一种。"无数伟人文豪交美景而忘情，激发出伟略雄文。凡俗人交美景，也忘我不能自己，只是观景色悦而已。想起大自然，突然发觉它一直都在我们身边，只是我们一直没有注意到它的存在而已，在喧闹的城市中机械般工作，从来没有注意到大自然原来一直为我们守候。大自然本是无语无声的，却能谆谆教诲来人，让人们在忙碌之余，平淡看天下，保持一颗平常心。世界上的许多事，本来有大小高低，有价值体现和道德约束，可在功利的奔波中，在饥不择食的焦躁中，有些破败了。其实，美好并不因时尚的变化而改变，不因利益的纷争而左右，一个人必须有着善良、正直、诚实的秉性。许多人忘却了，而大自然依然觉醒着，提醒着人们保持朴素的正义，让浮躁的人能安静下来。当天下午6时许，我们坐旅游客车看景、听景的生活告一段落。

夜幕降临，天慢慢黑了下来。

"南京的朋友们，我们的第一站凤凰到了，先入住宾馆，吃了饭后，我们去看一看凤凰的夜景。"导游说。

凤凰的夜晚是多姿多彩的。虹桥是大家夜晚必经的一个景点，它就建造在沱江上。桥上人来人往，多了些人间烟火，但我们感觉更亲切了。虹桥上有古建筑，飞檐翘角，气势雄伟。中间大道两边有小铺小店，琳琅满目，都是一些土特产，吃的有油炸粑粑、豌豆、酸萝卜、红辣子、炒羊角鱼等，往来行人络绎不绝，十分热闹。正如古诗所赞：

> 风清露白一轮高，万里空明漾碧寥。
> 山入水壶垂倒影，水连银海驾飞桥。
> 倚楼有人吹长笛，钓月何人拔短桡。
> 遥望蟾宫应不远，步虚我欲上重霄。

随后，我们去看当地民族剧团举办的篝火晚会，图个新鲜，饱个眼福。湘西的女孩真会唱歌，嗓子好得让你羡慕，迎新歌、哭嫁歌一个一个唱，舞蹈一出一出演，文化风情中充满商业气息。在熊熊篝火点燃的夜色中，舞蹈的实用功效已经让位给了文化的传播和艺术的欣赏。苗族上刀山、下火海、钢针穿胸这些真实的现场表演未免过于血腥，这种以人命为代价的惊险表演我们不敢苟同。当地老人说苗族是一个十分好客的民族，有稀客、贵客来到苗寨，往往是主人家请客喝酒吃饭以后，主人家的兄弟、房族、友邻甚至全寨的人家都会接着来请，真可谓"一家客人全寨亲"。苗家请客大都有鸡、鸭、鱼、肉、木耳、香菇、豆腐、豆芽以及富有民族特色的腌鱼、盐酸菜、香肠、血豆腐等菜肴，主人不仅要敬酒劝酒，还要唱古歌，飞歌助兴。

第二天，也许是兴奋所致，我们一行都起了个大早，在导游带领下，开始了凤凰古城游。游览凤凰古城景区的线路是：沈从文故居、熊希龄故居、杨家祠堂、崇德堂、万寿宫、东门城楼、虹桥艺术楼、跳岩、民族工艺品一条街、沱江泛舟等。

走进凤凰古城，真的看见了一只展翅欲飞的凤凰雕像立于广场。雕像代表着这古城的名字。凤凰几百年来一直是湘西的边关重镇，拥有丰富的自然资源，吸引着越来越多的游人前来游览。我们欣然在广场上照了第一张合影。

沈从文故居是我们的第一站。我们沿着石板路，来到中营街10号沈先生的故居。这是一个典型的南方四合院。正中有一小天井，天井四周是木瓦结构的古屋，正屋三间，厢房两间，前庭三间，小巧玲珑，古色古香。沈从文故居是他的祖父沈洪富于清同治五年所建。1982年，沈先生和夫人张兆和重返故乡看望父老乡亲，这趟行程竟成为与故乡永远的告别。1988年，这位世界文学巨匠在京逝世，享年86岁。

我们一行不是文人，可大都与文字打交道，爱看看书，不少人从沈从文老先生的《边城》里知道凤凰是一座古城，古城里面有吊脚楼，吊脚楼里面住着一个翠翠，还有一段凄美的爱情故事。由此可见沈老先生对这座拥有千年历史的古城的热爱。我们一行亲临这样一座古城，去寻找印象中的古城，用心去感受曾经发生过的爱情故事。丽江、凤凰、平遥被称为中国三座最小资的城市，对于这个城市，是要慢慢品味的。就是再没有时间，也要静静地坐在沱江边。一杯啤酒在手，看从上游顺流而下的纸灯，感觉时光好像也缓慢下来。如果说湘西是一顶美丽倾人的王冠，那凤凰就是王冠上那颗无可争议的宝石了。

一座小山城，环抱在群山之间，一条沱江日夜绕着小城而流，江面上三座大桥横立：两座新桥，一座廊桥。一排排黑瓦吊脚楼临江而立，高高悬着的串串红灯笼在风中轻轻摇动。我们走近江边，沱江水缓缓流动，江中水草顺水晃动，如戏里那飘逸的水袖。在灿烂的阳光下，我们乘两艘船一前一后在沱江上泛舟，水清澈见底，但却密密麻麻地布满长长的绿藻，水深不及两米，那船儿不是破浪前行，而是破水草而行！来来往往的游船满载兴奋的人们，他们彼此争相把对方摄入了自己的风景照中！两岸是长满绿树的高山，江边上是沿江而建的民居，再普通不过的风景了。看岸边的吊脚楼缓缓后移，穿过600年历史的虹桥，想念着远处那已沉睡了很久的文学老人，我们沉醉在一片宁静之中。

漫步在凤凰青青石板街，各种特产及民族工艺品琳琅满目，让人目不暇接。路边常常可以碰到许多卖金银花的小女孩，稚气未脱，一如手中的金银花。凤凰的特产是姜糖，熬出来的香使整条青石板街上弥漫着甜而辣的味道。每家店门前挂着一个铁钩，黏稠的糖和着生姜水、芝麻，捞出来一道一道地往钩上一搭，仿佛藕断丝连般的在人们手里拉扯着，金光闪闪。等到冷却以后，便用木槌锤成一小段一小段，开始包装，味道辛辣，却也甘甜。我们一行买了不少，留下了凤凰之行的纪念。

夕阳西下，终于，我们要离开这样一个古朴的小城，生出了些许留恋。

我们连夜赶往张家界市，住进了张家界市区的一个星级宾馆。开怀畅饮后我们自由活动，有的打牌，有的逛街，有的购物，有的畅叙，我与同行的老赵在房间看电视。"叮咚、叮咚、叮咚"，房间的门一个劲地响着，我不耐烦了，打开了房门，两个身高1.70米的薄粉敷面、丰盈窈窕、瑰态艳逸、娇嫩妖娆的少女飘然而至，柔声絮语地说大哥辛苦了，要为我们敲敲背。导游阿妹的告诫回想在耳边：

"不要让陌生人进房，半夜三更不管是服务员还是小姐什么的，不要轻易开门，弄得不好，你会进入一场色情陷阱，令你苦不堪言。"我们友好地说："不需要任何服务，请你们离开吧。"两少女不以为然，竟然跷起腿躺坐到床上，我们毅然将她们推出门外。结果，一整夜敲门声、电话声不断，直到第二日凌晨才罢休。

第三天一早，我们饭后赶往张家界。我们感到张家界的冬天并不寒冷，无须冒严寒之苦。我们一行来到天门山索道。天门山索道居世界第一，索道线路斜长 7455 米，上、下站水平高差 1279 米，是世界上最长的单线循环脱挂抱索器车厢式索道。百龙观光电梯历时三年，耗资 1.8 亿元人民币建成，被吉尼斯世界纪录确认为"世界上最高、运行速度最快、载重量最大的观光电梯"，是名副其实的"世界第一梯"。

沿高台游道前行到了张家界十大绝景之一的天下第一桥，远远望去，一座天然石桥飞跨在两座山峰之间，桥孔如拱门屹立。危桥高悬千尺，桥下风起云涌，桥旁绝壁生树，山峰依次排列。当地有一首土家族民谣这样形容天下第一桥的气势磅礴："一桥一桥高又高，天天都被云雾包，初一桥上扔花瓣，十五还在空中飘。"尽管民谣不无夸张的成分，可桥面宽 2 米，厚 5 米，跨度为 25 米，桥的垂直高差竟达 357 米，是世界上迄今为止所发现的垂直高差最大的天然自生石板桥，"天下第一桥"这个美称当之无愧。

天桥如鹊桥，鹊桥度良媒。来到天下第一桥的情侣，纷纷在桥两边的铁索上"落锁定情"，双双买一把铜锁，在锁上刻下各自的姓名，然后把锁锁在铁索上，钥匙却扔下百米深渊，意为"此锁永不开，此情永不改"。但愿成千上万的情人锁，确实能锁住俗世苍生中的对对有情人，满足情人们生死不分的美好愿望。我们看到的情人锁成千上万，数不胜数，令人叹为观止。

迷魂台是张家界最好的天然观景台，据说游客只要一站在观景台上，魂儿便会被眼前美景所迷，因而得名。这里上百座石峰在峡谷中静静矗立，直插蓝天，似士兵集合列阵，似群贤聚会，姿态万千，气势非凡。天狗望月、海螺出水、将军列队、一柱擎天等美景被山坳和屏障有序地分列开来，使这些石峰更显得鳞次栉比，挨挨挤挤，蔚为壮观。站在迷魂台上俯视群峰，美景渐入迷人眼，在这危岩突起的观景台往自己脚下看，真的有点双脚筛糠啊。

在天子山上有一个贺龙公园，这是一个人文景观，内有一尊贺龙元帅的铜像，还有一架空军送给贺龙元帅的飞机。飞机已经退役了，放在贺龙公园里，已经残破不堪了。进入广场我们看到了高大的贺龙铜像。贺龙元帅是张家界人，曾经在湖北的洪湖创建过革命根据地，为党和国家的事业立下了汗马功劳。他的铜像身着任政府副总理时的服装，还带上了他的三件宝物，深情地望着生他养他的家乡桑植县。我们在贺龙铜像前集体合影留念之后，心里充满了对共和国老一辈元帅的无限敬意！下了一个石阶，看到两边的小山峰形成一个小门洞，门洞的那边通往山谷，这里曾是《乌龙山剿匪记》《西游记》的取景地。当年剿匪的时候，解放军牺牲了600多人都没能攻下20人把守的乌龙寨，最后用断水断粮的方法才使得山顶上的土匪下山投降！乌龙寨也因《乌龙山剿匪记》而名声大振。

张家界是一座大自然的迷宫，鸟兽的天堂，绿色的海洋，中草药的宝库，庞大而美丽的自然植物园和动物园。鲜花、绿树、碧水、青山，在美景的相伴下，行程显得分外短，愉快的湖南潇湘五天行告一段落了，可我们依然恋恋不舍。湖南，我们还会来的，来这里欣赏绚丽多姿的人文景观，来这里寻觅红色旅游的一个个景点，因为我们热爱祖国的山山水水，因为我们是共和国的公民。

# 琅琊山

在紧张的半个月学习集训期间，南京公安学校组织得十分严密，刚报到的这天，就进行了长跑和理论测试。我们每天早晨6时许起床出操，上午8时上课，11时10分下课，下午2时上课，5时10分下课，课程安排得贴近实战，丰富多彩，大家无不感到痛快，都说机会难得。晚上，集训班要组织点名，总结一天的学习集训情况。业余时间学校图书室、电脑室开放，组织大家看录像、开展讨论、消化学习内容。间隙，学校安排了一天的考察课，这天早晨7时，由集训班大队长、教导员和学校老师带队，我们一行100多人乘坐旅游大巴，兴致勃勃地游览了安徽的琅琊山。

9时许，我们一行到达目的地。整个琅琊山包裹在一片绚丽的霞光中，给秀美的山林添上一层肃穆的神色。仰望牌楼，"琅琊山"三个苍劲的大字映入眼帘，导游张妙曼是滁州市旅游局的。她早已在大门口等我们，小张举着小黄旗招呼下车，前来引导。

琅琊山1988年被定为国家重点风景名胜区，主要山峰有摩陀岭、凤凰山、大丰山、小丰山等，以幽洞、碧湖、流泉为主要景观特色。琅琊山景色淡雅俊秀，文化渊源久远。自唐宋以来李幼卿、韦应物、欧阳修、辛弃疾、王安石、梅尧臣、宋濂、文徵明、曾巩、薛时雨等历代无数文豪墨客、达官显贵为之开发山川、建寺造亭、赋诗题咏，留下大量的文化遗产，拥有"名山、名寺、名亭、名泉、名文、名士"六名胜境。

我们站在山脚下举目观望，琅琊山仿佛是一位熟睡在青纱帐里的绿衣少女，恬静而安逸。山峦绵延，树木茂盛，幽深秀丽。我们走在上山的碎石路上，和着冬日潮湿泥土的芳香，觉得心旷神怡，完全忘却了城市的燥闷和喧闹。走了10多分钟的路，我们面前就出现一处古代建筑群，庭院建筑层次分明，轩窗屋檐，古色古香。进入亭内，见亭子四周的长廊上，每隔一米左右就有一个小茶几，四周共有十几个，那必是欧公当年与朋友相聚时摆放酒和菜肴的地方。

我与同屋的刘少勇、韦玉生等同志过了山门，沿着山道，拾级而上。两边是绿树、野草，开始，树不高，草不密，林不深，越往上走，树木越高大，越茂盛，古树亦越多。我们如在绿色的海洋中游泳，开始走在浅滩，还看得到人影，渐渐地游进了深海，就淹没在郁郁葱葱的绿海中了。又走上一段路程，只见前面是一片湖水，这就是秀丽的深秀湖，湖面上静静地飘荡着淡白的水雾，随风聚散，氤氲缥缈，有如仙境。站在湖心亭上，一个人面对着四周寂静的山谷，不免感到都市生活的辛苦。一边看，一边听导游讲，我们兴趣大增。琅琊寺东北侧有一无梁殿，原名玉皇阁，为道教场所，明代重建，是琅琊寺现存最古老的建筑。由于整个殿宇全用砖石砌成，无一根木梁，没有飞檐，也无斗拱，里面是类似西方教堂的拱形门，故俗称"无梁殿"。

下午1时许，我们沿山道徐徐回程，两边树木参天，渐闻水声潺潺。但见游人如织，花船点点，仰视四围的群山，一种豪情发自心底，这正如刘禹锡所言："山不在高，有仙则名。水不在深，有龙则灵。"

畅游琅琊山不能不关注一下欧阳修，他不仅文章写得好，而且发现并培养了许多精英人才，还是北宋古文运动的领袖。唐宋八大家，北宋就占了六家。

我们在欧阳修的祠堂里，看到几块石碑，上面镌刻着苏轼、苏辙、王安石、曾巩等人的祭文，祭文表达了他们对恩师的沉痛哀悼之情和高度评价。"如公器质之深厚，智识之高远，而辅以学术之清微，故形于文章，见于议论，豪健俊伟，怪巧瑰琦。其积于中者，浩江河之停蓄；其发于外者，烂与日星之光辉；其清音幽韵，凄如飘风急雨之骤至；其雄辞阂辩，快如轻车骏马之奔驰。""呜呼，盛衰兴废之理，自古如此，而临风想望，不能忘情者，念公之不可复见，而其谁与归？"欧阳修的人格魅力由此可见一斑。

醉翁亭的名气太大了，又被评为中国四大名亭之首，在我们的想象中，它一定是高大雄伟，或者是金碧辉煌，非常精致的。可眼前的醉翁亭竟如此简朴，两边是木栏杆，中间有几根柱子，屋顶约 5 米高，面积有 30 平方米，四个檐角高高翘起，有如燕尾，深得飞檐走壁之妙，一座极普通的江南亭子，这与我们的想象大相径庭。

我们站在亭中，遥想当年欧阳修"为政风流乐岁丰，每将公事了亭中"的潇洒形象。他与天南海北的朋友们饮酒叙怀、高声吟诵"醉翁之意不在酒，在乎山水之间也"的感人场面，仿佛就在眼前。我真想走过去与欧公干上一杯，对酒吟诗，歌唱祖国社会主义建设的突飞猛进。高雅的醉翁亭，你深邃的文化底蕴吸引着人们前往，让人挥不去、剪不断、甩不掉，让我们醉于此，乐不思返。文以山丽，山以文传，林壑幽美的琅琊山为古人、亦为今人赋予了勃勃生机，它既是科研、教学的基地，也是中外旅游者访古、探幽的理想旅游胜地。再见了琅琊山！再见了醉翁亭！再见了欧阳修！也许，今夜我们还会在梦中相逢。

# 又一次愉快的中州之行

不知不觉一年又快收尾了，单位主要领导陈辉走马上任后，支部一班人考虑大家几个月来工作十分辛苦，绩效考核日新月异，拿到了红旗单位，经上级领导批准，安排了河南四日游。第一批同仁游览结束后，我们一行 31 人 10 月 13 日开始了中州之行。

这天一早，匆匆赶到单位，只见南京中国旅行社的全程领队惠玮小姐已站在门口。8 时许，我们一行乘旅游大巴车准时从单位出发，9 时 49 分在南京车站坐 D286 次动车向河南飞驰而去。全程领队惠玮宣告四天的行程：第一天下午在开封车览宋都御街、包公祠、铁塔风景区；第二天游览少林寺、龙门石窟，参观唐三彩；第三天，游览云台山；第四天参观黄河风景区、自费乘气垫船、免费品尝河南土特产，下午坐 D288 次动车返宁。当天下午 14 时 12 分，动车徐徐进入开封车站，河南中国旅行社的地接导游胡梦冰小姐打着小黄旗，面带微笑，招呼着我们上旅游大巴。

"各位领导、各位朋友：我叫胡梦冰，今后的 4 天旅程由我来陪伴，因时间不是十分宽裕，咱们这个旅游团只能游览包公祠、少林寺、龙门石窟、云台山、黄河大观等 10 多个景点，而嵖岈山、风穴寺、浮戏山、雪花洞、黄河小浪底、鸡公山、南湾湖、青天河、石人山、太行大峡谷、万仙山、文峰塔、亚武山、昭陵、云梦山、重渡沟等等更多的景点欢迎大家以后有机会再去看看吧。"

"皇天后土，厚重河南。珍藏在中原大地的历史文化遗存，犹如串串珍珠，使我们得以全面了解一个大国成长的历程，真切地触摸到中华民族生生不息的脉搏。在这里，文物与山川相互辉映，古老与现代相互交融，豪迈与柔情同时具备，历史与当代共同繁荣，中华之源，锦绣河南，我们热切地期盼着您的到来！河南人实在、热情、没有坏心眼，这是全国公认的，所以说我们河南导游的服务在中华大地上肯定是一流的，因为我们热心肠啊！我们的宗旨就是用心导游、用情服务。河南有句土语，'行'在这里叫'中'，大家对河南旅游有没有兴趣，大家对俺的初步印象中不中？"

"中！"大家异口同声。

第一天车览宋都御街，参观了包公祠、铁塔风景区后，我们一行当晚入住郑州奥海酒店。第二天一早去了少林寺。

"各位朋友，我们现在要去参观游览的地方就是中国禅宗的发源地——少林寺。少林寺始建于北魏，当时孝文帝为安顿印度僧人创建，因其坐落于少室山密林之中，故名少林寺。少林寺是天下第一名刹，也是少林武术的发源地。相传释迦牟尼的大弟子摩诃迦叶的第二十八代佛徒达摩泛海至广州，经南京，北渡长江来到嵩山少林寺，广集信徒，手传禅宗，被佛教尊奉为中国禅宗的初祖，少林寺也被奉为中国佛教的禅宗祖庭。"

阳光灿烂，清风拂面。上午10时58分，我们一行人兴致勃勃地走进少林寺风景山，门上牌匾中"少林寺"三个大字是清代康熙皇帝的御笔。乾隆皇帝的御笔很多，而康熙皇帝的却难得看到。因为康熙很少动笔，所以被称为"一字千金"，我们纷纷把"三千金"照了下来。这时，魏玉清、唐敏星两位领导招呼大家照个全照，陈进、林坚贞、孙宁宁很快围了过来，其他同行迅速赶来。

我们排了一个多小时的队，终于欣赏到了凶猛剽悍、出神入化、形神具备的少林功夫表演。但见攻防严密、来去自如的功夫拳、地躺拳、象形拳、蛇拳、狗拳、虎拳、鸭子拳、蝎子拳、豹拳、蛤蟆拳、猴拳、醉拳等势如雄鹰展翅；而铁铲、九节鞭、三节棍、朴刀、三股叉的劈、崩、抢、扫、缠、绕、绞、云、拦、点、拨、挑、撩、挂、戳等功夫博得一阵阵喝彩！

12 时 10 分，我们开始依次参观其他部分。首先是天王殿。天王殿的原建筑于 1928 年被石友三烧毁，这是 1982 年重修的。殿门外的两大金刚，传为"哼哈二将"，职责是守护佛法。大殿内侧塑的是四大天王，又称四大金刚，它们的职责是视察众生的善恶行为，扶危济困，降福人间，人们根据四大天王的组合特点，寓意"风调雨顺"。

我们看到少林寺塔林中的名塔有：唐贞元七年的法玩禅师塔、宋宣和三年的普通塔、金正隆二年的西唐塔、明万历八年的坦然石塔、元代（后）至元五年修造的菊庵长老塔、清康熙五年的彼岸塔等。塔林是研究我国古代建筑史、雕刻、书法、艺术史和宗教文化的珍贵宝藏。

自从《少林寺》这部电影公映之后，少林寺名声大振，海内外游客络绎不绝，"中国功夫冠天下，天下武功出少林"。嵩山少林寺雄踞中原大地，东边是七朝古都开封，西边是九朝古都洛阳，这里是"畿内名山""京郊之地"。也就是说，不管哪朝哪代，这里都是京城附近最有名气的大山。所以在封建社会，帝王贵族、文臣武将、历史名人、高僧名道都少不了要来嵩山活动，他们在这里留下极其灿烂的古代文化遗迹。"哪位能背出唐朝李白、白居易在少林寺留下的千古名句？"导游胡梦冰突然问道。

### 嵩山采菖蒲者

神人多古貌，双耳下垂肩。

嵩岳逢汉武，疑是九嶷仙。

我来采菖蒲，服食可延年。

言终忽不见，灭影入云烟。

喻帝竟莫悟，终归茂陵田。

### 从龙潭寺至少林寺题赠同游者

山屐田衣六七贤，搴芳踏翠弄潺湲。

九龙潭月落杯酒，三品松风飘管弦。

强健且宜游胜地，清凉不觉过炎天。

始知驾鹤乘云外，别有逍遥地上仙。

生活因旅游而精彩

同行的王晓燕等人非常流利地背诵了出来。

"好，热烈鼓掌。各位游客，少林寺的参观活动到处结束。"导游胡梦冰微笑着说。

龙门石窟、山西云冈石窟、敦煌莫高窟和天水麦积山石窟并称中国四大石窟。龙门石窟位于洛阳城南 12 千米，这里香山与龙门山对峙，伊水于山间北流，远望犹如一座天然门阙，史称"伊阙"，汉以后则以"龙门"和"伊阙"并称，龙门山色被誉为洛阳八大景之首。

"龙门石窟始凿于北魏孝文帝时，当时孝文帝深感国都偏于北方不利于统治，而地处中原的洛阳自然条件优越，于是在公元 493 年迁都洛阳，同时拉开了营建龙门石窟的序幕。2009 年，龙门石窟被中国世界纪录协会收录为中国现存窟龛最多的石窟。几乎每一个洞窟，都浓缩着一段历史，或记载着一段文明，或印证着一段沧桑。"导游胡梦冰在旅游大巴上如数家珍地告诉我们。

从少林寺出发，很快来到了龙门风景区。在龙门石窟入口处，上刻"龙门石窟"四个贴金行书，气势不凡的龙门大桥犹如彩虹卧波，雄跨于伊水之上，飞架于龙门之口，令人叹为观止。进入游览区，伊河边设有平坦的石路，通往各个洞、窟、寺。伊河水面上还有成群的水鸟在嬉戏，这里青峰屏峙，绿水畅流，由于天气晴好，秀美的伊河愈发显得波光潋滟。两岸垂柳枝叶婆娑，宛如碧玉丝绦，微风过处摇曳生姿，一扫我们旅途的劳顿，让人倍感神清气爽。我们穿过大桥拱门，沿着西山缓缓南行，进入龙山第一大洞窟。洞窟平面为马蹄形，穹隆顶，内雕一佛、二弟子、二菩萨和二天王，特别是南壁的大势至菩萨，造型丰满敦厚，仪态文静，与主佛造像为龙门石窟唐代石雕中最优美的两尊。

游洛阳龙门石窟，我们有两种感受：一种是历史的厚重感，精美的佛雕，让我们深感祖国文化艺术的博大精深；一种是耻辱感，为某些国人的愚昧行为而感到耻辱。因为石窟中的佛像大多被国人切割盗走，被破坏的惨状令人发指。被盗的石佛，有的早已被损毁，有的漂洋过海，成了外国人、外国博物馆的珍藏品。厚重感使我们更加珍爱民族的艺术，耻辱感让我们痛恨损害祖国文化的民族败类，同时也增强保护祖国珍贵文化遗产的责任感。我们走过的一个个空空的石窟，基本上没有了石佛，就像眼睛被挖去了眼珠，留下空洞的眼眶。我们心里感到非常沉重，真是欲哭无泪。优秀的文化遗迹历经磨难和浩劫，剩下的并不太多。作为一个有责任感的中国人，对身边的文化遗迹应当像爱护眼睛一样地爱护它们，因为，面对五千年的中华文明史，我们不能给儿孙后代留下文化的荒芜！

出得龙门来，夕阳已西下，我们不约而同回首向南，只见满天绚丽旖旎的霞光里，那青山秀水的自然景致与巧夺天工的人文雕刻相映生辉。我们仿佛看到古时匠人们在烈日下挥汗如雨，在夜晚火把辉映下奋力开凿的身影。那叮叮当当的开凿之声，蓦然已穿越千年的风雨呈现眼前，响在耳际。龙门石窟的佛像和书法碑刻，是我国古代劳动人民智慧和创造才能的结晶。仅此一游，便不虚河南此行了，我在心底想。

晚上，我们入住洛阳，品尝了洛阳水席。

洛阳水席的格式非常讲究，24 道菜不多不少，8 个凉菜、16 个热菜不能有丝毫偏差。16 个热菜中又分为大件、中件和压桌菜，名称讲究，上菜顺序也十分严格。客人到齐坐定后才上凉菜。8 个冷盘分为 4 荤 4 素，冷盘拼成的花鸟图案，色彩鲜艳，构思别致。水席首先以色取胜，我们坐定后一览席面，未曾动筷就食欲大振。

冷菜过后，16 个热菜一次上桌。上热菜时，大件和中件搭配成组，也就是一个大菜和两个略小的中菜配成一组。一组一组地上，味道齐全，丰富实惠。在水席上，爱吃冷食的人，可以找到适合自己的凉菜；爱吃辣菜的人，水席菜能让你辣得大汗淋漓；有人喜食甜食，第四组甜菜足以让人吃得可口惬意；如果有人爱吃荤菜，席面上山珍海味、飞禽走兽应有尽有，尽可一饱口福；不愿吃荤，想吃素菜的，以普通蔬菜为原料的素菜，粗菜细作，清爽利口。栾以文、曹中峰、房世旭、吴尚江、汤旗顺等同行在品赏完洛阳水席后赞赏有加。

导游胡梦冰在散席后说："洛阳水席内容丰富，味道齐全、汤水多是水席的特色，赴宴人汤菜交替食用，能让人感到肠胃舒适。洛阳人对于汤水丰富的传统水席，有着外人难以理解的深厚感情。它不仅是盛大宴会中备受欢迎的席面，在平时民间婚丧嫁娶、诞辰喜庆等礼仪场合，人们也惯用水席招待挚友亲朋。当地人还把水席看成是各种宴席中的上席，以此来款待远方来客。水席作为传统的饮食风俗，与传统的牡丹花会、古老的龙门石窟并称为洛阳三绝，被誉为古都洛阳的三大异风，许多外国元首和中外宾客品尝过后也对洛阳水席倍加赞赏。"

第三天一早，我们从洛阳向云台山驰去。一路上，大家看着搞笑的电视节目，做着互动游戏，一路欢笑一路歌，几个小时的车程，显得很是短暂。

云台山位于河南省修武县境内，是全球首批世界地质公园，景区面积190平方千米，是河南省唯一一个集国家重点风景名胜区、国家AAAA级景区、国家地质公园、国家森林公园、国家水利风景名胜区、国家猕猴自然保护区等六个国家级系于一体的风景名胜区。子曰："知者乐水，仁者乐山；知者动，仁者静；知者乐，仁者寿。"无论你喜山还是乐水，无论你好动或者好静，在云台山，都能找到自己的天地。云台之美不在于奇山怪石，也不在于小桥流水，而在于一种和谐。山与水的和谐，足以让你宁静下来，融入其中。我想这就是云台的美吧。

有人说，看水要去九寨沟，看山要去张家界。"到了云台山，不必去九寨沟与张家界了。"导游胡梦冰说，"各位朋友，今天我们一起来游览北国的名山圣水——云台山。"

云台山属太行山系，是豫北的名山。因山势险峻，主峰孤密秀矗，形似一口巨锅，兀覆在群峰之上，山间常年云雾缭绕，故得名云台山。这里有大小名峰36座，峰峦叠翠，雄奇险秀。在山上，我们吃了当地的农家菜后，便坐景区的绿色通行大巴直上茱萸峰。旅游大巴盘山而上，穿过叠彩洞。所谓叠彩洞，就是开凿在山上的隧洞，几乎每个隧洞都有一个急转弯，这短短的10千米整整用了十年才开凿成功，在以前山路是连接豫晋地区的唯一道路。基本上每个洞都不是直路，而是一个个180度的U形弯。大巴司机熟练地飙车，在绝壁上左冲右突，不少人相当配合地发出嗷嗷怪叫，名副其实的过山车！身旁群山立陡立崖，山峰冒尖，快要穿山洞时不时和对面的大巴迎面擦过，一会儿90度弯，一会儿120度弯，最大的弯度180度。

游完茱萸峰，我们驱车直奔红石峡谷景区。

红石峡谷景区全长1500米，是云台山的标志性景区。据地质考证，早在12亿年前，云台山地区还是一片广阔的海洋；3亿年前的石炭纪时期再次沉入大海，进入一个海陆相互交替的历史时期；在古代末期最终变为陆地。在漫长的岁月里，随着地球板块的运动，华北板块东部便产生了带状裂陷和隆起，因而就有了裂谷背景下峰墙纵横、崖墙环抱的云台地貌，再加上长期的水流切割，形成了现在的红石峡谷。我们全程大部分时间随队伍缓慢移动，走了2个小时，算是比较快的。

游览红石峡最重要的要诀就是："不要着急，慢慢走，慢慢看，千万不要错过任何景色，否则没有后悔药吃。"来到山脚，还没看到瀑布，就听见水声滔滔，就听见人们的欢呼。远远看见一条黄龙似的水流，那就是云台天瀑，我们怀着好奇心快步走上前去，心里默默地想起李白的《望庐山瀑布》中的"飞流直下三千尺，疑是银河落九天"。三千尺就是1000多米啊！这云台天瀑也是这么高吧！

云台山景区含泉瀑峡、潭瀑峡、子房湖、万善寺、百家岩、仙苑、圣顶、叠彩洞、青龙峡、峰林峡等十大景点，"云台瀑"是亚洲落差最大的瀑布。大自然真是巧夺天工，这样奇特的山体、断壁、峡谷、泉瀑组成了一道道自然景色的奇观，令人惊叹。云台山无愧于"世界地质公园"的称号。因为时间和体力的原因，我们只游玩了红石峡、茱萸峰等景点，其余的景点再没有力气游览了。

本来相约下午4时集中返回郑州，可近6时全员才到齐，整整耽误了2个小时。第四天一早，我们前往黄河游览区。黄河，现代人亲切地称之为"母亲河""中华民族的摇篮"。从黄河的这座中型提灌站可以看出，黄河两岸的人民至今仍在吸吮着母亲河的乳汁。我问导游河南有哪些红色旅游线路，导游一一道来："郑州二七纪念塔、兰考焦裕禄纪念馆、安阳红旗渠、新县鄂豫皖苏区首府革命博物馆、鄂豫皖苏区革命烈士陵园、罗山县铁铺乡红二十五军长征出发地、驻马店确山县竹沟镇确山村竹沟革命纪念馆、杨靖宇纪念馆和鲁山县邓小平、刘伯承的纪念馆等。"

12时许，我们开始了集体购物。导游说："河南比较有名的是洛阳唐三彩、禹州钧瓷、汝州汝瓷、滑县道口烧鸡、西峡山茱萸、方城丹参、焦作怀山药、灵宝大枣等特产。"

郑州是中华文明的发祥地之一，文物古迹丰富，有以裴李岗、秦王寨、大河村、二里岗等命名的古代文化遗存，有中国古老的都城、原始瓷器、甲骨文等。郑州处于军事交通要地，北控黄河，西扣潼关，南达荆楚，东连淮海，自古为兵家必争之地，在这里发生过许多次重要的军事争夺战。郑州也是具有革命传统的现代历史名城，二七大罢工就发生在这里。我们利用中午的时间来郑州二七纪念塔，她位于郑州市二七广场，是为纪念二七工人大罢工而建。二七纪念塔是郑州市的重要标志，也是国内外游客必游之地！

下午1时10分中餐后我们到达郑州火车站，导游胡梦冰与我们依依惜别。晚上9时许，全程领队惠玮送我们回到单位，挥手再见，愉快而组织严密的中州之行画上了一个圆满的句号。

# 走进女儿的婚姻殿堂

南京晚宴大酒店是一个完全奢华风格的酒店，装修气派豪华，包间是欧式风格，空间宽敞。大厅走的是欧洲宫廷的装修风格，巨幅画像很有品位；餐厅菜色以江鲜、土菜为主，如剁椒鸦片鱼头、香笋煮江白虾、湘笋烧肉、脆皮凉瓜汤圆、香芋烧鲴鱼、湘笋烧肉、红烧羊肉、腊肉马蹄炒尖椒等。

这是我为女儿选择的结婚酒店。

结婚一个月前，我首先在京西宾馆邀请了多年的老领导和同事朱义泉、郑运宜、张冠军、赵向辉、徐国华、卢正思、华定辉、霍永发等，商谈确定了主婚人、证婚人；结婚15天前，在晚宴大酒店与筹备组樊俊富、王传辉、华定辉、刘支援、周晓春、吕贤芝、王健、王奎龙、岳良志、华定辉、殷延康等一行，商谈确定了邀请人员的名单。

婚礼这天一早，一切准备就绪，我打电话问他们到哪里了，被告知化妆师在给女儿化妆，伴娘在帮她穿礼服。我们都在紧张地等待女婿的到来——因我们两家离得很远，怕路上堵车。女婿在进门前大喊："爸爸妈妈，我来看您了。"便轻而易举地进了家门。我家此时喧闹非凡，人们只有笑语声和夸奖声。由于女儿的妆还没化完，女婿在大厅里等候。外甥女莉莉出了几个考题，女婿机智地回答出来了，看到他们开心的样子，我们真的挺开心。化妆完毕，女婿开始为我们敬茶，我们掏出红包给女婿，女儿跟女婿要他那份，女婿不给。最后两人石头剪刀布，女儿输了，可是女婿还是把红包给了女儿。女婿抱女儿出门之前，摄影师递给了我两个苹果，让我递给他们一人一个，表示一生平平安安。宝马车飞驰而去。

一路还算顺利，即使因到处修路造成车辆堵塞，我们还是很早来到酒店。

宝马送来了我的宝贝千金，挂满彩色气球的香车缓缓地驶向婚典的圣地。打开车门，里面走出了一对幸福的新人。顿时，喜庆的爆竹震天作响。女儿女婿缓缓地走过那红红的地毯，那散发着淡粉色柔和光彩的路引，错落有序地置放在红红的地毯两旁，显得那么优雅、大方；那绚丽夺目的烟花骤然绽放烘托了婚典的喜庆气氛，那纷纷洒落的花瓣漫天飞舞，令人眼花缭乱。穿过那色彩绚丽的花门，女儿步入那庄严的婚姻殿堂，伴娘像是上帝派来的天使，陪伴在新娘的身旁，感谢上帝的恩赐，让新娘、新郎身上焕发着青春的靓丽光彩。

是啊，结婚是一个人生命里最隆重、最美好的事件，喜欢追逐时光的人愿意把自己一生中最美好最绚丽的一面展示出来，让所有的亲朋好友分享婚典的喜悦。金色的阳光、大地、果实和收获，装扮着这个金秋的国庆节，五彩缤纷的花朵、火红的地毯、时尚的舞蹈、美酒的飘香、璀璨的灯光，映衬着来自各方宾客的欢乐的笑脸。喜庆的婚礼鸣奏曲响起了，我牵着女儿的手，将她托付给她心中的徐亮，目送他们携手走向婚姻的殿堂。

十月，是国家幸福的节日，是家庭幸福的节日，也是我们全家幸福的节日，更是女儿和女婿幸福的节日。从这一天起，我们的女儿，从爸爸妈妈的手心里飞走了，飞得那么高、那么远，飞向蓝天，飞向属于她和他的那个广阔的世界。这个从小沐浴在爸爸妈妈的爱意下的女儿，居然在今天要飞向另一个男人的怀抱。你们流下了幸福甜蜜的笑和幸福甜蜜的泪花。此时此刻，我们也幸福甜蜜地笑了，也流下了幸福甜蜜的泪花。我们有些舍不得，却又必须舍得。

主持人慷慨激昂地宣布："欢声笑语，天降吉祥。天赐良缘，高朋满座，今天参加李芳芳女士与徐亮先生婚庆典礼的领导有：南京指挥学校原政委郑运宜首长，武警总队政治部原副主任张冠军首长，南京市公安局政治部副主任、今天的主婚人钱聿刚首长，镇江市公安局政治部原领导张开新首长和夫人李老师，市公安局组教处原处长汪建文女士等。省人大、省政协、省公安厅、市检察院、法院、市公安局等单位处室领导200多人也都出席了今天的婚庆典礼。对你们的大驾光临，双方家长表示衷心的谢意和热烈的欢迎。

"今晚的婚礼注定是一个曼妙得令人难以形容的婚典，夜空繁星皓森，如梦如幻，来宾如潮，这个溢满温馨的夜晚注定属于这一对新人。"

女儿像美丽的公主，面带幸福的笑容，女婿像一个体魄健壮的卫士，高大笔挺的身材，穿着休闲的服装，他们一出场，全场轰动了。女儿今夜格外漂亮，你继承了父母身上优秀的品德，正直善良、古道热肠，爸爸永远爱你。你从小乖巧听话、懂事聪明，你是父母心中的骄傲。我端详女儿美丽的面庞，泪光盈盈，女儿永远是我眼中一道最靓丽的风景，女儿是我一生中最为得意的作品。

是啊，婚姻是真诚的相爱，是大度的宽容，是热切的关心，是温柔的体贴，是美满中有和谐，是浪漫中有温馨，是舒适中有安宁，是失败中能得到对方的支持，是困难时有对方的支撑，是忧伤时有对方的抚慰。婚姻是责任，这份责任包括家庭的维系和对子女的教育；婚姻是义务，这个义务同样是对家庭的维系、子女的教育；婚姻是尽孝，尽孝指的是对双方父母和爷爷奶奶、外公外婆等其他所有长辈的孝顺；婚姻是包容，这包容不仅指的是夫妻之间，还包括双方的老人及其家庭中所有的成员，在你接受对方的时候就要学会包容一切；婚姻是理解；婚姻是和谐。

所有的女孩对婚礼都有着无数幻想，因为在那一天，她们将开启一段全新的人生旅途。这一天除了新郎新娘，最用心的就是我了，因为，新郎刚刚参加工作，父母又在千里之外。回味婚礼的举办，我总是十分欣慰，在策划的过程中，为了能突显出新人对未来生活的期盼和美梦成真的欣喜，我这个婚礼策划师忙碌了无数个日日夜夜。

在确定邀请的领导、同事和朋友及桌次安排上，我与筹备组进行了精细的安排。

"花瓣飞，彩蝶追，欢腾的喜庆在飘摇；结婚了，送个花篮，成双成对；有玉兰，万事不难；有茉莉，事事如意；有秋菊，年年有余；有火鹤，红红火火；有牡丹，一生平安。缔结良缘，成家之始，鸳鸯璧合，文定吉祥，姻缘相配，白首成约，终身之盟，盟结良缘，许订终身贺新婚。老首长出场，快乐的歌声会永远伴你们同行，老领导出场，你们婚后的生活会洋溢着喜悦与欢快，老战友和亲戚朋友出场，你们会永浴于无穷的快乐年华。双方家长会永远记住参加今天婚宴的老首长、老领导、老战友和亲戚朋友的大驾光临。"

婚礼进入第二阶段，主婚人、市局政治部领导钱聿钢致辞：

"各位来宾、各位朋友：大家好！

"今天是徐亮、李芳芳喜结良缘的大喜日子，在这华灯初放、嘉宾盈门的时刻，在这神圣而庄严的婚礼仪式上，我将同大家共同见证这对新人的婚礼。首先感谢他们父母的盛情邀请，让我们能欢聚一堂，让我们能为一对新人送上我们衷心的祝福。在这里我代表所有的来宾祝福徐亮先生与李芳芳女士新婚快乐，花好月圆，吉祥如意。

"我们面前这对新人，新郎青年才俊，新娘娇美如花，真是天造地设的一对神仙眷侣。今天你们牵手走进了婚姻的殿堂，这是前世千年修来的缘分，这是前世千百次回眸积累的情分，希望你们珍惜这份来之不易的情缘。今天我受新郎新娘父母的委托，十分荣幸地担任徐亮先生和李芳芳女士的主婚人，俗话说：'有缘千里来相会'。一个在湖南，一个在江苏，一个学文科，一个学理科，在南京高校研究生的学业路上，一经相遇，就一见钟情，一见倾心。两颗真诚的心碰撞在了一起，闪烁出爱情的火花。他们相爱了，他们天生一对。在他们新的生活即将开始的时候，我希望新郎、新娘互谅所短，互见所长，爱情不渝，幸福无疆。从今以后你们都要一心一意、忠贞不渝地爱护

走进女儿的婚姻殿堂

对方，在人生旅途中永远心心相印，美满幸福。

"最后，我祝你们钟爱一生，永结同心。谢谢大家。"

著名作家张茂龙先生在证婚词中说：

"各位来宾、各位先生、各位女士、各位亲朋好友：大家晚上好！

"我受新郎新娘双方家长的重托，担任徐亮先生与李芳芳女士结婚的证婚人。能为这对珠联璧合、佳偶天成的新人做证婚人，我感到十分荣幸。在这神圣而又庄严的婚礼仪式上，我将同大家共同见证这对新人的美好时刻。

"新郎不仅外表英俊潇洒，而且心地善良、忠厚诚实，为人和善。新娘不仅长得漂亮可爱，而且具有东方女性的内在美，温柔贤惠，美丽大方，是一位品质高尚的好姑娘。

"古人说'心有灵犀一点通'。是情、是缘、是爱，使他们俩相知、相爱、相守。时光不仅创造了这对新人，而且还要创造他们的后代，创造他们美好的未来！现在我代表中华人民共和国民政部郑重宣布：'新郎徐亮先生，新娘李芳芳女士的婚姻，完全符合我国《婚姻法》的规定，婚姻合法有效！'希望你们在今后的日子里，要互敬、互爱、互谅、互助，无论今后是顺畅或是坎坷，你们的心总是连在一起，把对方作为自己毕生的依靠，相依走向灿烂的明天。

"值此美好的时刻，你们不能忘却了给予你们无限呵护的父母亲，要把对父母的感念之情化为实际的行动，常回家看看。要孝敬双方的父母，虽然在你们今后的人生旅途中，可能会有风雨坎坷，但是有了亲人的陪伴，有了朋友的关爱，相信你们一定会永结同心，永浴爱河！祝你们共享爱情，共擎风雨，白头偕老；祝你们人生美好，生命无憾；祝你们钟爱一生，早生贵子，美满幸福！

"祝所有来宾，所有的亲朋好友身体健康、万事如意。"

主持人的话在大厅响起："相亲相爱好伴侣，同德同心美姻缘。花烛笑迎比翼鸟，洞房喜开并头梅。夫唱妇随，珠联璧合，凤凰于飞，美满家园，琴瑟合鸣，相敬如宾，同德同心，如鼓琴瑟，花开并蒂。宾客连声赞，郎俊新妇贤。百年好合赛神仙，花烛亦展颜。在这花好月圆的时刻，新郎新娘和他们的父母祝参加婚宴的老首长、老领导、老战友和亲戚朋友身体健康，家庭幸福。"

地方领导在讲话中说：

"金色十月，秋高气爽，九州同庆，天合之作。在这神圣而又庄严的婚礼仪式上，能代表所有来宾向这对珠联璧合、佳偶天成的新人献上温馨的贺词，我感到十分高兴。13亿茫茫人海，你们从相识、相知、相恋，一直走向这神圣的婚礼殿堂，在此踏上爱情的红地毯，真是天公作美，缘分所致。甜蜜的爱情在这一刻升华，美好的生活从此共同品味。首先，让我们用热烈的掌声，向这对新人的美满结合表示由衷的祝福和真诚的祝贺。

"二位新人都是研究生毕业，一个在南京邮电设计院工作，一个在南京光大银行工作，可想而知二位新人的学识和能力是非常强的，可以说二位新人在人生起点踏出的第一步是非常成功的。成功是给有准备的人，他们以后的工作和生活会更加辉煌。从今天起，你们将成为人生漫漫旅途中的伴侣。天作之合，鸾凤和鸣。'十年修得同船渡，百年修得共枕眠。'希望你们倍加珍惜这百年修得的姻缘，恩恩爱爱，用勤劳智慧之手，创造灿若星河的美好明天，希望你们能够像以往那样亲亲密密、相互理解、相互支持、比翼双飞。

"终身大事而今开始，百年事业刚刚起步。婚姻既是爱情的结果，又是爱情和生活的开始。希望你们事业上相互支持，相互勉励。生活上相互关心，相敬如宾。单位上尊敬领导，团结同事。家庭中孝敬父母，恩爱甜蜜。早日为老徐、老李家添一对可爱的龙凤双胞胎。

"来宾们，在这美好的时刻，希望大家吃好喝好。新郎新娘衷心地感谢大家前来祝贺和捧场，他们夫妻会用感恩的心在以后的工作和生活中回报给大家！

"新婚新起点，喜事喜开端。最后，我们祝这对天成佳偶百年好合，美满良缘到白头，愿他们夫妻恩爱敬如宾，事业爱情双丰收。一家喜事大家办，欢欢乐乐结良缘，同喜同乐续友情，社会和谐天地

207
走进女儿的婚姻殿堂

宽。祝愿在座的所有嘉宾身体健康，合家欢乐！万事如意！谢谢大家！"

来宾霍永发战友在致辞中说：

"尊敬的各位领导、各位朋友、各位来宾，大家晚上好！

"在硕果累累的金秋时节，在充满丰收喜悦的时刻，在徐李两家合婚的大喜日子，我是李家千金父亲30年前的战友，蒙主人邀请从连云港赶来，得以参加盛会，万分荣幸。

"大家知道，社会的昌盛以个人家庭的幸福、婚姻的美满为起点，婚姻是社会的基础。今天徐亮先生与芳芳女士结婚，郎才女貌，佳偶天成。俗话说：'同船共渡，需五百世因缘。'我衷心祝福两位新人，生活像蜜一样甘甜，爱情像钻石般永恒，事业像黄金般灿烂。祝愿你们生活美好，生命精彩，人生辉煌。今天，天上人间共同舞起了美丽的秋光。今夜，星光灿烂，多情的夜晚又增添了两颗耀眼的新星，徐先生和芳芳女士踏着鲜红的地毯幸福地走上了婚姻的殿堂。从此，他们将相互依偎着牵手撑起一片爱的蓝天，事业上作比翼鸟，生活上作连理枝。最后，让我们共同分享这幸福而美好的时刻，愿两位新人从此互敬互爱、谦让包容，像光一样彼此照耀，像火一样温暖另一半。祝愿他们，用自己的聪明才智和勤劳双手打造美好的未来。祝各位来宾万事顺畅，吉祥满堂！德合的朋友就是我的朋友，欢迎大家有机会到连云港永发投资担保有限公司做客。谢谢大家。"

亲家公的讲话言简意赅，意味深长，颇有电影演员的风范，赢得了阵阵掌声。而我的讲话引起不小的轰动，数次被打断，我让大家不要哄了，致辞更是慷慨激昂：

"尊敬的各位领导、各位亲朋好友：

"大家好！今天是我女儿李芳芳和女婿徐亮喜结良缘、携手步入婚姻殿堂的喜庆之日，承蒙各位领导、各位亲朋好友的支持与厚爱，在百忙中大驾光临致贺。有这么多热情、真诚、友好的领导和嘉宾在百忙之中来参加女儿的婚庆活动，我们全家被这种真挚的关怀和崇高的友谊深深感动。您的光临是我们的荣耀和幸福。首先请允许我代表我的夫人、代表我的亲家和两个孩子对大家的莅临表示诚挚的欢迎和衷心的感谢!

"女儿芳芳是在亲人、师长、同事们的关爱、教诲、呵护下长大成人的,我们庆幸自己的女儿在成长的过程中,有着健康的体魄,庆幸她学会了善良,学会了做人。感谢上苍和爱神,在女儿成人之后,又让她在茫茫人海里觅到了她的心上人。女婿徐亮的到来让我们感到由衷的满意和幸福,他是一个心地善良、明事理、有责任感的小伙子。今天,我们把女儿交给他,从心里感到高兴和踏实。我们相信,徐亮会像我们一样一生善待芳芳,会一生呵护疼爱她的。

"在这里,我向女儿女婿说三句话。第一句,愿你们携手百年家庭幸福。在今后的岁月里你们要不断地创造、培养、磨合、建设、维护、完善你们的婚姻,你们要珍惜自己的健康和爱情。身体的健康、平安和家庭的幸福是人生的根本,是生活、事业最牢固的基石。你们一生的健康和平安是父母亲人最大的牵挂。第二句话,愿你们恩恩爱爱、勤俭持家。你们要懂得,财富的多少永远决定不了人生的幸福,你们要珍惜人间的亲情和友情,这是人生中最大、最宝贵的一笔财富。你们要永远用一颗感恩的心来面对世界,永远感恩父母,感恩亲人,感恩领导和同事,感恩这个社会。第三句话,愿你们心往一处。你们要珍惜自己的工作,珍惜现有的一切,不断地学习;你们要互敬、互爱、互谅、互助,以事业为重,用自己的聪明才智和勤劳双手去创造美好的未来,永远做一个对社会有用的人。

"婚姻,是一种契约和责任,婚姻是爱情的升华,是彼此双方对生活、生命的一种确认。爱情一旦成熟,就要走进婚姻的殿堂,建立幸福的家庭。孝顺的孩子是父母一生最大的财富。是你们让我们品尝到了为人父母的甜蜜,让我们体会到了人生的美满和幸福。作为家长,此时此刻,我有千言万语要对我的女儿、女婿说:'愿你们夫妻恩爱,从今以后,无论是贫困,还是富有,你们都要一生、一世、一心、一意,忠贞不渝地爱护对方,在人生的路途中永远心心相印,美满幸福。'同时,我还衷心地希望你们:'永远做一个好儿子、好女儿，永远当一个好媳妇、好女婿。为此，我们感谢你们！

"各位领导，各位嘉宾、各位朋友，你们都是我和女儿成长与成才的引领者、帮助者和见证者，你们是我和我的家庭最尊重和最值得铭记的人，此时此刻我代表我们全家对这么多年来无微不至地关心我们全家的各位领导、亲朋好友再次表示感谢！对今天特意参加我女儿婚庆活动的所有领导和嘉宾再次表示感谢！对为今天的活动付出心血和汗水的领导和朋友表示感谢！最后，祝愿在座的所有嘉宾和朋友合家幸福！万事如意！身体健康！吉祥如意！并吃好、喝好。谢谢大家！"

掌声响起，欢快的歌声响起，我们双方父母带着一对新人，一桌一桌开始敬酒了。

"托清风捎去衷心的祝福，让流云奉上真挚的情意，今夕何夕，空气里都充满了醉人的甜蜜。伸出爱的手，接住盈盈的祝福，让幸福绽放灿烂的花朵，迎向你们未来的日子。爱情岁月手牵手，幸福日子天天有，灯下一对幸福侣，洞房两朵爱情花，金屋笙歌偕彩凤，洞房花烛喜乘龙。今天婚礼的成功举行，离不开一个个老首长、老领导、老战友和亲戚朋友的捧场，离不开仲伟民、华定辉、刘支援、殷延康等婚礼筹备组的不辞辛劳，离不开晚宴大酒店的魏总和全体员工的辛勤劳动。新郎新娘和他们的父母再次谢谢大家，祝老首长、老领导、老战友和亲戚朋友快乐健康、福星高照、开心吉祥、百事顺遂、天宽地广、鸿运当头、山高水长。"

恍惚间，那个在爸爸妈妈心中的小宝贝，怎么就一下子长大了呢？长得那么纯洁，长得那么青春，长得那么娇艳，长得那么绚丽。是美了，美得爸爸妈妈心里乐开了花，美得这个世界也增添了光彩。女儿飞了，飞得那么高，飞得那么远，飞向蓝天，飞向世界，飞向美好，飞向幸福的新天地。在这个大喜的日子里，我想起了26年前的4月8日，我在郑州学习，当时很想见见刚刚出生的可爱的女儿，于是我给女儿写了一封没有发出的信："这个世界很大很大，我的女儿很小很小，然而，我的女儿今天来到了这个世界上。爸爸相信，随着你的成长，你一定会给这个世界带来更多的欢乐，增添更多的光彩。"今天，当我看到女儿步入婚姻的殿堂，我高兴地感受到，可爱的女儿，正如我 26 年前所言。女儿以优异的成绩完成了学业，现已在金融部门工作，为今后漫长的人生征途奠定了坚实的基础。在这个大喜的日子里，爸爸想要告诉你："女儿，你是我们的骄傲，爸爸妈妈祝贺你们，祝贺你们婚姻美满，花好月圆，祝愿你们今后的小日子过得红红火火，祝愿你们的工作事业顺顺利利，祝愿你们为伟大的祖国做出更大的贡献。"

# 参观渡江胜利纪念馆暨悼念母亲

钟山风雨起苍黄，百万雄师过大江。

虎踞龙盘今胜昔，天翻地覆慨而慷。

宜将胜勇追穷寇，不可沽名学霸王。

天若有情天亦老，人间正道是沧桑。

这是毛主席写的七律《人民解放军占领南京》，你能感受到慷慨激昂、令人振奋吗？这年7月，我参观了渡江胜利纪念馆，我真正感受到了那股浩然正气。

渡江胜利纪念馆由胜利广场和主馆区两部分组成，该馆占地总面积6582平方米，总建筑面积约9000平方米，展厅面积2400余平方米。胜利纪念广场上赫然矗立着6组49颗红色五星组成的群雕，总高度为49.423米。

7月的一天下午，我独自步入广场，面前出现了一排伟人雕像，刘伯承、陈毅、邓小平、粟裕、谭震林等渡江战役"五前委"成员目光炯炯，神态严峻，仿佛正在指挥这场伟大的战斗。广场中央，停泊着纪念馆的镇馆之宝——当年渡江的第一船"京电号"小火轮。这艘满载渡江战役记忆的"京电号"，是在多方努力之下才从连云港灌南重新回到南京的。我顺着他们的目光看去，一艘庞大的钢质蒸汽机动船矗立在广场中央，仿佛正冒着滚滚浓烟，从江面上驶来。

纪念馆最吸引人的当数"千帆竞渡"群雕。再往前走，步入馆内，放眼望去，画有渡江战役英雄的墙壁上刻着"天翻地覆慨而慷"七个金光闪闪的大字。墙壁旁，还依次排列着几艘大木船。站在船旁，我仿佛听见战士们的呐喊声、划船声，看见战士们手持枪支，站在船头浴血奋战的场景。主展厅内共展示各类文物和复制品400余件，珍贵历史照片500余幅。序厅被布置成一只大木船的形象，象征着人民解放军凭借简陋的木壳帆船强渡长江天堑，摧毁国民党军队的长江防线、解放国民党政府首都南京、宣告蒋家王朝覆灭的历史过程，南京不愧为"英雄之都""胜利之城"。

展厅内，透明玻璃柜里还呈放着渡江英雄烈士的遗物：有军大衣、草鞋、公文包等，还有造船工具、受降图、防毒面具……战士们用鲜血换来了我们今天的新生活！

你看，那栩栩如生的石像、油画，表现出解放军们可歌可泣的精神。一件件血衣、一双双破旧的鞋子，代表着解放军们承受的血肉之苦。那一艘小木船早已腐朽，只留下半块甲板和船桨，救生圈只是用稻草和芦苇做的，它们要告诉我们当时的艰苦。一颗颗子弹，一把把手枪，告诉人们烈士们的英勇和伟大。一张张奖状，一张张证书，诉说着我们对胜利的喜悦。

展览中还专门安排了一个纪念厅，以渡江胜利纪念章为主题，展览解放军渡江战役师以上指挥员名录和烈士名录。我在这里向英雄们三鞠躬，献上了100朵盛开的鲜花。

渡江战役是解放战争时期人民解放军二野、三野和四野一部在长江中下游强渡长江，对国民党军汤恩伯、白崇禧两集团进行的战略性进攻战役，也是解放战争最后一场重大战役。1949年4月21日，毛泽东和朱德发出了向全国进军的命令，人民解放军从西起九江、东到江阴的千里江面上发起了规模空前的渡江作战，于4月23日深夜渡过长江，摧毁了国民党军的长江防线。4月24日凌晨，解放军先遣部队占领南京国民党"总统府"，把红旗插上了总统府门楼上。"钟

213

参观渡江胜利纪念馆暨悼念母亲

山风雨起苍黄，百万雄师过大江。"随着南京解放，4月23日——大军横渡长江的这一天——成了南京城市的一个重要纪念日。

走出纪念馆，我心潮起伏，久久不能平静。渡江英雄为了人民的利益、国家的解放，英勇抗敌，前仆后继，为解放南京、解放全中国奠定了牢固的基础。"渡江战役历时42天，人民解放军以木帆船为主要航渡工具，一举突破国民党军的长江防线，并以运动战和城市攻坚战相结合，合围并歼灭其重兵集团，为而后解放华东全境和向华南、西南地区进军创造了重要条件。"渡江战役的历史意义是永久的，是不容忽视的。渡江战役是中国当代史上具有重大历史意义的一场战役，渡江战役的胜利彻底推翻了蒋家王朝的统治，谱写了人类战争史上以弱胜强的壮丽篇章。南京的解放，为建立新中国奠定了坚实的基础。渡江战役虽然已经过去半个多世纪了，但是为我们留下的宝贵精神财富仍具有重要现实意义。渡江战役纪念馆作为南京市青少年思想教育阵地，成为青少年参观学习、获得历史知识、接受革命传统教育、传播渡江精神以及解放军精神的重要基地。我们能够通过它了解更多可信的历史，进而更深层次地了解伟大的革命精神，并将这种足以让我们自豪的精神一代一代传播下去。这才是真正意义所在。

8月28日母亲突发脑出血，在徐州九七医院进行抢救。她转入康复医疗院后，于10月22日凌晨去世。接到弟弟的电话，听到妹妹的哭声，我知道，母亲永远醒不来了。当我接到这个噩耗的那一刻，悲痛不已，潸然泪流。妈妈的离别定格在她73岁这年。母亲，是大慈大悲的菩萨不忍您在人间再遭受苦难，把您接走了吗？母亲19年前脑出血，这次患病后我两次回家探望，守护母亲七天七夜，医院最好的药物、能使用的治疗方法都用了，可母亲一直没有醒来，此后妹妹和两个弟弟每天为母亲擦洗身体。而今，母亲的生命已经变成了一缕轻烟，化羽而去，她可能正在空中看着儿女们为她忙碌着。母亲，您的一生都在为儿女们忙碌着、操劳着，生命的最后关头，让儿女们为您忙碌一次吧。

母亲，您一转身的距离，便成了永远，不留下只言片语。您去了哪里？您怎么舍得辞别您生活70多年的滚滚红尘？面对您的遗像和遗物，我们触景生情，睹物思人，不禁落泪。回味着往日的温暖，没有您的屋子是空荡荡的，纵使人群满屋，缺少您，也总会让人觉得缺少那么一些温馨的快乐。从此，我们永远失去了妈妈，从此便没有能遮风挡雨的港湾，保护神也就没了，温馨的幸福也残缺了，就像白天没有阳光，夜里没有月亮！您虽然已到了天国，可您的音容笑貌却永远活在我们心中！我们是多么的希望母亲能再多活10年，仅10年，您就能看着孙辈莉莉、佳佳、峰峰、漠漠、丁丁等几人幸福地成家。母亲操劳一生，本应安享晚年，但一生为子女，甘愿吃尽苦中苦，清贫节俭，奔波操劳。母亲生性坚强，但与人为善，能忍则忍，宁愿自己多吃苦，也不愿求人。母亲不仅给我们树立了良好的形象，而且也是我们今天做人的榜样和原则，无论回报母亲什么，也难以报答她的养育之恩。

慈母一生，光彩照人，高尚品德，垂范子孙，披星戴月，辛勤耕耘。母亲的一生很平凡，没有做过什么大事，也没有什么惊天动地可歌可泣的业绩，她只是一位典型的劳动妇女。但纯真的母爱情感，朴实的为人境界，平凡之中显现出她伟大的人格和质朴的情操，我们要永远铭记母亲的恩德。儿女们陆续成家后，母亲待西霞、宝柱、春梅、王丽等儿媳、女婿如亲生，待他们的父母赵化臣、周玉英等如兄妹，待芳芳、莉莉、佳佳、峰峰、漠漠、丁丁等孙辈们更是宠爱有加、关爱备至。无情的现实，只能化作我们对母亲永久的追忆！母亲，愿您一路走好！我们为您选中的乐土，乃是您和父亲在一起永久居住的家。母亲大人，您终于可以在那里停止匆匆的人生旅途，安心地歇息了，虽然您已经无法再睁开双眼，再看看您钟爱的儿女子孙们，但作为一位平凡而伟大的母亲，您可以告慰平生了！母亲，您放心地走吧！我们兄妹也会慢慢地从悲痛和忧郁中走出去，从深切的思念中走出来，我们会彼此搀扶、互相照应，继续着我们漫漫的人生旅途，期待梦中能与您在天国乐土重逢团聚！起来吧，母亲，再对我们招一招手，您一招手，就会有无限春光迎面扑来……

小时候，在我们眼里，母亲的身影是高大的，就像家门口的大树，荫庇着我们，为我们遮风挡雨。再大的事，再苦的难，母亲都能挺着，扛过去，从不让我们操心。她不说累，不喊苦，只会苦口婆心地对我们说："好好学习，要有出息；听长辈的话，要孝顺。"母亲从不会说什么大道理，也不会用什么教育方法，但她的言传身教是我们最好的导航。在家里，母亲任劳任怨，孝顺父母公婆，两边的老人从来都夸母亲贴心、孝顺；与亲朋，母亲热情善良、体贴周到，她与几个姑姑关系融洽，和亲戚朋友和睦、友好；对邻里，母亲热心诚恳、乐于助人。她的品行，众人有目共睹，个个称道。我们做子女的暗暗学习，渴望着快快长大，好帮母亲分担责任，让母亲好好休息。母亲是一位坚强善良、质朴勤劳的女性。由于家境贫寒，条件较差，她从很小起就自强自立，备尝生活的艰辛。成家后，她与父亲一起担起了两个大家庭的生计，还肩负了养育我们的职责。记忆里的母亲从来没有闲下来的时候，春种秋收时节，她在田里劳作，面朝黄土背朝天，用一把把的汗水浇灌着养家养儿的粮食；农闲时节，她也从不停歇，缝补浆洗、做饭干家务，一双忙忙碌碌的手细细地打点着全家上下的衣食。母亲一身干劲，早出晚归，披星戴月，为我们做饭，监督我们学习，丝毫不肯放松片刻。日复一日，年复一年，春去秋来多少变迁，可是母亲的辛苦和体贴却数十年如一日，从未改变。

　　时光荏苒，日月如梭。我们的腰板一天天挺直，越长越高，母亲的身躯却日渐消瘦；我们的目光越来越坚定，透过母亲的期望我们看得更远，母亲的眼睛却越来越吃力；我们的头发越来越浓密，母亲的乌发却慢慢稀疏，两鬓斑白。岁月的浪潮推着我们前进、独当一面，却也无情地带走了母亲的青春，我们无奈地发现：母亲老了，让人心酸地老了。今天的我们已经各自成家，也同样为人父母，彻底理解了母亲曾经的付出是多么伟大，母亲的奉献是多么无私！"谁言寸草心，报得三春晖。"我们终于可以站在母亲面前，替她操劳，让她好好歇歇，安享晚年。然而谁知，病魔却悄无声息地将魔爪伸向母亲，不愿成全我们的孝心！现在，敬爱的母亲永远地走了，我们再也无法亲耳聆听您的谆谆教诲，再也无法亲眼面对您的音容笑貌。我们只能在心中深深地缅怀敬爱的母亲，怎能不感到极度的哀痛和绵绵的思念！母亲，您就放心地走吧，我们自当化悲痛为力量，牢记您的遗训，清清白白做人、勤勤恳恳做事、扎扎实实工作，像您一样，最大限度地实现人生价值；我们自当继承母亲留下的良好家风和优良品德，一定会善待和教育好自己的子女，把他们培养成出色的人才，像你所希望的那样，一定不让您失望。因为，我们知道，这是对您在天之灵的最大告慰！

母爱是默默无闻的，是寓于无形之中的一种感情，只有用心的人才能体会得到。母爱是深沉凝重的，不是随便言谈的。母亲给予我们的爱是世间最真最纯的爱，我们在爱中成长，正如同新生的花朵被春雨呵护着，正如飞翔的鸟儿被蓝天呵护着，正如自由的鱼儿被大海呵护着，我们被母亲的爱呵护着。这个世界上最博大的是天空，而母爱，比天空还要博大！这个世界上只有时间是永恒的，而母爱，可以超越永恒！敬爱的母亲，您的后人会永远记住您的恩情，记住您的高风盛德，会将您的优良品格发扬光大，亦会克勤克俭，孜孜以求，以表里如一的言行，告慰您的在天之灵！愿您在天堂过上幸福安逸的生活。母亲，我们永远怀念您！

是啊，至亲至爱的人是父母。父母对儿女之爱，是盼望、是期待、是守候。父母之爱，是血亲之爱、骨肉之爱，是无私无求、入情入境、自然超然之爱。父母对儿女的爱，最真诚，最无私，最直接，没有表白，没有犹豫，没有吝惜，只有心中无限的牵挂。太阳光大，父母恩大。在人的一生中，对自己恩情最深的莫过于父母，是父母给予了我们生命，是父母辛勤地养育着我们。我们的成长凝结着父母的心血，我们能长大成人离不开父母的悉心关怀、百般爱护。在父母的眼里，儿女永远是个小孩子。

有母亲在，总有一盏灯为我们亮着，总有一颗心在时时刻刻牵挂着我们。无论千里万里，无论山阻水隔，只要母亲在，总会定期聚首，尽享天伦。无论白发皓首，无论儿女成行，在母亲身边，我们永远是儿子、女儿。为难事，对母亲说；高兴事，对母亲说。母亲，我们生命的源泉，灵魂的栖息地。如今，母亲去了，我们再向谁去诉说满腹的心事？再到哪里寻找环绕母亲膝下的温暖？人生苍茫，从此，孤独的灵魂在无边的黑夜流浪。挥泪告别母亲，向着天空挥一挥手，天空洒下清冷的月光，闪闪烁烁，银光点点。母亲，进入我们的梦乡吧！让我们彼此温暖。母亲，我把父亲给您接来了！以此寄托我们对母亲的哀思！

生活因旅游而精彩

# 战友聚会扬州

"35 年世事变迁，35 年风雨兼程，35 年韶华匆匆，35 年风霜雪雨，35 年潮起潮落！35 年前，我们在部队这座大熔炉里，相识、相知、相伴，35 年的人生旅途，如歌如诗，歌中有喜悦与泪水，诗中有酸甜与苦辣。家庭有幸福与磨难，事业有成功与失败，我们经历考验与挑战，从单纯变为成熟，从青年步入了中年。35 年前我们在扬州军分区酿造了一坛美酒。35 年后，我们共同在那里开启，这酒一定是醇美醉人的，我们徐州战友联谊会的全体成员，诚恳邀请你参加。"会长杨向阳 1 月下旬发来短信。

"是军队记录了我们军旅的轨迹与人生的浪漫，是军队书写了我们耀眼的光荣与青春的梦想，是军队承载了我们燃烧的激情和无限的憧憬，是军队打造了我们柔情的侠骨和永远的期盼。有人说在人世间有一种情感只能拿心去感受，只能用心去储藏，这种情感就是战友情。战友聚会是一种感情交流，这种交流远远超过任何一种交流，他是一种超脱，更是穿透红尘的交流。战友情像一坛陈年的美酒，陈放愈久愈醇香，是值得每一个曾经的军人在心头久久的珍藏。向阳会长，我联系南京的战友准时参加。"我及时回复了短信并详细了解了具体聚会情况。

这次聚会定在 3 月中旬，时间两天，是 1979 年盐城建湖籍战友联谊会发起。

烟花三月下扬州。3 月中旬，我的老排长杨邦强亲自驾车，南京一行 3 人准时赴会。

"热烈欢迎原 83067 部队的老领导、老战友""向扬州军分区独立营的老首长、老战友致敬"等标语格外引人注目，亲切异常。

35 年前，我们带着天真和淳朴来到部队，而后又带着坚韧和骄傲离开了这里。几十年过去了，今天来到这里，大家激动地寻觅着当年的痕迹，触景生情。这里的一砖一瓦，一树一草，都能勾起我们无穷的遐思、深切的怀念。在这里，我们度过了人生最美好的时光，那是一份刻骨铭心的记忆，那是一段激情燃烧的岁月。那些年，我们天真烂漫、热情奔放，我们哭，我们笑，我们唱，我们跳，单纯得彻底，幸福得简单。这里有我们洒下的汗水，有我们奉献国防的足迹，这里是我们一生当中最值得回味的地方。战友思念，魂牵梦萦；战友相逢，兴高采烈；战友叙谈，万言不赘。

在宾馆门前，我与三连的齐学富、曹习根、肖红喜、周标、游跃鸣、孙辉、陈林祥、王献中、王汉、吕强、于继浪、张寅等战友有说不完的知心话，道不完的离别情。此时此刻，大家的心情一样激动，一样兴奋，一样感慨。千言万语说不尽久别的思念，千头万绪诉不完心中的故事，岁月无情，转眼间我们大都已步入 50 岁。在过去的岁月里，在每个战友的心中，有过多少思念，多少期盼。多少次梦里走进军营，多少次心中呼唤战友。在久违的日子，我们曾多少次打听彼此的下落，只为送上一句战友最诚挚的问候。别后的岁月，我们天各一方，但割不断彼此的牵挂和关怀。组织战友聚会的初衷，就是为了共同回味军旅历程，就是为了搭建互通互动与互助的平台，就是为了整合战友信息资源，共创美好未来。大家团结起来，互相帮助，互相关心，不分高低贵贱，不论叶绿花红。如有困难，应多找找战友，哪怕是互相闲聊，互相倾诉，也是一种安慰，一种精神寄托。

在当晚的欢迎宴会上，我与杨向阳、夏继刚、余新利、朱昌柏、王忠、刘永艳、朱振、樊滨、徐伟、许贵州、胡舒华、乔玲学、俞空军、李继宇、郭宗群等战友坐在一桌，回忆起那军歌嘹亮的军营，重温那难忘的岁月。回望军旅朝夕相处的美好时光，苦乐与共的峥嵘岁月，凝结出你我情深义厚的战友之情。几十年悠悠岁月，真挚的友情始终把我们紧紧相连。回首往昔，是部队培养了我们独立生活的能力，是部队教会了我们为人处世的道理。部队生活，练就了我们处变不惊、遇事不乱的军人风范；部队生活，铸就了我们坚强不屈的坚毅性格；部队生活，培养了我们深厚的阶级感情。我们为自己曾经拥有军旅生活而倍感骄傲和自豪。

第二天上午，扬州军分区原83067部队联谊会正式开始，老营长王希素、老教导员张开新、老指导员黄加银及独立营营部和各连干部刘建平、王一鸣、张联森、丁敬学、秦守月、黄文毅、王文玉、周永平、吕祥利、张传华、丁志生、陈文彩、余仁才、孙玉亮、徐家年等分别致辞，话语中充满了激情："铁打的营盘，流水的兵。谈笑间，军旅生活已成往事。岁月交替，年轮转换，35年光阴弹指即逝。我们迈着军人成熟的步伐，带着梦想、带着期盼走向社会，经历了风风雨雨，迈过了沟沟坎坎。在不同的岗位、不同的环境中，我们以军人敢于直面挑战、攻坚克难的独特气质，为祖国、社会和家庭做出了应有的贡献。我们当中，有的战友走上了领导岗位，在改革开放的浪潮中尽展异彩；有的战友财运亨通，在市场经济的波涛中大展宏图；有的战友尽享生活，在各自岗位上默默耕耘。可以说，大家都在不同的岗位上取得了不凡的成绩，并且都拥有了幸福美满的家庭，这是我们彼此共同的期盼和祝福。""35年的岁月，35年的人生，我们结识了许多人，也忘记了很多人，但是难以忘怀的是在扬州军分区独立营的情结，不能忘却的是战友朝夕相处的那一幕幕。黄沙吹老了岁月，却埋没不了战友最真最纯的情谊，祝愿我们原83067部队所有的战友明天更美好！""光阴荏苒，岁月如梭。不知不觉间，我们迎来了2014年当兵35周年的纪念日。今天，我们已不再青春年少、风华正茂，35年的风霜雪雨，我们体味了人生的酸甜苦辣。在经历世事的浮浮沉沉之后，沉淀于内心深处的，最难以割舍不掉的，依旧是那份真挚的战友情。向盐城和徐州籍战友问好，你们辛苦啦。""3月的扬州春意盎然，今天100名战友在这里举行35周年大聚会。战友相见，心情激荡，你拉我拽，握手拍膀，寻你觅他尽老友，言语激扬情意长，战友之情是在生命的黄金时期、生活的浪漫时期、社会的特殊需要时期结下的，有生死之交，有血溶于水，有情的真，有爱的热，有男人的刚，也有女人的柔，有豪情，有烈性，有无数难忘的故事和美好的记忆，让我们尽情畅叙吧。""35年离别的岁月，割舍不断我们质朴的情谊。战友情怀，正如一杯杯醇烈的甘露，色光四溢，味香远久。35年前，我们这些毛头小伙子，出于对军人的崇敬、对军营的向往、对红五星的崇拜，凛然决然地南下北上，从此开始了我们绿色的军营生活。"

十几位老领导和战友致辞后，联欢歌咏开始了，又是领导带头："战友战友亲如兄弟，革命把我们召唤在一起，你来自边疆，我来自内地，同吃一锅饭，同举一杆旗……"王家丰、金卫华、舒永新、霍永发、盛春友、杨德太、夏亭、杨以祥、吴学中、柳泉、张健等纷纷走上前台引吭高歌……

虽然我们不再年轻，可那童心般的纯情依旧，那飒爽英姿的风采依然。五十奔六的人了，聚在一起，唱着，跳着，舞着，颂着，以这特有的方式宣泄着战友深情。放眼聚会大厅的四周，那激动人心的场景，那感人至深的画面，映入了我的眼帘，美好的瞬间留在我记忆的史册里。大家手拉手，肩并肩，摆着各种美姿在相机前，"茄子"的喊叫声起伏不断，精彩的场面将聚会推向了高潮。徐岳峰、郭宁讪、江吕泉、李嘉、程旭桂、顾桂龙、郭玉建、卞德豪、付营、李卫兵、管业荣、崔林猛、张华巨、钱万松、苏海、吕德健、杨海龙、赵东、蒋建朋、沈旭林、苗为标、周立伟、孙健、杨友奎、王建功等一、二连的战友与老营长、老教导员合影留念，无数台相机，不断地按下了快门，捕捉感人的瞬间，人间的美好！

12时许，离别中宴开始了，杯酒映灯光，同志放开量。舒心的酒，千杯不醉；知心的话，万言不赘，为我们曾经的绿色年华，为我们今天的愉悦相聚，为我们永恒的战友情谊，为我们明天的更加美好举杯畅饮吧！

战友情没有职务和年龄的界限。战友之情，是一棵永不枯萎的常青树，长盛不衰；战友之情，是一条永不干涸的河流，奔流不息。当年风华正茂、英姿勃发的年轻人，不再年少，举止言谈中多了些稳健持重，映照了岁月的沧桑。在举杯谈笑之中，两天时间滑指而过，战友们又要分别了，聚会是欢乐的，又是短暂的，分别时战友都有一些伤感，都有一些眷恋。老教导员张开新、老指导员黄加银、老副指导员王一鸣、老排长王家丰可以说是我人生路上忘不掉的引路人，老领导深情地与我们话别。军旅生涯早已成为过去，但战友情意却越来越深，几十年没见面的老战友们在一起相聚就像是亲密的老朋友，连队生活的一幕幕说起来就像是发生在昨天。是啊，别梦依稀，往事如昨，相逢是首盼望的歌，牵挂是生命深处的火，我们时时刻刻想念老领导，说一声保重，道一声平安，我与同班的战友齐学富、曹习根深情地向领导挥手再见。

此前，我们2003年度从解放军海陆空和武警部队转业进入南京市公安局的战友，相聚在南京市鼓楼区中山北路55号国瑞大酒店二楼云龙厅。怎能忘记，战友们相见时，那一片片欢声笑语，划破天际，直冲云端？怎能忘记，战友们相拥时，那深情的友谊像电波一样，在你我之间迅速传递？怎能忘记，战友们相对时，那凝视的双目像电闪一样，在快速搜寻着存储的记忆？

聚会开始，全体起立，奏国歌。军转训练班副班长金尚进主持了今天的聚会。"第一句话，向把人生最美好最精彩的青春年华无私奉献给南京人民、在10年来为公安机关默默付出的军转干部表示敬意；第二句话，无论过去留给我们多少遗憾，无论曾经失去什么，你们在公安学校的这段日子已成为我人生中难以忘却的记忆，让我们彼此祝福；第三句话，在即将辞旧迎新之际，祝大家身体健康，家庭幸福，永远有个好心情。"一番精彩的致辞之后，大家纷纷端起酒杯，共同为军转干部干杯。

10年光阴，弹指一挥间，岁月交替，斗转星移。年轮转换，流逝的时光能够苍老我们风华正茂的容颜，但无论如何也拉不开我们亲如兄弟的战友情缘。俗话说："十年磨一剑。"10年来，大家在各自的工作岗位上任劳任怨，退役不退志，先后有10多人次荣立三等功，100余人次受到各级嘉奖，涌现出治安、打处、社区等各类标兵200余人次。不少同志发挥部队培养的新闻写作、艺术摄影等专长，为公安机关做出了应有贡献；有的实现了从公安战士向地方政府的华丽转身，这正是"脱下军装换警服，苦乐年华竞风流。"由此看来，我们这批军转干部没有一个孬兵，个个都是好样的。战友头碰头，功名利禄抛脑后；战友手拉手，知心的话儿说不够。说说过去的辛劳功劳，更多了几分豪情，少了一点烦忧；说说过去的趣闻轶事，更添了几分欢乐，减了一些悲愁。过去，我们说："遇到困难找战友。"现在我们更要说："人生有战友，到老手拉手。"让我们继续保持团结精神，互帮互助，把我们在事业中取得的成功经验，拿出来一起分享，把生活中遇到的挫折困惑，倒出来让我们一起为你分担。难忘战友一场，在今后的人生路上，让我们一起携手并进，共创美好的未来。

张辉、徐春友、夏红明等演唱的《军队和老百姓》《没有强大的祖国，哪有幸福的家》等歌曲娓娓动听。王奎龙和杜联的男女声二重唱更是令人捧腹大笑。江南情歌王子孙中亮为了这次聚会专门录制了《怎么都不会忘记你》等6首歌曲赠送战友们。随着金尚进的手势，全体起立，集体唱了《团结就是力量》等6首歌曲。歌声在国瑞大酒店飘扬，歌声在南京上空飘扬。几十人欢聚一堂，大家像亲兄弟一样，推心置腹交流，共叙战友情谊，同桌把酒言欢，争先恐后合影，整个会场自始至终洋溢着欢乐、祥和、温馨、热闹的气氛。大家仿佛都有说不完的话、握不完的手、道不完的情、合不完的影，以致久久不愿分别……

快乐的时光总是很短暂，一天的时间一晃而过，在与一个个战友挥手告别时，那抹心酸不由得使人泪眼蒙眬。还没有踏上归程，我与中亮、奎龙又开始计划着15周年、20周年的聚会。是啊，人活着，可以有多种状态：极其富有地活着。衣食无忧地活着，穷困潦倒地活着，纵情山水地活着，固守家园地活着，颠沛流离地活着，儿孙满堂地活着，夫妻相伴地活着，孤苦伶仃地活着，体魄健壮地活着，身有残疾地活着，病魔缠身地活着，烦恼惆怅地活着，无比痛苦地活着。我们这批干部要坦然面对自己的仕途，固守道德的防线，心地干净地活着，幸福快乐地活着。谨以此感念我的军转10周年。

这年的9月，我与旷胡兰、梁乃丹、朱凯芝、赵德印、王旗军、陈庆思、王永林、陈伟生、赵健、刘美兰、刘江红、王娟、朱建平、初曰春、周旋、杨元礼、张运修、石天祥、王陆陆、王红心、邵江红、胡杰、梁路峰、郭海滨、聂耶、朱东锷、田湘、孙可智、谢沁立、刘晓霞、黎冬桂、贾新成、刘庆玉、宋占宁、耿一东、孙星峰、邓醒群、张弛、邢瑜、李阳、韩秀媛、王志云、周孟杰、颜永江、邓四杜、王向明、张运雁等47名全国公安作家参加鲁迅文学院第23期高研班学习，学习间隙，集体游览了浙江湖州、江苏苏州等地，领略了大自然的美丽风光。

# 李德合报告文学创作述评

作家因为作品而骄傲，军人因为和平而骄傲，工人因为产品而骄傲，我们因为是警察而骄傲。战争年代，人民军队是无坚不摧的武装力量；和平时期，人民警察才是战无不胜的时代英雄。在关键时刻，人民警察是一支能够拉得出、冲得上、打得赢的队伍。在人民面临生死威胁时，他们是值得依赖、可以生死相托的人，他们是当之无愧的钢铁长城，永远是人民心目中"最可爱的人"，是真正的英雄。从部队转业以来，总想对10年来从事报告文学创作的情况做一次梳理和总结，没有想到，几个要好的战友把《李德合十年警察报告文学创作述评》放了我的案头，真的让我好感动啊。全文如下：

公安文学是以文学性、生动性来感染读者，以情节来吸引读者的，是自然流露出来的，不是通过作者直接说教的方式表现出来的。文学的出发点、联结点和归宿点是人，文学是作为主体的人的能动的创造，文学是塑造"丰富的人""完整的人"的重要途径，文学的确是一种"人学"。公安文学是人民公安事业中不可缺少的重要组成部分，是宣传党的公安工作路线、方针、政策和公安法制的重要阵地，是公安机关同人民群众联系和交融的纽带，她以坚持时代精神为自己的主旋律，高唱革命英雄主义壮歌。

李德合同志从军22年，出版了50余万字的报告文学《踏浪行》上下卷专著；从警10年，又书成200余万字的警察文学作品，以报告文学为主，涵盖散文、杂文、游记、纪实等各类题材，作品真诚讴歌人性中的真善美，表现了人民警察用青春和热血捍卫正义的崇高情怀，集中展现了公安民警的职业精神、情感生活和心灵世界，为读者了解真实的公安工作和警察生活打开了一扇景致动人、色彩斑斓的窗口。不仅是公安民警工作生活的实录，也是文学的升华；不仅是简单案例和事件的记载，还是艺术创作的演绎；不仅是一般的故事选编，更是一个公安民警经验的结晶和理性的探索。

文学是以情感人的，作家塑造艺术形象的一个重要目的就是要向读者传达自己对人生的情感体验，以便让更多的人了解这些情感并受到强烈的感染。所以，文学作品总是带有情感表现的性质，总是充满了情感。这里所说的情感当然都是指真挚、健康的情感，因为只有情真意切，作品才会动人心弦，感人至深，才会有长久的魅力。若是虚情假意，无病呻吟，矫揉造作，只会令人反感。要想传达出真挚的情感，作家除了要对人生、对社会有真切的体验之外，还要对艺术、对读者抱有真诚的态度，必须以诚待人，不作假，不矫饰，满怀激情，乐观向上，勤于笔耕，把生命融进不屈追求，有着强烈的工作责任感和社会使命感，才能挖掘出基层警察生活中人性的善良与正气。

报告文学作为一种文学样式，它应有尽可能高的文学性，又必须恪守真实性原则，不能虚构。要它完全像小说那样，故事性很强，情节跌宕多姿，环环相扣，引人入胜，人物形象鲜明，个性非常突出，就很困难。人们喜欢阅读报告文学，往往不是把它当作艺术品，而是看重她的社会性和现实性，她的认识价值和参与意识。议论在报告文学中表现为一种理性，而只有理性才能对社会实践做出正确的选择和判断。报告文学作家总是站在时代的前列，倾听生活的脉搏，把握社会的总体，透视生活的本质，取材、构思和表现都有着自己明确的是非判断、价值取向、思想评价，甚至直接发表议论，抒发己见，显示自己的政治观点和思想倾向。人们希望在报告文学作品中看到精彩的议论、理性的思辨，满足他们不同于纯文学的"思想大于形象"的审美要求。文学的审美要求是"形象大于思想"，但对于报告文学，人们不一定要求她"形象大于思想"，却要求她"思想大于形象"。我们知道思想也是一种美，是高于真实层面的一种深沉美和理性美，报告文学创作的理性原则，正为这种美提供了广阔的天地，她肩负着向读者"报告"的任务，也应该向读者报告，阐释自己的观点，因此在报告文学中常常出现作者的议论。《南京公安大练兵札记》《南京公安大强警亲历》《南京公安大阅警剪影》《南京公安大辩论速写》《鼓楼公安大走访聚焦》等作品，在写作的前期准备上所付出的巨大努力，其精辟的见解，深刻的议论无不彰显了南京警方赢得人民信赖和获得各种荣誉的原动力。几篇以"大"字为主旋律的报告文学，具有鲜明的社会价值判断和作家自己爱憎分明的感情色彩，表达了作家对人民警察真诚的讴歌和深情的礼赞，其主题内涵与社会主义核心价值观保持高度一致，创造了盎然的文学兴味和情致，谱写了时代的乐章，开拓了公安题材报告文学的新境界。正如王蒙所言："不用古往今来的一切积极文化成果来充实自己，不站在人类已经积累起来的文化基础上，就无法真正弄通马克思主义，不能取得真正的、强大的思想武装，不可能有真正崇高恢宏的思想境界，不可能有宽阔从容的胸怀和气度，不可能有深邃的与清醒的历史感和社会使命感，不可能真正地用共产主义思想去影响，去培养有理想、有道德、有纪律的一代新人，就难免时而表现出思想的苍白和贫乏，题材的狭窄、雷同、平庸，情感的卑琐、空虚、低下，技法的粗糙、单调。遇有风吹草动，更容易表现出缺乏思想，缺乏见解，缺乏稳定性。"

如果公安文学作品一味地拔高警察，把他们写得神乎其神，高大完美，那就不真实了，公安文学作品必须写出警察的人性意识，才具有生命的活力。《铁血雄风》《十年铸剑》《玉兰花开更芬芳》《庞帮荣，南京公安史上一座永恒的丰碑》《"争优标兵"嵇艳霞解读》《孙伟华、王昭勇，瞬间铸就的辉煌》《执法为民显真情》《爱满人间》等作品中，李德合以饱满的创作热情，严谨的创作态度，重视人物性格的刻画，牢牢抓住人物思想性格的特征，使用鲜明的个性化语言，努力揭示人物的内心世界，达到典型人物呼之欲出的效果，写出了南京公安民警的智慧、坚定和勇敢，更写出了南京公安民警对党和人民的忠贞和坚守，这就是南京警察铁血警魂的耀眼历史。从这些作品中可以看到前进着变化着的南京警察，文中捕捉时代最感人最典型的人物形象，潜心挖掘人物内心世界的光感和美点，闪烁着鲜明的新闻性、强烈的文学性、深刻的政论性，与国家意识形态保持高度的一致性，积极弘扬了社会主旋律，给读者带来振奋和激励的艺术力量，体现了当今文艺的时代精神。通过这些作品可以看到我国社会转型期的矛盾交织、错综复杂的严峻形势，可以看到我们的人民、我们的弱势群体、我们善良的父老乡亲所遭受的苦难，相信读者更会从这些人物中感受到人民警察的温暖、力量和深情厚谊。南京公安万余名警察始终牢记全心全意为人民服务的根本宗旨，不畏艰险、不怕牺牲，忠于职守、无私奉献，默默地向人民群众传送着党和政府的温暖，赢得了人民群众的衷心拥护和爱戴。他们的先进事迹，集中彰显了共产党人牢记宗旨、一心为民的公仆情怀，深刻诠释了公安民警深怀爱民之心、恪守为民之责、立足本职岗位、维护公平正义的职业操守，充分展现了新时期人民警察忠诚可靠、秉公执法、无私无畏、甘于奉献的高尚情怀。作品中的人物虽然仅仅是南京警察的一个缩影，但他们机智神勇的形象会让我们感动，给人一种催人奋进的精神力量。

中国警察是一个拥有 200 万人的庞大队伍，其数量与军队差不多，但是，公安题材优秀的报告文学作品却比军队少得多，这与广大民警的精神文化需求是不相适应的，与塑造新时期昂扬向上的警察精神的需要是不相适应的。警察与作家，既是一对矛盾，又似一对孪生姐妹。人民警察是和平时代的英雄，必须为人民付出，为人民服务，尤其是在各种突发事件发生之后，他们无条件地勇往直前，舍小家顾大家，这是历史理性使然。一个时代不能没有英雄，人们终于发现英雄而开始仰望英雄，并对英雄倾注着无限的热爱。基层是创作的一座富矿，挖掘其潜藏价值对于繁荣公安文学创作是有一定的意义的。有品格作底，人的功名无论摇曳到怎样鲜艳的程度，都能把握住自己，看山是山，看水是水，做自己应该做的一些事，步入此境，才是有福气的人。在公安队伍里有两种类型的人民警察，一种是持枪奋战在一线的警察，他们用正义和威武捍卫法律，保卫人民的生命财产安全；另一种是以笔为枪，用手中的笔宣传法律，弘扬正气，书写辉煌的公安事业和可歌可泣的人民警察。李德合从事公安工作10年，可在基层一线的实践和3年《人民公安报》记者的经历让他在这方面有着丰厚的积累和敏感的兴奋点，找到了肥沃的土壤，找到了离奇曲折的故事情节，也提炼出精当、纯熟、深度的文学语言，因而，他的报告文学能悄然地将读者引入一个个神秘的人生领域。十年磨一剑，在逐渐成熟的写作之路上，李德合找准了最佳的表现视角，形成了自己独特的创作风格，把神思与功力倾注于报告文学。当灵感来临的时候，当执勤期间某一场景引发了刹那间触动时，他恨不得马上用笔记下那一霎时的感动。《鼓楼，让魑魅魍魉无处遁形》《情洒金陵写风流》《新时代的马天民》《飞动的110》等作品，其笔下的基层警察懂群众心理、懂群众语言、懂沟通技巧，会化解矛盾、会调处纠纷、会主动服务、会宣传发动，贴近老百姓，与群众零距离接触，耐心倾听群众的呼声，切身感受老百姓的辛苦和工作生活中的困难，为群众做好事、办实事、解难事，与群众打成一片，做群众的贴心人，真正建立起警爱民、民拥警的鱼水之情。这些作品歌颂、描绘的这些人，都是鲁迅所说的构成我们民族脊梁的"埋头苦干的人""拼命硬干的人""为民请命的人""舍身求法的人"。奉献社会是社会主义职业道德的最高境界，也是做人的最高境界，和平年代的人民警察只有甘愿牺牲，讲求奉献，方显人民警察的魅力，才能赢得人民群众的拥护和尊重。

南京青奥会是继2008年北京奥运会后我国承办的规模最大的国际赛事。李德合受领写作任务后，与厅文联秘书长许丽晴冒着酷暑，顶着烈日，联合采访了省厅治安总队、刑侦总队、国际警务联络中心、南京铁路公安处、禄口国际机场公安处、南京市公安局治安支队、特警支队、警犬训练基地、交管局、建邺分局、六合分局、浦口分局、地铁分局、小行地铁站、公安学校、高速交警一大队、四大队，以及奥体中心、涵月楼酒店、国贸酒店、青奥村、浦口自行车及沙滩排球赛场、金牛湖帆船赛场等30多个单位和100余人，掌握了大量的一手资料，通过事件描摹、场景再现、夹叙夹议等手法，强化画面感、可读性和艺术性，力求做到主题突出，寓意深刻，故事为主,议论为辅,个性鲜明,脉络清晰,全方位"报告"江苏警方在这一重大时刻的安保全景,记录警方在服务青奥中默默奉献的点滴,富有浓郁的时代气息和强烈的艺术感染力,在青奥闭幕的当晚完成了《走进青奥,点燃人生》这篇 13 万字的报告文学。全文由"安保,青年奥林匹克盛会的生命线"等七个部分组成,部分章节在中央省市新闻媒体发表后在社会上引起较大的反响,进一步增进了社会各界对公安机关和人民警察的了解。

文学是艺术之母,是全人类最为宝贵的精神财富,而报告文学作为文学战线上的"轻骑兵",在我国新时期的社会变革进程中不仅有着悠久的战斗作用,更以能够迅速反映具有迫切现实意义的创作题材、努力发掘转型期的社会思潮碰撞、强烈体现新的历史条件下的时代精神而见长,对现实社会生活产生着深刻影响。公安报告文学是社会了解公安机关的窗口,沟通人民群众的桥梁,激励广大公安民警的精神力量,推动公安文化建设和公安队伍建设的前进动力,具有特殊的文化价值和重要的社会意义。历来有着坚硬外壳的看守所等公安监所,几千年封建社会专制制度遗留下来的旧的刑罚观念与共产党人提倡的革命的人道主义在观念上的冲突,历经深刻的社会变革,进入改革开放历史新时期后,发生了怎样巨大的变化呢?不少人想起来依然会认为它是犯罪分子的牢笼,是使他们失去自由的可怕的处所。李德合通过采访管教民警和各种类型的服刑人员,真实地再现了监所警察承受的艰辛、所肩负的奉献,"化腐朽为神奇"的平凡而又伟大的生活,通过《阅读南京监管人民警察》这篇文章让人们看到:监所是教育和改造犯罪分子的场所,是使罪犯重新做人的特殊学校。这篇作品近距离贴近犯罪人群,以平等的态度揭示犯罪心理与普通心灵在大墙内的蜕变与新生,让我们欣喜地看到,随着中国经济、政治和社会的变革,从监所的窗口透出的巨大的历史进步——社会主义的人权观念正深入人心,人道主义作为社会主义精神文明的一部分,正从监所民警和罪犯们的精神生活中焕发出希望的光芒。在市局工作期间,李德合撰写的《十年铸剑》《金陵一面旗》《南京禁毒报告》《探营南京公安"水上蛟龙"》《铸就全国"十运"安保精兵》等作品,从体裁的选择到主题的深化，从谋篇布局到字词的推敲，都力求做到精彩动人，让每一篇作品散发出异样的光彩。报告文学责无旁贷地承担起把这个时代的伟大业绩和伟大精神铭刻下来的神圣使命，任何一个热爱报告文学并有志于此项写作的人，肩上都有着沉甸甸的不可推卸的责任。

《生活因旅游而精彩》一文，通过作者几十年的游历生涯，加之自己对人生的彻悟，对大自然美好的向往和依恋，通过优美的文字和充溢的情感，将祖国大好河山和接触过的人表现得淋漓尽致。奇山异水、风土人情，所历、所见、所闻、所思、所感、所悟见诸笔端，形成文字，既充实自己，又启迪他人，看似零零散散，互不相干，实则形散神聚，妙然有趣，不乏立意新颖，见解独到之处。带给人清风扑面、耳目一新的感觉，散发出崇高的人文精神的光彩，浸润着作者善感与纯美的情愫。

公安作家是警察灵魂的工程师，有责任和使命通过作品来鞭挞，来讴歌，来反思，来呐喊，来唤起和固化广大民警心中的正气，这是历史责任，是和谐警营文化建设先进性的重要保证。纵观李德合 21 世纪以来的作品，从不同的侧面，用充满正气和深情的笔触，描绘出一道坚不可摧的钢铁长城，这就是我们崇敬的人民警察。在血与火的陶冶中，他们甘于清苦，不畏艰险，身居僻壤，心忧天下，舍生忘死，护法为民，用忠诚与赤胆为祖国安宁和人民幸福筑起坚强的屏障。这种情怀和志向，是人民警察的职业风骨，是他们永远受到党和国家倚重，人民群众爱戴的精神支柱。

李德合在接受记者采访时说过："工作肯定是放在第一位的，写东西都是晚上看完新闻联播后才到书房提笔，每天晚上写满 3 小时就休息，不影响第二天的本职工作，写这部书的唯一目的，是想为热爱的警察事业留下些自己的心血，这是我钟爱的事业的一部分，意义就大大超越了生命。文学是一种坚持，让人宁静，作为一名警察，能够发挥公安作家的优势，通过手中的笔去书写人民警察的苦与乐，去讲述他们的感人故事，为警营文化添一块砖，再辛苦，我也从不后悔自己的选择！"事实上，一部书稿，在数十年里断断续续写来，乐此不疲，没有对文学的一往情深是做不到的。当然，客观地讲，从个别篇章上看，作品质量有参差，个别章节有艰涩之处也在所难免。纵观这部文学作品集，可以说，纯净的、充满诗情的语言是构筑这部文学集的基石。一个作家写出了一部作品，如果没有读者来阅读，就不能算是完成的作品，作品是由作者和读者共同完成的，读者决定作家，作家决定作品，读者才是决定作品好坏的上帝。读者在阅读中或掩卷沉思，或击拳长叹，或嬉笑怒骂，和作品相互激发，作品的生命力借助于读者绽放出来，奇花名卉，奇文瑰句，还得读者自己去领略。

警察人生警察情，一生乐为警察歌。李德合愿意用勤奋的铧犁在心灵的田野上耕耘，用辛劳谱写出动人的华章，用汗水折射出灵魂的阳光。今后，希望李德合同志继续多学习、多思考，深入生活、关注警察，为英雄辈出的南京公安，为勤劳勇敢的南京人民，为繁荣昌盛的伟大祖国，为波澜壮阔的崭新时代，辛勤耕耘，继续开拓创新，不断推出兼具思想深度和文学价值的精品佳作，为公安文学发展做出新的更大的贡献，写出更多无愧于时代、无愧于人民的好作品！

# 十月，我与鲁二三

10月18日，我与鲁二三的美兰、邢瑜、东锷、运雁、新城、星峰、醒群等帅男美女作家相约畅游香山，舒适的温度，新鲜的氧气，耀眼的红叶，壮观的人流，都让人心情愉悦。

金秋十月，又是一个收获的季节，香山的红叶也一定很红了吧，早就听说香山的红叶很美，激于对那香、那红、那美的渴望，我们利用周末开始对那香、那红、那美的旅程。坐在公交车上，有山、有水、有绿草、有鸟鸣；走下公交车，沿街是各色的小吃，以烧烤、水果、饮料居多，音乐声、叫卖声、谈笑声、脚步声夹杂着糖炒栗子的脆响声，烤肉串、烧鱿鱼的刺啦刺啦的炸爆声，使得整个街道热闹异常。

9时许，我们来到山脚下，只见这里种满了一排排的黄栌树，粗壮茂盛，每到秋天，满山遍野的黄栌树会变成红色，成为人们观赏风景的好去处。向山顶望去，茂密的森林，满眼绿色，郁郁葱葱。登山路上，弯弯曲曲，树的枝条与我们擦肩而过，小道上行人摩肩接踵，鸟儿在林间自由地嬉戏，新城、东锷、星峰等几人身体好，不到1小时已站在顶峰了。

我们几人走在公园里，仿佛进入了天然的绿色通道，有的树很古老，皮都掉光了依然顽强地活着。而某某到此一游的不和谐音符清晰可见，让人不可思议。我与运雁还想要照顾美女，谁知美女比我们还精神，劲头比我们还足，看来美女就是半边天呢。

生活因旅游而精彩

在一个小店门口，我买了两顶红叶帽，这成了大家爱不释手的"范儿"，戴上它，颇有些味道。

游香山下面这些地方是要看看的。

重阳阁，香炉峰顶的一组建筑，意在九九重阳登高瞩望京城，建于1983年4月，分为上、下两层。孙中山纪念堂，这座殿堂原为普明妙觉殿，1925年3月12日，孙中山先生在北京逝世，他的灵柩曾停放在碧云寺最高处的金刚宝座塔内，之后，这里辟为"孙中山纪念堂"，供人们瞻仰，门楣上的匾额是由宋庆龄亲笔所书。知松园，位于南北主要游览干道西侧，占地2公顷，景区内有一、二级古松柏100余株，在景区之东的石背刻有陈毅的诗"大雪压青松，青松挺且直。欲知松高节，待到雪化时"。璎珞岩，位于静翠湖南面，始建于明代，是一处人工叠成的石山，有泉水流下，淙淙水声，悦耳动听。眼镜湖，为"中华民国"时建，由两水池构成，因形如眼镜而得名。勤政殿，是香山具有皇家园林特色的标志性建筑，位于公园东宫门内，它是乾隆皇帝来园驻跸临时处理政务，接见王公大臣之所，取意勤政务本、勤于思政。听法松，寺门两侧，有两株遒劲挺拔，枝叶繁茂的古松，状如听法，故名。金鸡叫，在听法松下甬路中心的方砖上跺几脚，可听到铮铮之声，犹如金鸡啼鸣。知乐濠，山门前石桥下有方池，上有汉白玉雕栏，池南侧有龙头，泉水流出，名知乐濠。来青轩，建在依崖叠石之上，登轩四望，青翠万状，故名来青。明万历二十八年（1596），万历皇帝祭陵归来，见此轩之匾额后，嫌小，遂书径尺"来青轩"三个大字。寺内还有护驾松、丹井等古迹。梦感泉，相传金章宗宿香山行宫，梦见泉水涌出，天明命人掘地，果得一泉，取名梦感泉，后来寺僧想将泉扩大，结果反而枯竭。双清别墅，香山寺东南半山坡上，有一处别致清静的庭院，即双清，院内两道清泉，常年流水不息，一股流向知乐濠，一股流向静翠湖，此即"双清"二字之缘由。阆风亭，路旁一亭，亭旁一块剑石，上刻"阆风"二字，站在亭上眺望西山，令人心旷神怡。森玉笏，从阆风亭向西直上，可见一巨大的悬崖峭壁，乾隆皇帝看它像朝臣手中的笏板，故赐此名。朝阳洞，森玉笏西北有一洞，名朝阳洞，乾隆皇帝来此洞曾即兴赋诗，现仍能见到石刻。西山晴雪碑，从平台北望即可见到石碑一座，上书"西山晴雪"，乾隆十六年（1751）立，为燕京八景之一。西山风景优美，唐、宋以来已成为寺院荟萃之地，有名的西山八院，就是在金代开辟的园林。玉华山庄，玉华山庄位于山脉中部，是在明清古刹遗址上所建的山庄，是庭院型风景点，此处是秋季观赏红叶的理想之处。昭庙，是一座大型藏式喇嘛庙，乾隆四十五年（1780）为接待西藏班禅来京而建，该庙的醒目建筑即琉璃塔，高30米，塔顶有黄色琉璃宝瓶和八条垂檐脊，檐间系有铜铃56个，闻风而响。见心斋，昭庙往北可见一道围墙，墙内即见心斋，这里是唯一的一处保存较好的古迹，院内池轩相映，回廊临水，是香山公园中的园中之园。香山索道，始建于1982年，架设于北门至香炉峰顶，全长1400米，高差431米，单程运行17分钟。

我们从了解中得知，香山公园树木繁多，森林覆盖率高达96%，仅古树名木就有5800多株，占北京城区的四分之一，是北京负氧离子最高的地区之一，具有独特的"山川、名泉、古树、红叶"的园林内涵，是避暑的胜地，天然的氧吧。香山红叶驰名中外，1986年就被评为"新北京十六景"之一，成为京城最浓的秋色。香山红叶主要有8个科，涉及14个树种，总株数达14万株，种植面积约1400亩，很是壮观。香山公园有黄栌10万余株，占地1200亩，是香山公园红叶的主体树种。红叶树种的叶子里含有大量的叶绿素、叶黄素、类胡萝卜、胡萝卜素、花青素，春夏两季叶绿素进行光合作用，使叶子呈现绿色；霜秋季节，天气变冷，昼夜温差变化增大，叶绿素合成受阻，逐渐破坏消失，而类胡萝卜、胡萝卜素、花青素成分增多，使叶子呈现红黄、橙红等美丽色彩。

我们站在山脚下，向山上望去，满眼绿色，一片片茂密的森林，长得郁郁葱葱。我们开始登山了，山上的小路弯弯曲曲，树木的枝条都伸到了路边，仿佛在向我们展示着自己顽强的生命力。那美的香山，那美的红叶，那美的游人，那香山间红叶下的我，脚下踩着光亮的青石板路，眼睛收获着芳香四溢的红叶，心田珍藏着无边无际的美，灵魂书写着那美带来的震撼，烟红渺邈，香山缭绕，似云若雾，游人似飘，我醉了，游人醉了，天也醉了。

我不由想起一首古诗："香自幽山临，欲搬图无功。秋日人不归，独留山中醉。"

香山，我与鲁二三学员来过啦！

10月19日，是我来鲁院最幸运的一天，这一天在畅游天津时一不小心成了第一家庭的当班男主角。

话说在游览香山时，美兰问我去不去天津看看，约几个人前往，我问："有几人同行，男同学谁去？"美兰说看看吧，我问云雁弟，他说已经去过了，又问几个人均去过，我未去过天津，只好说，我愿意陪同前往。

我们一行三人6时许出发，9时许抵津，中旅社天津站在编号时，我被编为第一家庭男主人。呵呵，一不小心成为来鲁院的第一个最高级职务。

记得在联欢会上，日初叫我一声"老爷子"，引起哄堂大笑。第一家庭的二小姐邢瑜事后说："李大哥不就是头发少了点吗，报告文学《夏志朗》一文写了50多万字，他叫我们不是美女、才女，就是小妹，安排部队师职领导、著名导演、编辑主任见面，真是热心人。活力青春，青春李哥。"

来津前，我说："咱们到天津，让鲁二三天津的两个'地头蛇'作陪吧。"美兰说："沁立、志云工作都很忙，难得到鲁院研修，他们近日学习用功，没有时间和精力陪我们，咱们跟团吧。"我们点头同意。

导游美女在车上介绍起天津的旅游资源真乃口若悬河，她说，天津市地处华北平原的东北部，海河流域下游，东临渤海，北依燕山，西靠首都北京，是海河五大支流（南运河、子牙河、大清河、永定河、北运河）的汇合处和入海口，素有"九河下梢""河海要冲"之称。"天津"之名源于明朝，为明成祖朱棣所取，因为时为燕王的朱棣由此渡过海河前往京城，并最终夺取了王位，成为明朝的第三位皇帝，故为此地起名为"天津"，意思是"天子的渡口"。天津地处渤海湾，是京师的门户所在，故又称"津门"，具有重要的战略地位，于永乐二年（1404）设卫（明朝的军事建置），称为"天津卫"。

天津市是我国四大直辖市之一，辖区内旅游资源比较丰富，市区依河而建，景色优美。在天津市各方的支持下，于1989年评选出了"津门十景"，分别是：天津广播电视塔"天塔旋云"、蓟县县城"蓟北雄关"、盘山"三盘暮雨"、独乐寺"古刹晨钟"、大沽口炮台"海门古塞"、海河"沽水流霞"、古文化街"故里寻踪"、南市食品街"双城醉月"、水上公园"龙潭浮翠"、天津中环线"中环彩练"。这些景观既有名胜古迹及旧景新颜，又有自然景观和新时代的人文建筑，是新时代天津旅游景观的代表。

天津历史遗址多，建筑既有古建筑风格，又有近代建筑和现代建筑并存的特色，有"万国建筑博物馆"之称。其中有始建于隋朝的大型木结构庙宇独乐寺，已有1000多年的历史；有蓟州区黄崖关长城，全长41千米，多种不同造型的古台1000多座，险峻雄奇，素有"蓟北锁钥"之称；有号称"京东第一山"的蓟州区盘山，山势雄伟，层峦叠秀，建筑与自然山水浑然一体。还有大悲禅院、石家大院、清真大寺、天尊阁、天成寺、东丽湖风景区、九龙山国家森林公园、滨海旅游度假区等众多景观。由于开埠较早，且有9国租界，以风格各异的小洋楼为特色，保留着19世纪末到20世纪初东西方各国的各类建筑1000多幢。

天津有驰名天下的四大民间艺术。"泥人张"彩塑艺术闻名全国，饮誉世界。"杨柳青年画"历史悠久，深受国际友人青睐。"魏记风筝"获1914年巴拿马国际博览会金奖。以"刻砖刘"为代表的建筑装饰砖雕，使天津刻砖成为中国独一无二的民间建筑工艺。近年来，随着全国旅游业的蓬勃发展，天津的旅游业形成了很多专项旅游，有国际游船旅游、修学旅游、自行车旅游、新婚蜜月旅游、经贸考察旅游等。这些专项旅游有的妙趣横生，有的民族色彩浓郁，有的紧随时代潮流。而天津地毯、挂毯闻名全国，在国际上享有"软浮雕""锦缎毯"的美誉，多次在世界博览会上荣获金奖。天津传统的风味食品多种多样，有操作技艺精湛，风味香醇，营养丰富，深为广大群众和外宾称赞的"津门三绝"，即狗不理包子、十八街麻花和耳朵眼炸糕。

9时许，我们一行赶到天津，导游说了今天我们的旅游线路。

第一站，意式风景街。这里曾经是意大利的租界，位于市中心，濒临海河，别有一番意大利小镇的甜美。

第二站，平津战役纪念馆。这是解放战争时东北和华北军区，在北京、天津等地区对国民党进行战略决战的纪念地。

第三站，海河。这是一条横穿天津的母亲河，流水不腐，孟小冬和梅兰芳、小凤仙和蔡锷、赵四小姐和张学良的故事都在这里上演，他们都是海河的恋人。我们坐在游轮上遐思、倾听，咱们是公安战线的歌者，是鲁院的一个兵。

第四站，漫步购买走私物品所在地。

鲁院就如母亲，我们都是鲁院之子，她培养了莫言等一批批文学家，鲁二三第一家庭与鲁二三的诗歌、散文、小说小组一样，只是这个团体的一朵浪花，相信这个团体会涌现更多的浪花，涌现更多的文学人才。

有幸成为鲁二三天津之行的男主角，让我激动得彻夜难眠。告诉大家一个消息，想吃天津特产的兄弟姐妹，到女主角那里去吃吧，仅限白天，我这里就自便啦！天津之行，真的挺好。

10月26日至10月28日，鲁院安排的社会实践是浙江的湖州和江苏的苏州。一早出发，下午赶到第一站湖州。

湖州是中国环太湖地区唯一因湖而得名的城市，地处浙江省北部、太湖南岸，东邻上海150千米，南距杭州90千米，是苏浙皖的交汇之地，因濒临太湖而得名，辖城区、南浔区、菱湖区、德清区、长兴县和安吉县，总面积5817平方千米，人口257.21万。湖州素有"丝绸之府、鱼米之乡、文物之邦"之称。自战国时期（333）楚春申君筑菰城至今，已有2300多年的历史，市内名胜众多，古迹遍布。湖州是世界丝绸文化发祥地之一，在市郊钱山漾遗址出土的蚕丝织物，是迄今为止发现的世界上最悠久的蚕丝织物之一，有4700多年历史。丝绸不仅早已"冠绝海内"，而且经丝绸之路获"湖丝衣天下"的美誉。历代被列为"文房四宝"之首的湖笔也产于湖州。

苏州是一个古老的城市，始建于公元前514年，距今已有2500多年的历史，是我国重要的历史文化名城，也是中国首批优秀旅游城市。苏州位于长江三角洲中部，东邻中国最大的工业、金融和贸易中心上海，南接浙江，西抱太湖，北依长江，辖区总面积8488平方千米，人口583.9万人。境内气候温和，土地肥沃，物产丰富，水域面积占总面积的42%，湖泊河流星罗棋布，中国四大淡水湖之一的太湖，五分之四的水域在其境内，自古以来被誉为"人间天堂"。苏州是一个园林之城，是世界文化艺术的瑰宝，集中体现了东方造园艺术的精华，拙政园、留园、环秀山庄、网师园、狮子林、艺圃、耦园、沧浪亭、退思园9个古典园林已被联合国教科文组织列入《世界遗产名录》。苏州是江南水乡古镇的典范，其中颇具代表性的有昆山的周庄、锦溪，吴中的木渎、甪直，吴江的同里。这些古镇保留着大量完整的明、清两代的古宅，保持着原有的古朴风貌、水乡特色、民俗风情和田园风光，有很高的文物价值、社会人文研究价值和历代建筑艺术价值。

到湖州、苏州社会实践，体验一步一景的奇妙幽情，还可以尽情享受公安文化的艺术魅力，真的挺有意义。

俗话说，有缘千里来相会。新华20世纪90年代初转业后，历任湖州市公安局宣传干事，政治处副主任，现任基层领导，是一名颇为优秀的公安战士。见面后嘘寒问暖，共叙中州之情，我们共同认为，忠林费心搞了军校微信群，让失联二三十年的战友聚在一起，交流日趋活跃，用心良苦，感谢忠林兄！

我与新华弟在大街上漫步，述说着中州别后的故事，叙谈着几十年的梦想与追求，我们认为，同学之间要多走走，加强联系，继续寻找失联同学，尽早实现军校战友的大团圆梦。

10月29日至10月31日，外甥女赵丽大学毕业后留在苏州发展，开了家文化公司。到苏州的当天下午，一个多月没有消息的赵丽打来电话，想让我为她刚刚成立的公司起个名字，我说："我正在苏州呢。"赵丽说："晚上请舅舅吃饭，爸爸在苏州。"于是，我与鲁二三的耿一东、韩秀媛、邢瑜、李阳等5人相聚于饭店，第二天学员们游览了拙政园和观前街。

拙政园是苏州最大的一处古典园林，与北京的颐和园、承德的避暑山庄、苏州的留园并称为"中国四大名园"。它占地面积78亩，三分之一的面积是水，所以又被称之为"山水之园"。分东园、中园、西园三部分，东部明快开朗，以平冈远山、松林草坪、竹坞曲水为主，主要景点有兰雪堂、缀云峰、芙蓉榭、天泉亭、秫香馆等。中部为拙政园精华所在，池水面积占三分之一，以水为主，池广树茂，景色自然，临水布置了形体不一、高低错落的建筑，主次分明。主要景点有远香堂、香洲、荷风四面亭、见山楼、小飞虹、枇杷园等。西部主体建筑为靠近住宅一侧的卅六鸳鸯馆，水池呈曲尺形，其特点为台馆分峙，回廊起伏，水波倒影，别有情趣，装饰华丽精美。主要景点有卅六鸳鸯馆、倒影楼、与谁同坐轩、水廊等。江南因水而充满生机，拙政园因水而赋予灵动。

拙政园之美，美在她的清幽与宁静，这种宁静是在心里的，是一种深入骨髓的宁静。拙政园的清幽是从历史中透露出来的，她的来由十分久远，是从明朝的线装书籍中飘洒出来的，是从那漆漆点点的红木家具中盘旋而来的，也是从昆曲的咿咿呀呀中萦绕而来的。

拙政园之美，美在她的雅致，雅致是苏州文化也是苏州园林最明显的特征。当我们穿过回廊就来到了中部花园，站在倚红轩旁向西眺望，你会发现这里池面宽广，在亭台楼阁之间，在小桥流水之上，在树木隐映之中屹立着一个宝塔。拙政园一年四季皆有不同的花开放，从早春的山茶和樱花，到暮春的杜鹃，夏季的莲花，秋天的海棠，冬天的蜡梅，各种花儿隐藏在树木之中，亭台之后，水榭之间，池水之上，她们丝毫不会招摇，就那样静静地开放着，从来不会让你感觉那是最艳的花朵。离开了树木和绿叶，花儿还会有灵性吗？这种不事张扬的内涵美其实体现的正是中华五千年悠久历史的内敛和丰富，聪慧和灵秀。

2014年在北京鲁院学习期间，先后与28年没有见面的甘肃森林武警总队政委张忠林，著名报告文学作家、鲁奖得主、辽宁武警总队副政委党益民，特警杂志社社长秦玉敏，北京一文化公司总经理王瑛，人民武警报社副总编薛作瑞，电视剧制作资深编导高伟宁，特警杂志社主编白文华，北京市公安局干部吴晓红等十几个同学见了面，畅游了北京的一些景点，参加了一些文化交流活动。

生活因旅游而精彩

# 我和战友邀游在江苏

年初的一天上午，我与3名战友驱车来到淮安市盱眙县。

盱眙取名源于当地的都梁山，在一马平川的苏北平原，都梁山显得异常奇特，所以这座山自古就被往来于这里的文人墨客称之为东南"第一山"，在这座山上人们登高望远，张目为"盱"，直视为"眙"，长此以往盱眙就变成地名了。盱眙县位于淮河下游、洪泽湖南岸，别称"都梁"，淮河绵延800余里，在这里浩浩渺渺汇入洪泽湖。盱眙明祖陵，又称明代"第一陵"，是一座气势恢宏的陵墓建筑，也是国家重点文物保护单位。明洪武元年，朱元璋即位后，追尊其高祖为官皇帝，曾祖为仁皇帝，祖父为裕皇帝，父为淳皇帝。洪武十八年在泗州城北杨家墩修建祖陵，葬高祖、曾祖、祖父的衣冠。洪武二十年建享殿、配殿、石像生，改杨家墩为明祖陵。茂龙的车技不错，可他太太赵静，江苏电视台知名主持人对明祖陵的宣传更是动听：

中华人民共和国成立前，石刻大多都埋在土内，后将石刻挖出复原。现在尚存的神道石刻有人牵马1对、麒麟2对、狮子6对、华表1对、文官7对、武士1对、马1对，其他还有石柱础30余个。它们的造型逼真，线条流畅，体现出雕刻者的高超技艺。明祖陵平面为长方形，前有神道石刻、棂星门以及金水河的3座石桥，后由神厨、宰牲亭、享殿等组成。明祖陵的修建，前后历时近30年，营建时间之长、体制之宏伟，在诸代明陵中名列前茅。不幸的是明祖陵在清康熙

243

我和战友邀游在江苏

十九年被特大洪水所淹没，沉入洪泽湖底，现在明祖陵内的建筑已复建得差不多了，很值得前去参观，去感悟历史和技艺高超的千古石刻。

我们一到明祖陵，首先看到的就是 21 对庞大石刻，雄踞在长长的神道两侧，只见文臣身着蟒袍，腰束玉带，手叩胸前，温文驯良；武官顶胄贯甲，手按宝剑，双目圆睁，威风凛凛。其余狮子、角端、马等均造型生动优美，雕刻精细，线条流畅柔和。如麒麟身上的云纹、拂起的手发和披伏的鳞甲，狮子满头漩涡状的卷毛、颈带上迎风飘起的红缨，石马颈上丝丝可数的细鬃、身上依稀可辨的汗滴和马鞍上的龙凤花纹等，都是精美绝伦的石雕艺术精品。从石刻群往北，是棂星门遗址和正殿遗址，正殿遗址处有石础子 28 个，可以想象正殿的宏大规模。朱元璋高祖、曾祖和祖父的合葬处称"玄宫"，现在可见有砖砌拱顶建筑物 3 穴，正面有高 2 米、宽 1.2 米的石门 3 座，至今未开掘。明祖陵作为洪泽湖游览区的一个重要组成部分，正以它的独特风采吸引着越来越多的游人。

明祖陵外罗城周长"9 里 30 步"，与泗洲城等长；中间为砖城，周长"4 里 10 步"，里面为砖砌皇城。诸多的殿、庑、房、库、亭、桥等交错其间，陵区松柏万株，21 对石像，比明孝陵、十三陵高大，工艺精美，形态生动，神态逼真，是明朝石刻里的绝品。清康熙十九年，黄河夺淮，明祖陵与泗洲城同时被洪水淹没。历时 300 年，1976 年开始修复出水，是国家重点文物保护单位。

我们往陵内的后头走去，看到南红门，就进入真正的陵墓建筑了。战友提醒大家，游览出后门时要大叫"我出来啦"，意思就是重回阳间了，这倒有点意思。踏上神道，只见立于两边的高大石像，没走近它们就有了厚重的感觉。明祖陵石刻形体高大，在全国明陵中，应该说是形体最大了，而马官的石像，据说是用整块的石材雕刻而成，重达 20 多吨。

走在神道上，就像走在通向历史的地毯上，顺着神道的步伐一步一步地接近历史，触摸历史的面庞，你却不敢惊动她，远远地望着，心中升起肃穆和敬仰。分布在北南方向约 200 米长的神道上的石刻，或古典肃穆，或凝重大气，或磅礴宏伟。斑驳的石刻，风化的石刻表面，在脸上，在脖间，在石像的缝隙里，凝聚着历史的沧桑，倾吐着历史的厚重，似在窃窃私语，又像浅吟低唱。一个文明，一个朝代，一个文治武功的家族，被这短短的 200 米浓缩成一个片段凝固住了，就成了永恒。

走过神道，就像穿越历史的沉寂，越过流水的石拱桥，尽在眼前的是享殿遗址。这个已经被洪水冲刷干净的祭祀大殿，如今只剩 28 个石柱墩孤零零地伫立在历史的沙堆中，齐地的小城墙上挂着的旗子，石柱上被岁月侵蚀的裂痕似乎在诉说着曾经的繁花似锦，然而，现在的一切都成了过眼云烟。

除了神道和石刻，明祖陵就只有几个大殿的遗址在水上了，我们只能看到两座大殿的地基和桩基。从粗大的桩根可以想象到当时的宫殿是如何的宏伟。明祖陵的核心——地宫，还在水下，挖掘尚有诸多问题。里面的故事，里面的物件只能由后人再探了。我们看了那一泓池水和 9 个仅露着头的金刚门后就回转了。

在战友的指引下，我们来到了陵园边上的大堤。远眺河中央的古泗洲城楼遗址，水声滔滔，芦苇摇曳，曾经的繁华至极如今成了矗立在瑟瑟风中的土坯，已然不见当年红男绿女、旌旗遮日的空前盛况，神道上的石刻最终还是没有抵挡住自然界的力量。历史就是这样，它可以造就你，也可以颠覆你，心中不禁一阵阵的悲凉。

江苏连云港之名，来自其拥有的三个美丽区域：连岛、云台山（花果山）、港口。它是江苏省境内最东最北的一座港口城市，也是一座颇具尴尬名声的城市。它隶属于江苏，却洋溢着浓厚的齐鲁气息；它拥有着国内最优秀的天然深水港口，却只能南眺傲睨天下的上海，北望意气风发的大连，徒然地发出时不待我的悠然长叹；它号称欧亚大陆的桥头堡，新丝绸之路的黄金起点，却沉沦在苏北大地的贫穷沼泽中，振翅难飞，鲜见江苏南方的小桥流水、屋宇迁排、花木斑斓的柔美韵味和精致秀美。连云港要好的朋友挺多，一个是战友霍永发，一个是战友蒋廷乐，市公安局亦有几位朋友，几次邀请去看看，2015 年 6 月的一个晨风习习的周末，我们一行 4 人兴高采烈地驱车驶向美丽的连云港，驶向了孙悟空的水帘洞——花果山。

连云港的战友路上不停地介绍自己的家乡：境内山脉主要属于沂蒙山的余脉，绵亘近 300 公里。有大小山峰 214 座，主要有南云台山、中云台山、北云台山、锦屏山、马陵山、羽山、夹山、大伊山等，其中最高峰为南叶山主峰——玉女峰，也为江苏省境内最高峰，海拔 625 米。沿岛礁共 21 个，其中岛屿 9 个，面积为 6.06 平方公里。具体为东西连岛、鸽岛、竹岛、羊山岛、开山岛、秦山岛、车牛山岛、达山岛、平岛等，其中东西连岛为江苏第一大岛，面积达 5.4 平方公里。全市有风景区 14 个，风景点 116 处，构成了"海、古、神、幽、奇、泉"六大特色，素有"东海第一胜境"之称，是全国 49 个重点旅游城市和江苏三大旅游区之一。据考古学研究结果证实，远在 1 万年以前，古朐山即现在的锦屏山地区就有古人类活动。1959 年和 1978 年在锦屏山南麓二涧和东海县山左口乡大贤庄，均发现了迄今为止中国东南沿海地区唯一的有明确地层关系的旧石器时代遗址。锦屏山地带的新石器时代遗址有 19 处，二涧遗址为中国原始农业最早开发区之一。1979 年发现的长 20 米，宽 10 米的"将军崖岩画"，国家文物局鉴定"这是一件非常重要的文物，是一项难得的重大发现，是中国最早的一部天书"。东汉时期的艺术珍品——"孔望山摩崖造像"是我国最早的佛教摩崖造像，比敦煌石窟的佛教造像早 100—200 年，属国家一级保护文物。《西游记》描绘的花果山、幽似"桃源仙境"的宿城、南云台山的"玉兰花王"、渔湾龙潭瀑布、四季如汤的"东海温泉"，构成了神奇的旅游度假区。孔子登山望海、秦始皇两次来巡以及陶渊明、李白、苏东坡、石曼卿、沈括、李清照、吴承恩、李汝珍、吴敬梓、林则徐、朱自清等文人高士、诗家骚客的遗迹常使人流连忘返。

战友说："坐游艇海上观光是第一个项目。"我说："20 多年前，与《人民公安报》记者一道来采访时就观光过了，今天好好看看名动天下的花果山吧。"

于是，我们来到了花果山。

花果山因古典名著《西游记》中描述的孙大圣的老家而闻名海

外，这里主要的景点有 136 处，与《西游记》密切相关的有孙悟空的出生地、女娲补天剩下的娲遗石，模仿得惟妙惟肖的猴石、八戒石、沙僧石、唐僧崖等，更有《西游记》中提到的七十二洞、后来成为金箍棒的定海神针以及师徒四人取经归来途中的晒经石等著名景点 30 余处。

我们来到了三元宫前。古老的三元宫，刻印着"云台山僧众抗日纪念碑"10 个金色大字，1938 年，凶恶的日本侵略者将可耻的魔爪，伸向这座孕育着神话传奇的名山，伸向千年古刹三元宫。他们不但用炮火毁灭了古刹建筑，同时将奋起反抗的 40 余位僧人，或枪杀，或活埋，犯下了滔天恶行。我们所见的三元宫是新中国重建的，它并非美轮美奂，但质朴自然，尽显山俊林秀的本色，简陋的山石垒砌成一道高高的围墙，围墙中间山门上，刻着"云台山"3 个红色大字，从门内望去，石阶级级，扶摇直上。穿门而进，见院内两角，各建一幢雕梁画栋的飞檐阁楼，山道左手，有一小小平台，一座红墙青瓦的层宇。右手边，亦有一个简陋的院子，石砌墙房，看起来，简简单单，但雨水洗沐后，说不出的幽净，颇有股脱尘之气。院子里的树植都是高大粗壮，浓绿厚幽，特别是一公一母两株千年古银杏树，郁郁葱葱，蓬展天际，将一股浓浓的阴凉覆笼在整个院落里。

据了解，文采斐然的吴承恩，其母亲是连云港人，所以他有机会游历于云台山。落魄不堪的文人，在秀丽的山水间徜徉，心中满是对世道不平的愤慨，林木间嬉戏的猴子，让文人眼前一亮，世间的丑恶妖魔，人既然奈何不了，就让猴子来收拾罢。于是，孙大圣的金箍棒一抡，花果山天下闻名。

我们面前的水帘洞，是倾泻而下的水帘，瀑布飞悬，水声震天。它位于花果山的半山腰，背风向阳，洞口呈"人"字形，是一个天然裂隙洞穴，洞门前有许多珍贵的题刻，洞上方的翠壁上镌刻着隶书"水帘洞"3 个字。导游介绍说，此处还有明代海州知州王同所书"高山流水"和"神泉普润"等题刻，在所有题刻中最为珍贵的是洞左上方的"印心石屋"，它是清代道光皇帝手书，赐给太子少保、兵部尚书、两江总督陶澍的。道光十二年陶澍奉命来海州改革盐政，成效卓著，使清廷国库转亏为盈，出现了短期的中兴局面，因此皇帝给予他亲书室名的殊荣。3 年后，陶澍又以钦差大臣的身份再次来到海州巡视盐政改革成效，并发起云台山庙宇的修缮工作，大兴土木，使这一带风景顿时面貌一新。为了纪念他的功绩，当地人便将御书"印心石屋"刻于水帘洞旁。

在西游故事重要背景之一的花果山设立西游记文化陈列馆，是在追求一种领悟，对一部颇具醒俗觉世之"奥义"的经典名著的领悟；是对作品所照射出来的斑斓辞采的领悟，也是《西游记》要旨与名山史乘相互映照的一种领悟。

走出花果山，回首眺望，朱檐红瓦之上，蹲着一大一小两只猴儿，似乎在为即将离开的我们送行，我们在"共赏金丹饮巨瓯，开怀畅饮乐无忧，洞中美景堪观赏，日高沉醉凭时休"中体验神话故事的无限乐趣，体验着无比的惬意与怡然，流连忘返。

7 月底，8 月初，湖北省旅游局副局长、知名作家陆令寿先生来宁举行新书发布会，并举行文学讲座，我全程陪同，此后，江苏武警宣传文化方阵微信群建立。

20 世纪 80 年代末，陆令寿被委以重任，担任江苏武警总队宣传处处长一职。从此，"江苏武警宣传文化新军"开始萌芽。80 年代末90 年代初，我从《人民公安报》江苏记者站调到宣传处，当时，宣传处人员是：陆令寿、张安照、郁洲萍、陈新华、李德合、赵柳方、汤家明等，稍前稍后陆续加入这支队伍的是周益民、叶兆祥、管峻、余玉奇、石大正、高步明、陈平、王锦文、宋结胜、李金芳、王广振、徐为俊、赵阳、罗雷、程晓澎、刘有龙、唐占军、王卫军、徐高纯、吴俊、吴建平、石志国、依丽、樊天香等，可划入这个群体的亦有于先云、王天星、李玉美、李自庆、张家声、刘计彬等一大批新闻和文学工作者。这支队伍扎根江苏，深入生活，奋发创作。到 20 世纪 90 年代，这支队伍带头做社会主义核心价值观的践行者、传播者和建设者，切实担负起对民族文化和社会道德的正面传播责任，积极响应，身先士卒，重品行，做表率，以自己的优秀作品集聚正能量，弘扬社会正气，以自己的实际行动感召群众，引领风尚，逐渐走向成

248

生活因旅游而精彩

熟。21世纪以后，"江苏武警宣传文化新军"开始崭露锋芒，以小说、诗歌、散文、报告文学、影视剧、书法绘画、文学批评等各种文类为主体，以文学之美感受生活之美、社会之美、民族之美、国家之美，形成了中国当代宣传文化发展格局中一支不可或缺的光彩夺目的队伍。

这支队伍先后涌现了周益民、陆令寿、高步明等一批共和国大校衔师职干部和思想政治工作专家，陆令寿、陈新华等一批厅局级共和国领导干部和著名作家，管峻、佘玉奇、王卫军等一批书画大师，叶兆祥、郁洲萍、罗雷、于先云等一批音乐、摄影大师，李德合、李金芳、赵柳方等一批报告文学作家和文学评论家。

这支队伍的领头羊是：

——陆令寿，中共党员，1974年应征入伍，历任战士文书、中队书记、宣传干事、司令部办公室副主任（正营职）、宣传处长、政治部副主任、武警湖北总队副政委。2010年12月任湖北省旅游局副局长、党组成员。1981年开始发表作品。2009年加入中国作家协会。著有长篇小说《鳟鲅郎》，报告文学《洪波卫士歌》（合作），中短篇小说集《春日迟迟》，短篇小说《根》《米拉、班长和我》，诗歌《祝福生活》等，参与策划36集电视剧《愤怒的天使》。迄今发表文学作品300余万字。长篇小说《鳟鲅郎》获全军第九届文艺新作品奖、第七届武警文艺一等奖，散文《光荣之家》获第十届中国新闻奖报纸副刊作品复评暨1999全国报纸副刊作品年赛银奖，中篇小说《阿根从军记》和短篇小说《米拉、班长和我》等分别获武警文艺二等奖，评论《难释的情结》《"狂雪"的震撼》获《橄榄绿》好作品奖。

——管峻，1964年出生，1983年入伍，江苏滨海县人，南京艺术学院文学学士。现为全国青联委员、江苏省青联常委、中国书法家协会理事、江苏省青年书法家协会副主席兼创作委员会主任、江苏省国画院专业书画家，中国书画院院长。作品入展：全国五、六、七届书法展，入选第九届全国书法篆刻展（楷书），全国三、四、六、七、八届中青展，首届新人新作展，首届、二届正书大展，首届扇面展，首届、二届楹联展。作品获奖：四届中青展、七届全国展、首届行草书展、二届楹联展、全军书法展，获评江苏省书法展金奖、江苏省青年书法展、首届中国书法兰亭奖提名奖。作品被编入《中国现代美术全集书法卷》《当代书法名家作品集》。出版有《管峻书画作品集》，江苏省首届德艺双馨艺术家，荣获"2012年中华文化人物"荣誉称号。

# 我与陆令寿的二三事

3 月 18 日，老宣传处长陆令寿的岳父在镇江过 90 岁寿辰，我与表弟下班后赶赴镇江，现场气氛异常热闹。

陆局在开场白中说道：

"各位亲朋好友：

泰山大人庄旭老先生的人生是传奇的人生，光荣的人生，受人尊敬的人生。他 17 岁参加革命，先后投入解放战争的淮海战役、抗美援朝的第一批勇士队战斗，在硝烟弥漫、枪林弹雨中九死一生，成为战友中少有的幸存者。他从血与火的战场上走出来后，又积极投入社会主义革命和建设。在长期的革命战争和社会主义建设中，他兢兢业业，勤勤恳恳，无私奉献，劳苦功高。他是共和国名副其实的功臣。

庄旭老先生治家有方，身教重于言教，处处以身作则，对子女严格要求，赢得了大家的尊重和爱戴；他为官清廉，为人耿直，一生清贫，勤俭节约，却为我们留下了宝贵的精神财富。庄旭老先生对社会尽责，对家庭负责，对爱情忠贞，与我岳母风雨同舟，相濡以沫，走过了 57 年风雨历程。在单位他是个好同事，在家里他是个好丈夫、好父亲，为我们子女树立了光辉的榜样。在岳父晚年体弱多病期间，我岳母承担了大量烦琐的照顾老人的工作，为我们子女减轻了负担。在这里，我也代表子女们向岳母大人道一声：'妈妈辛苦了，感谢有你！'

岁月的痕迹在纵横沟壑的皱纹中显现，数十年的光辉、数十年的贡献，举杯祝长寿，德才人人称，功高众人颂，遐迩有贤声。亲爱的父亲，是您抚育了儿女，给了我们坚韧的筋骨和强健的体魄；是您培养了我们，给了我们纯净的心灵和美好的理想。您年岁虽高却勤耕不辍，您心灵深处积存着一脉生命之泉，永远畅流不息。在您90大寿之际我们祝愿您生活之树常绿，生命之水长流，祝愿您寿诞快乐，岁岁平安，春晖永绽！今天，我的老战友，一个公安作家李德合先生和他的表弟听说岳父90寿辰，从南京赶来，并在路上创作了《七律随写——贺陆局长泰山庄旭老先生九十大寿》一诗，请他们表弟俩上台。"

尽阅沧桑一寿星，慈眉善目耳聪明。
德为世重儿孙宝，尤胜金山不老松。
安享晚年子孙孝，神仙见了亦眼红。
京口名店开家宴，故友宗亲设寿堂。
千杯盛赞夕阳好，恭祝德尊福禄长。
彭城敬酒杯杯乐，李杜吟诗句句亲。
端杯愿您好身体，福如东海永长寿。
欣然一曲晚晴美，杯酒情倾天地间。
人间天伦阖家兴，只愿年年摆寿堂。

我与表弟一口气朗诵了这首有感而发的诗，赢得了阵阵掌声。

陆局和嫂子参加完岳父大人的90岁寿辰，回金坛老家小住了几天。3月23日来到南京，听说他们没有看过大报恩寺和牛首山，我利用周末，陪了他们一天。

24日上午9时许，我们来到大报恩寺，因事先联系好，美女导游已经等候在门口。

大报恩寺山门朝西，建筑布局总体上可分为南、北两大部分。寺庙中最重要的宗教性建筑皆分布于北区；而为寺院配套的附属建筑皆位于南区，两者之间以院墙相隔。大报恩寺北区的建筑排列极为有序。沿着中轴线依次设置山门（金刚殿）—香水河桥—天王殿—大殿—琉璃塔—观音殿—法堂等核心建筑；在中轴线两侧还根据需要设置了御碑亭、钟楼、祖师殿、伽蓝殿等建筑。

大报恩寺以佛殿（即大雄宝殿，又称碽妃殿）、天王殿、宝塔为主体，包括金刚殿、左右碑亭、天王殿、大殿、佛殿、大禅殿、后禅殿、法堂、祖师堂、伽蓝殿、藏经前殿、左右贮经廊、轮藏殿、禅堂、韦驮殿、经房、东西方丈、三藏殿、钟楼等，僧院148房，东西画廊廊房118间，经房38间，规模极其宏大。

我们跟着导游在大报恩寺北半部主体建筑中轴线行走，边走边听导游介绍。只见香水河桥的南北两侧各置御碑亭一座，分别护于"御制大报恩寺左碑"和"御制大报恩寺右碑"。观音殿的两侧有祖师殿和伽蓝殿，观音殿后南北有画廊118间。在祖师殿前有钟楼一座，而与之对称的伽蓝殿前却无鼓楼，按中国寺庙传统的"晨钟暮鼓"及建筑式样，大报恩寺内设钟楼而不设鼓楼的现象较为少见。结合大报恩寺"九级内外，篝灯一百四十有六"，"——日夜费油六十四斤四两零"，使之"昼夜长明"来看，大报恩寺设钟不设鼓当有一定寓意。

这时，导游给我们讲了个传说：朱棣在当上皇帝之后极力想抹杀侄儿朱允炆的功劳，宣示子承父业的合法性，但是他又不是马娘娘的亲生嫡传。朱棣的生母有三种说法，一种说法是一个汉妃，一种说法是元顺帝的一个妃子，还有一种说法是一个朝鲜的妃子，似乎第三个说法更可靠一点。不管怎么说，同样的结局是朱棣7个月就生下来了，这可是皇家大忌，朱棣出生不久朱元璋自然把他的生母杀了，所以朱棣不仅不受朱元璋待见，而且从小生活在卑微屈辱的阴影中，这造成了朱棣既暴戾又隐忍，既敏锐机警又胆大心细，既仇恨社会又胸怀四方，既小肚鸡肠又雄才大略的性格特点。据说在大报恩寺考古中发现一个奇怪女子的石像，也许那就是朱棣深藏在心的生母形象吧！这也就不难理解大明王朝和李氏朝鲜之间亲如父子的关系，大明王朝帮助李舜臣打败了倭寇，统一了朝鲜，李氏朝鲜完全皈依大明，甚至明亡之后依然忠心不改，坚持认为自己是朱明文化的继承者，才有"明朝文化看朝鲜"的说法。

大报恩寺及其琉璃宝塔的建筑极其精美，集明代以前中国建筑艺术精华于一身，其中以大雄宝殿和四天王殿最为壮丽，下墙、石坛及栏杆都用汉白玉石砌成，雕镂得非常别致。大殿非礼部祠祭，终年封闭。明初诏刻大藏，别置藏经殿，贮南藏经板全部。门框饰有狮子、白象、飞羊等佛教题材的五色琉璃砖。刹顶镶嵌金银珠宝。角梁下悬挂风铃152个，日夜作响，声闻数里。自建成之日起就点燃长明塔灯140盏，每天耗油64斤，金碧辉煌，昼夜通明。塔内壁布满佛龛。该塔是金陵四十八景之一。明清时代，一些欧洲商人、游客和传教士来到南京，称之为"南京瓷塔"，将它与罗马斗兽场、亚历山大地下陵墓、比萨斜塔相媲美，称之为"中古世界七大奇观之一"，是当时中国的象征。

听说重建大报恩寺塔，早在2004年，便有相关规划方案亮相；2007年，大报恩寺遗址公园正式启动建设；2008年8月7日，在南京大报恩寺遗址出土的铁函中发现了七宝阿育王塔，内藏"佛顶真骨"，被评为"2010年度全国十大考古新发现"。2011年底，设计遗址保护规划的专家提议，将"轻质保护塔"北移几十米进行建设，避开地宫，不破坏原金陵大报恩寺的格局，曾经历经一波三折。

导游介绍说，保护原址，重建南京大报恩寺及琉璃塔，对于恢复历史遗迹，弘扬中华民族优秀传统文化，展示东方建筑艺术之精华，增强南京历史文化名城的特色，打造文化南京，发展南京旅游，丰富南京人文资源具有十分重要的意义。大报恩寺是中国历史最为悠久的佛教寺庙之一，是明清时期中国的佛教中心，中世纪世界七大奇迹之一，被西方人视为代表中国文化的标志性建筑之一，亦是中国的象征，与灵谷寺、天界寺并称为"金陵三大寺"。大报恩寺是明成祖朱棣为纪念其生母碽妃而建。其原址有建于吴赤乌三年（240）的长干寺及阿育王塔，史称"江南佛寺之始"，永乐十年（1412）重建，大报恩寺施工极其考究，完全按照皇宫的标准来营建，金碧辉煌，昼夜通明。杜牧有一首诗叫《江南春》："千里莺啼绿映红，水村山郭酒旗风。南朝四百八十寺，多少楼台烟雨中。"所以说大报恩寺是南朝寺庙的鼻祖，算得上天下第二寺，更是江南第一寺。大报恩寺琉璃宝塔作为中国最具特色的标志性建筑物，被称为"天下第一塔"，更有"中国之大古董，永乐之大窑器"之誉，是当时中外人士游历金陵的必到之处。该塔最终毁于太平天国运动，重建后于 2013 年 5 月，被国务院核定公布为第七批全国重点文物保护单位。

11 时 30 分，我们与美女导游挥手告别。

下午 3 时许，我与陆局长和嫂子驱车向 30 里外的牛首山驰去。

南京宗教事务管理局的同志知道陆局长要来牛首山参观后，专门安排人员接待，我们在小师傅开车引领下进入园内。

牛首山森林公园位于南京市南郊风景区江宁区境内，由牛首山、祖堂山、将军山、东天幕岭、西天幕岭等诸多大小山组成。1995 年被列为"江苏省省级森林公园"，2002 年 4 月正式挂牌运营。牛首山因山顶南北双峰似牛角而得名，《金陵览古》曰："遥望两峰争高，如牛角然。"牛首山北连翠屏山，南接祖堂山，周围有感应泉、虎跑泉、白龟池、兜率岩、文殊洞、辟支洞、含虚阁、地涌泉、饮马池等自然景观，及郑和墓、抗金故垒等人文景观。清乾隆年间"牛首烟岚"列入金陵四十八景之中。

小师傅边开车边介绍。

我们来到第一个景点佛顶寺。此处为释迦牟尼真身佛顶骨舍利上个月从栖霞山迎来安放牛首山佛顶宫而建的迎请法会场所。据说这个头骨舍利是全世界唯一的佛头骨舍利，在佛教中可谓是至高无上，从文物的角度也是国宝级的，2008 年最先在南京大报恩寺被发现，随后转移到南京栖霞寺供奉了 5 年，在栖霞寺供奉期间由政府部门和宗教组织一起决定在南京牛首山修建大型地宫及配套的建筑来供奉这尊佛顶骨舍利。最吸睛的是全寺的仿唐建筑，一改传统寺庙样式。每个升高台阶旁都有小电梯，连台阶都迈不上，何谈参禅拜佛。

回头出抗金故垒景点，出佛顶寺景点，再沿旅游大道往上，就到达佛顶宫景区。金碧辉煌还不能形容其华丽，比无锡灵山大佛梵宫更为壮美。此处也是牛首山景区的精华所在。遗憾的是，新塔之外的唐塔弘觉寺塔正在维修，不得而入，不过已经没了当年的破败之相。在新塔与旧塔之间的山壁上是正在建设的摩崖石刻景点，山壁上的石龛内石像还没放入，石刻诗文还在开始阶段。牛首山唯一的亮点就是释迦牟尼真身头骨舍利，但一年只有几个节日开放供瞻仰。而国内佛教景观何其多啊。

宏觉寺也是景区的一个景点，寺庙规模宏大，历史久远，寺外古木参天，尤其是那几株高大的银杏树，每株都生长了几百年了，粗壮的树干几个人都抱不过来，让人惊叹不止。寺里还有一个很大的放生池，池上有小桥，池中有假山，池边有龙船。最让人高兴的是，可以亲自喂一喂池里那些可爱的小乌龟。

小师傅告诉我们，牛首山名胜古迹很多，但由于岁月侵蚀以及这样那样的人为原因，多半被毁，现保留较为完整的是唐代大历九年（774），代宗李豫建造的弘觉寺塔，它历经沧桑，至今仍巍然屹立在牛首山巅。民族英雄岳飞曾在牛首山大胜金兵，只是昔日的古战场，今日已是草木青葱、绿树掩映的林区。原有的李瑞清祠遗址、玉梅庵、罗汉泉和摩崖石刻等名胜，如今也都残缺不全或干脆荡然无存。

我们之后来到了圣象广场景区，它由 12 头形态各异的圣象背驮经幢围合而成，金幢六面刻有藏传佛教、汉传佛教和南传佛教代表经文著作，气势宏伟，庄严肃穆，是经上海大世界吉尼斯总部认定的目前国内单体最大的花岗岩整料雕刻石象群。广场上的 12 尊六牙白象，是释迦牟尼乘坐的坐骑，每头大象长度 6 米，宽度 2.5 米，高度 4 米，再加上身上的经幢 9 米，总体高度 13.9 米。广场两边岩壁刻有 12 幅经变故事浮雕，均配有文字说明，分别讲述了"感应舍利""甘露佳庭"等与南京有深厚渊源的佛教文化故事，展现南京厚重的佛教文化底蕴。

顺着曲折蜿蜒的山路向上走，你会惊喜地发现路边的石壁上雕刻着许多佛像，那就是有名的摩崖石刻。佛像有大有小，大得比人高，小的比手掌还小，每尊佛像的表情、神态、姿势都不一样，他们历经了几百年风雨，看上去还是那么逼真，让人不由得赞叹古代灵工巧匠那巧夺天工的技艺。在这百花盛开的季节里，我们走着走着，山路一转，一大片美丽的桃林映入眼帘，只见路的两旁开满了桃花，那些灿烂的花儿一朵连着一朵，一簇挨着一簇，有红色，有粉色，散发着淡淡的清香，就好像朝霞落入山林一般，又有大量洁白的绣球花点缀其间，美不胜言，令人陶醉，心驰神往。

# 父爱如山

到今年，父亲去世已整整 20 个年头了，可不知有多少个夜晚，我从噩梦中惊醒，在被窝里回溯着您多年的丝丝关爱，泪水濡湿了被角；多少个节假日，我在思念您熟悉的轮廓和伟岸的身躯，在心里默默为您祈祷，愿您在天国幸福快乐。晚上睡不着觉，写了这篇《父爱如山》，怀念我的父亲，文中写道：

无情的岁月像把刻刀，在您的额头眼角刻下一道道深深的皱纹，风霜雪雨的生活重负将您挺拔的腰肢压弯。而今，您告别尘世已 20 年了，作为长子，我的心情一直很沉重，历历往事涌上笔端，千言万语也道不完、说不尽您对子女们的养育之恩。

爸爸，我忘不了您对我儿时的体恤和关爱。成长的岁月是一首永远唱不尽的歌，情深如海、冷峻威严、恩重如山的父爱时刻在心头回旋。记得那时刚上小学四年级的我与同学一道凭吊烈士纪念塔，您破例塞给我 10 元钱，让我买身球衣球裤打扮一下。谁知我却悄悄溜进了新华书店，我被琳琅满目的书籍吸引了，一股脑儿抱回《唐诗三百首》等一共 12 册书。晚上回到家，您问买的衣服合身吗，我不敢说实话，撒起谎来："多玩了几个地方，钱不够买衣服啦！"您霎时怒容满面，大发雷霆，我见状似惊弓之鸟，撒腿就跑，谁知被您一把抓住、当拳头正欲落下时，妈妈抱着一堆书乐滋滋地走进屋来，让您看看儿子今天的收获，您松开手，一册册看书名、看定价，当翻完最后一册时，满脸的怒色烟消云散，和颜悦色地对我说："多读点书，买书是好事情，为什么不说实话？买书，爸爸妈妈支持。"

爸爸，我忘不了您在"文革"中的坎坷经历。那时您在农村当保管员，对财物公私分明，做账目一清二楚，对占公家便宜的人无情揭露，这样您得罪了一些人，于是乎，那些心怀不满者便诬良为盗，导致您蹲牛棚，扫马路，挨批斗。而我们兄妹4人也成了"坏小子"，上学挨人骂，放学挨人欺，背后遭议论，人团靠边站。房前屋后贴满了一张张耸人听闻的大字报，爷爷奶奶整日担惊害怕，妈妈更是提心吊胆，忧心忡忡。人间自有公理在，捏造事实、搬弄是非之流终难长久，那场灾难过去之后，您依然克己奉公，一如既往地坚守在保管员的岗位上；您依然爱憎分明，堂堂正正做人做事；您依然淡泊名利，只知奉献，不知索取，从而形成了一种刚直不阿，襟怀坦荡的风骨。

爸爸，我忘不了您在乡办企业的无私奉献。改革开放如春风拂面而来，乡办企业也像雨后春笋般纷纷兴起，这时您毅然跨入了这支生机盎然、规模宏大的建设大军之中，并很快成为这支队伍里的优秀分子。当工人时，您是吃苦耐劳、任劳任怨的老黄牛；当采购员时，您是万难不屈、含辛茹苦的千里马；当车间主任、厂领导时，您是克勤克俭、公而无私的带头人。每次探亲休假，电话中讲好要陪我吃一顿饭，可每次我回到家，你不是到外地出差了，就是在厂里加班了，不是到市里开会了，就是去看望困难职工了，理由总是一大堆，没办法，我只能在心底里说一声："爸爸，您辛苦啦！"然而那一张张奖状和证书无不渗透着您辛勤劳作的心血，展示了您为企业的兴旺发达默默奉献的身影。

爸爸，我忘不了您对子女们的言传身教。生命里您给我注入了澎湃的血液，工作中您给我注入了终生受用不完的精神财富。作为长子，我至今清楚地记得参军前一天的晚上，您亲手送给我一本精致的日记本，只见扉页上写着："天下为公，自古皆有死，民无信不立；杀身成仁，舍生取义；富贵不能淫，贫贱不能移，威武不能屈；鞠躬尽瘁，死而后已；先天下之忧而忧，后天下之乐而乐；天下兴亡，匹夫有责；全心全意为人民服务。"这些断断续续的精辟词句，恰恰是中国传统美德的真实写照，您就是用它来表达自己对子女们的殷殷之情，拳拳之心。当您从电视中看到我国遭受百年未遇的特大洪涝时，及时从薪水中捐出千余元现金；当您从报纸上看到贫困地区的群众仍为温饱而发愁时，您和母亲寄去 28 件衣物；当街坊邻居因生活拮据缺吃少穿时，您毫不吝啬地掏出钱来给予无私的帮助；当得知邻里个别的不孝之子打爹骂娘时，您总是苦口婆心地劝说制止。实际行动是最好的教科书，我从军后，一直把您的教诲融入工作中去，并立下宏图大志，誓在警营建功立业，现已多次立功受奖，从一名普普通通的战士成长为对祖国对人民有所作为的军官。二弟受您的感染，也已成为徐州见义勇为的勇士，报纸和电视上相继展示了他的青春风采。三弟在您的支持下考入福建建筑工程专科学校，毕业后已成为现代化建设的栋梁之材。您的女儿在自己的本职岗位上默默地工作着，同样也留下了一串串闪光的足迹。

爸爸，我更忘不了您在学习上对我的鼎力支持。从军后，在部队各级首长的引导和教育下，我选择了新闻写作。由于自己刻苦钻研，孜孜以求，很快就有文章见了报，这时总能接到您寄来的鼓励我奋发上进的书信。当我跨入警校学习新闻专业后，需要购买大量新闻理论和写作方面的书籍，需要购置摄影器材和微型采访机时，又是您寄来了一张张的汇款单；后来当上《人民公安报》三年驻站记者后，时常因讴歌先进典型或揭露问题而横遭非议，甚至还遇到恐吓和威胁时，总会得到您的理解和褒奖，我总是坚信您常说的"宰相肚里能撑船，将军额上能跑马"这句俗语。从军 20 年来，我曾数次奔波于省城与家乡之间，每次回家只要见上一面总是与您喝几杯烈酒，彻夜长谈，抑制不住的欣喜溢于心中；每次回家，总有一份意外的收获，时时感受到父亲的慈爱和家乡父老的期望，感受到肩头的一份沉重。当我从中宣部和公安部领导手中接过全国见义勇为征文一等奖的证书时，当我撰写的报告文学和理论研讨文章被《百名将校论文选》等 18 家书刊收录时，当我看到百余万字的见报作品汇编成 50 余万字的报告文学作品集时，心里总是想到这里的果实有您一半的功劳。

夜深了，月色朦胧，万籁俱寂。想起您平日教诲的"忠孝自古难两全"的话语，顿觉心里非常舒坦。是啊！人的生命是短暂的，稍纵即逝，雨果曾言它是"最伟大的平等，最伟大的自由"，古今中外多少人追求长生不老，但没有一个人能逃过自然法则。人的生命又是永恒的，犹如世间的一切生物，无论是活着还是死去，物质都是不灭的，偌大个地球，历经千次万次劫难，同样生生不息。人的生命时限不过百年，子子孙孙却繁衍不绝，尽力提高生命的质量吧，在有限中创造无限的价值。爸爸，您对子女的爱就像高山之于泉源，就像阳光之于禾苗，就像空气之于生命，默默无语的爱虽摸不着，碰不到，却总是无时无刻不在感受着……

清晨，当我推开窗户，一股清风扑面而来，只听见蓝天园"一、二、一""一、二、三、四"的口令声、口号声此起彼伏，由近而远，新的一天又开始了……爸爸，您在天国一定会幸福快乐，因为有儿子在为您祈祷……

生活因旅游而精彩

# 为南京警察的拼搏精神喝彩

南京市公安局自去年初孙建友副市长走马上任以来，与党委一班人一道带领全局民警，牢牢把握"迈上新台阶，建设新南京"发展大局，以"四项建设"部署和"一体两翼"布局为引领，深化公安改革，突出"五大导向"，深入推进"六大课题""微警务"研究成果运用，在激发警营活力、提升为民服务质效上下功夫，全面提升了南京公安工作科学化、现代化、规范化、实战化水平，打造了"平安南京""法治南京"升级版的美好蓝图，开创了南京公安历史上发展最好的时期之一。

市局严格执行民警休假制度，维护民警合法权益，落实表彰奖励政策，实施素质强警战略，加强警营文化建设，强化勤务安全保障，改善服务勤务设施。真正是知警工作日常化，公安文化建设持续化、休假和体检全警化，心理健康工作经常化。在下沉警力上，对现有警力进行合理交流和调配，对新招录的民警，本着优先基层的分配原则，为基层单位"输血"，充实基层单位警力。一方面有效缓解基层警力紧张的局面，为民警卸压减负；另一方面促进执法规范化，进一步优化服务环境，使警力资源配置科学化。特别是建立"钱往基层花、物往基层送、情往基层移、干部基层起"的激励机制，公开、公道、公正的用人导向，使民警干事创业的激情高涨。结合人事制度改革，解决民警的职级待遇问题。职级待遇问题是广大民警关注的问题之一，特别是一些在基层几十年如一日踏实工作的老同志，由于种种原因，职级问题一直未能够得到解决，严重影响着广大民警的进取积极性。去年以来，市局进行中层干部的调整和选拔任用，不断深化人事制度改革，使一批德才兼备的科级干部走上处级领导岗位，为一大批老民警解决了副处、正处级待遇，在全局内营造出争先进、赶先进、学先进的良好氛围，有效地调动了广大民警的积极性。

今年3月，为活跃警营文化生活，全面落实素质强警，提高队伍凝聚力和战斗力，南京市局举办首届警体运动会，成立了由副市长、市局党委书记、局长孙建友任组长，其他党委委员任副组长，市局各部门、分局主要负责人任组员的南京市公安系统第一届警体运动会领导小组。领导小组下设办公室，由市局党委委员、政治部主任朱建军兼任办公室主任，政治部副巡视员钱聿钢任副主任；设立第一届警体运动会裁判委员会，由市局工会专职副主席詹玮任主任，办公室设在政治部，从全局抽调具备专业特长的民警为办公室工作人员，负责第一届警体运动会的筹备、组织、开展、调度等工作。南京10000多位民警在维稳安保和严打整治的繁重工作之余，通过警体运动会让其全身心体验运动的快乐。这是释放压力、舒缓身心的大好时机，更是检阅南京公安民警体育竞技水平、身体素质、心理素质和精神风尚的广阔天地。我为成为这支队伍警体办公室的一员而骄傲和自豪，情不自禁地写了这篇《为南京警察的拼搏精神喝彩》：

> 在黑白相间的跑道上，
> 留下了南京警察灿烂的身影。
> 是什么力量，
> 让人民警察在百米上飞翔？
> 是什么力量，
> 让人民警察用力量点燃希望的操场？
> 运动场上，
> 有着健儿们奋勇拼搏的身影；
> 观众席上，
> 响着啦啦队员摇旗助威的呐喊。

让自信在脸上荡漾，
不要为失利而苦恼。
人生如梦，
充满幻想与渴望；
人生是河，
以信念为帆。
为了最后一刻，
我们不知洒了多少汗水；
为了最后一刻，
我们不知牺牲了多少业余时间；
为了最后一刻，
我们共同期待充溢着无比的自豪与骄傲。
如骏马奔腾，如蛟龙腾空，如猛虎出洞，
不在乎名次高低，不在乎成绩高下。
即使落后，也顽强不屈，永不退缩！
青春的气息如同出生的朝阳，
蓬勃的力量如同挥洒的阳光。
在遥远的终点线上渐渐明亮，
时代的强音正在我们的脚下踏响。
鼓起勇气奋力向前，
用人民警察的荣誉带给我们放飞梦想的希望。

为南京警察的拼搏精神喝彩